Diane Cook

人類対自然

ダイアン・クック
壁谷さくら［訳］

白水社
EXLIBRIS

人類対自然

装 丁
緒方修一
装 画
木村晴美

母に

荒野は初めての場所——あなたには。
師よ、わたしにあなたを導かせて。
エミリー・ディキンソン

人類対自然　目次

前に進む

Moving On

夫の葬儀の手配や雑務の処理を任されたおかげで、数日のあいだ自宅に留まり、夫は出張で留守にしているように過ごすことができます。わたしはクローゼットに入って夫の服のにおいを嗅ぎます。ふたりぶんの夕食を作り、残りものは捨てるか多めでも食べてしまうか、そのときの気分に従います。タイムカプセルを用意して、取っておくことが許されない写真を入れます。庭に埋めて新しい家族が見つけてくれるのを願います。

けれどもすべきことが終わると、斡旋班はかばんふたつに必要なものを、どんな気候でもやっていけるものを詰めるように命じます。家と車の鍵は回収されます。やがて職員が家に入り、すべてのものに値をつけ、売り出し中の広告を出し、近所の人がみんなやってくるでしょう。そのころわたしはここにいませんが、前によその家がそうなるのを見たことがあります。売上は持参金に加わり、そしていずれ、うまくいけば、別の男性がわたしと結婚するのです。

選ばれる可能性は高いと言えます。わたしには室内装飾の才があり、家にあるなかなか上等な家財道具が売れれば、持参金は魅力的な額になりそうですから。それに車はまだ新しく、この一年運転するのはわたしだけでしたし、いつもきれいにしていました。いい車で、シートは革張りでオプションもいろいろついています。車は夫が昇進した際自分に買ったご褒美でしたが、運転したのはほんの数か月で、それから病に倒れ寝たきりになりました。大きなファミリーカーですし、近所の人たちはほしがるでしょう。このあたりの人はみんな大家族です。わたしと夫はまだ子どもを持とうとしていませんでした。お金のことが気がかりでしたし、現実を見据えていたのです。子を持たなかったのはわたしにとって幸運です。こぶつきの女性ほど斡旋しにくいと言われています。母親は子どもから引き離されます。それはだれにとっても非常にきついことだと聞きました。子どもはまるで失った手足のように母親の体をうずかせるとか。わたしには知りようのない感覚ですが、想像するのは得意です。

車に乗せられ家を離れるとき、庭の落ち葉が目につきます。夫の埋葬と先行きの心配で忙しくしているうちに、こんなになってしまいました。落ち葉はつやつやした赤色で、木の幹を丸く囲んで積もっていて、まるでクリスマスツリー用のスカートみたいです。雨どいに立てかけた熊手が見えます。せめて最後に一度庭を掃いておけばよかった。わたしがやると夫に言ったのに。

連れていかれる女性用シェルターは州間高速自動車道へつづく道路沿いに建っています。敷地を囲むフェンスを越えることは、その先は未開の荒れ地だからという理由で許されていません。夜になると空は星で埋めつくされ、遠くで獣《けもの》が吠え声をあげます。ときどき待ち伏せの男たちがバスから門へ小走りで向かう女性たちを襲うことがありますが、女性自身で構成された護衛がかならずしも止めに入るとはかぎりません。ときには襲撃を助けることさえあります。あらゆるものと同じく、闇市場では残された女性が取引されており、そのほとんどは夫を亡くした女性ですが、まれに性格の不一致が理由でシェルターに入る場合もあります。男性用シェルターは道路の向かいにあります。女性用より小さくて、入っているのは主に妻を亡くした貧しい男性か自分で自分の面倒を見られない男性です。

わたしの父もフロリダにあるそうしたシェルターに落ち着きました。ある裕福な、それまでキャリアを最優先にしてきた女性が父を選びました。歳を重ねて、伴侶がほしくなったとか。父はその女性がいる、テキサスのどこかへ送られました。そこから先の消息は知りません。最寄りの子ども用シェルターは別の郡にあったので。

わたしの部屋のはめ殺しの窓は道路に面しており、電灯を消すと見える向かいの男性たちは、さながら明るい室内でまたたく黒い星のようです。ささやかな空間で動く男性たちをわたしは眺めます。新しい夫はどんな人になるのでしょうか。

資料やパッケージが山ほど配布されます。スケジュールと規則が伝えられ、生活習慣や容姿を改善するためのアドバイスもされます。ここは厳重に封鎖された保養施設のようなものです。わたしたちは各種クラスの受講を勧められます。料理、裁縫、編み物、園芸、受胎、産後の体の回復、育児、女性らしい自己主張、ジョギング、栄養学、家政学。出席者が寝室の知恵を教えあうクラスや、強制参加の「前に進む」セミナーもあります。

「夫を亡くした妻が前に進むために」というセミナーの初回では、有益なエクササイズやイメージトレーニングを教えるマニュアルが配られます。ある訓練では、夫との出会いを思い起こし——わたしたちは新入社員のランチ会で出会いました——次に実際とは違う場面を想像しろと言われます。つまり、たとえばわたしは、夫の隣に座って彼の入社案内に水を倒してしまうのではなく、夫の横を通り過ぎてひとりで座るのです。あるいは、座って水をこぼすまでは同じですが、夫が笑ってすませたりあわてて拭こうとしてたがいの手が触れあったりという場面のかわりに、夫がわたしの鈍くささを大声でなじる場面を思い描かなくてはなりません。結婚式の日は孤独で、愛と幸福を感じていたのではなく不信と恐怖にさいなまれていたことにさせられます。そうした作業はとてもつらいものです。

けれどもその訓練が新しい場所でなじむのに役立つのだと、施設の職員は言います。不思議なことに、夫が亡くなってから——厳密には死の迫っていたときから——こうしたことがつらいかもしれないとは考えてきませんでした。次の段階に移るだけだと思っていたのです。ケースマネージャーによれば、それはよくあることで、ショックゆえの無感動という話です。その状態を維持して、あとから湧いてくるどうしようもない悲しみなんて無視したほうが楽ですよ、と言われます。悲嘆に暮れていてもここで過ごす時間が長くなるだけ。何年もかかる場合だってあるのです。「一に訓練、二に訓練」がケースマネージャーの口癖です。

ひとり一枚、フレームに入ったモデルかなにかの男性の写真が配られ、それを自分の部屋に持ち帰り、指示どおりベッドの脇に置きます。記憶のなかの夫の顔とその男性の顔を入れ替えなくてはなりませんが、夢中になりすぎないようにと釘も刺されます——写真の男性が新しい夫になるわけではないのですから。写真の男性はつるりとしすぎで、みごとにまっすぐ並ぶ歯はまっ白で、髪は固まったジェルできらきらしています。きっと使っているせっけんは、わたしのきらいなにおいの銘柄でしょう。毎日ひげを剃る必要はなさそうです。夫はあごひげを生やしていました。でも今そんなことはどうでもいい、と自分に言い聞かせます。わたしがなにを好きだろうともはや関係ありません。

一日一時間、北棟の外にあるフェンスで囲った運動場に出ることを許されます。プラスチックのローンチェアがたくさん置いてあり、ここに来て長い人たちは日当たりのいい場所の椅子をわれ先に取ろうとします。そして服を脱ぎ下着姿になって日焼けに勤《いそ》しむのです。奥の隅でひらかれるエアロビクスのクラスに直行する人もいます。フェンスの上に張りめぐらされた有刺鉄線。ブースに座っている見張りの守衛。以前、フェンスの前まで歩いていって網目から外を見たことがあります。向こうは更地で、取りのぞけなかった切り株がところどころ残っていました。雑草とイバラがそこらじゅうで生い茂っていました。ここは比較的新しい施設です。何十年かたてば若木が陰を作り、もっと居心地のよい場所になるかもしれません。ずっと遠くに森が見え、樹木の動きに合わせて緑の線が揺れます。コヨーテがうろつく不毛の地にも森はあるのです。ただその森は、わたしにはとてもおそろしく見えます。そこはあまりに未知の場所です。

歩いているとしばしば別の階のグループ（同じ階の女性はたいてい仲よくなり、団結します）をよけなくてはなりません。グループは人垣を作り、ひざをつく仲間を隠しています。彼女は食堂の給仕用スプーンで地面を掘っているまっ最中です。スプーンは折りたためそうなほど曲がっていますが、それでも彼女は小石だらけの土をガリガリ削りつづけます。夜に脱出を図る逃亡者がいるのです。そういう人は自分たちだけでうまくやっていけると考えているのでしょう。わたしは自分がひとりでやっていけるとは思えません。家庭的すぎてそういうのには向いていません。

四週間が過ぎるころには、同じ階の人たちと親しくなっていました。みんな焼菓子作りが得意だと判明します。ただの趣味です。毎晩だれかが記憶をたどり、あるいは施設に置いてある古い女性誌のレシピを見てクッキーやケーキを焼き、みんなで味見してお茶を飲みおしゃべりします。女同士で一緒にいるのは楽しいものです。いろいろな意味で、ここは人道的なシェルターと言えるでしょう。す

前に進む

べきことはほとんどなく、たしかな未来のない女たち。自己改善の日課をこなせば、おおむねひとりで放っておいてもらえる。わたしは同じ階の人たちを好ましく思います。みんな堅実で落ち着いているし、とりたてて嫉妬深くもありません。これは運がいいと言えるのではないでしょうか。ほかの階では夜にけんかが起こると聞きました。地下の独房はつねに満杯。医務室も同じ。五階のある女性は選ばれた直後、就寝中に襲われ、ほほをかみそりで切り裂かれました。夫となる予定の男性に斡旋班がその件を知らせると、男性は断ってきたそうです。彼女はすでに荷造りをすませ、新しい生活を始めるつもりでいたのに。できるだけ痕が残らないようにきれいに傷を縫われて医務室から戻ると、彼女は這うように、まだシーツに血のしみがついたままの同じベッドに入りました。もし彼女がわたしたちの階にいたなら、わたしはシーツを取り替えてあげたでしょう。ほかの人たちだって同じことをしたはず。運がいいというのは、つまりそういうことです。

先週、この階のメアリベスという娘が選ばれ、スポーケン近郊の農場に送られました。わたしたちはお別れの贈りものを用意しました。一緒に焼いたお菓子のレシピを書きとめた、索引つきのカードです。メアリベスがいつでも好きなときに、ここで過ごした時間を思いだせるように。カードを渡すと、メアリベスは泣きだしました。「心の準備ができてない」と痛々しく訴えました。「まだ忘れられないの」。二、三人が進み出てメアリベスを励まします。「がんばるしかないじゃない」。みんなで輪になって抱きあいましたが、メアリベスはなかなか離れようとしません。しまいには守衛が連れていき、メアリベスの苦しげにあえぐ声はエレベーターの扉が閉まるまで聞こえました。

道路の向かいの窓がまたたいて息づきます。わたしと同じく、向かいの男性は眠っていないようです。狭い室内をパジャマ姿で――わたしたちと同じ、入院患者が着るような青いパジャマです――歩きまわっています。わたしは気づいてほしくて窓の前に立ちます。あちらも気づいて窓に近寄り、そっと手を振ってくれます。わたしは手を振りかえします。向かいあわせになったパレードの山車《だし》に乗っているように。

もしうちが貧しくてわたしが先に死んでいたら、今ごろ夫はあそこにいて、だれかに求められるのを待っていたのでしょう。求められることを苦にするなんておかしな話です。わたしたちはあれほどたしかな気持ちでたがいを求めあっていたのに。世の中の人の大半は配偶者が死ぬ前に免除年齢に達し、ひとりつましく暮らすことを許されます。どのみちその歳になれば、だれにも求められないでしょう。理想を言うなら、愛する人と結婚していつまでも一緒で、どんなことでも力を合わせて乗り越えていきたい。ともにやっていくことを選んだのですから。

でもわたしはこうしたことに備えてきませんでした。夫はどうだったのでしょう。自分の一部を別によけておいて、いざというときにほかのだれかに差しだせるようにしていたのでしょうか。もしかするとわたしも自覚さえないまま、自分の一部を与えないようにしてきたのでしょうか？　そうであればいいと思いました。

この小さな部屋を見回せば、軽量ブロックの壁は気の抜けたピンク色で、大きすぎる机にはまだ読んでいない図書室の本が置いてあります。前までマットレスの下にはわたしたちの写真を隠していました。よくあるカップルの写真です。ふたりきりで特別な場所にいて、忘れたくない瞬間を収めた写真。わたしたちは顔をぎゅっと寄せあい、夫がカメラを持つ手を伸ばして写真を撮りました。ふたりとも輪郭のゆがんだ、しあわせの絶頂という顔をしています。ある晩、写真を見ながら眠ってしまい、床に落ちた写真は起床時に見つかって没収されました。自分のうかつさがいまだに信じられません。

ベッドに入り、隣に夫がいてビニール張りのマットレスを温めている姿を想像しながら、わたしの前に大勢の女性がその下で眠った薄いシーツを体に掛けます。夫がわたしの頭を引っかいているところを思い浮かべると、頭皮がむずむずしてきます。わたしたちは足をこすりあわせます。そのあとはSF映画のように夫が宙に消えてなくなる場面を、蒸発してほかの惑星に向かう場面を思い描くしかありません。画像はざらつき、音は小さくなり、やがて消えます。シーツは一瞬夫の体の形になってから、しぼんでベッドに戻ります。わたしはものを感じなくなる訓練をしているのです。

別の階の女性が何人か選ばれて明日発つ予定です。窓の断熱シートがはがれたすきまから入りこむ空気に、雪のにおいがします。いつのまにか晩秋が過ぎて冬に変わっていました。寒すぎると、屋外運動場での活動は禁止されます。野原をいつまでも駆けまわっていられるならわたしはなんでもするでしょう。以前はけっして野原を駆けまわるようなタイプではなかったのですが。

選ばれることはよろこばしくもあり苦しくもあるようです。似た境遇の女性とシェルターで余生を過ごすことになっても、わたしたちの多くはいやがらないと思います。とはいえ、だれもがそうとはかぎりません。メアリベスが使っていた部屋に新しく入った女は、けんかを吹っかけるのが好きでした。あんたのマフィンってぱさぱさ、と言い、わたしの顔にマフィンを押しつけて、指でぐしゃぐしゃにつぶしました。かわいいローラの部屋に忍びこみ、安全はさみでローラの長くつややかな髪を切り落としました。ローラは似合わないボブカットにするしかありませんでした。幸いにもその女はすごい美人でしたので、たった四日で選ばれていきました。わたしたちは彼女の次に入る人を待ち構えています。選ばれることは不安であるものの、女性のなかに残るほうがもっと不安に思える——それもマニュアルに記されていた感情です。

すごく特別な事件がありました。窓の友と会ったのです。彼はほかの人たちと一緒に男性シェルターからビンゴゲームをしにきました。こうした催しはときどきおこなわれます。みなが社交性を失わないための措置です。

手を振るときは広い道路を隔てていたにもかかわらず、入ってきた瞬間に彼だとわかりました——黒い髪、ひたいの形。手を振りあう夜はわたしにとってかけがえのない時間になっていました。男性に見られるのはすてきなことです。

窓の友もわたしに気づき、入口で立ち止まって手を振ってきました。わたしも振りかえし、一緒に笑いました。とても小さな、忘れていたスリルが胸の奥で泡立ちます。

彼はわたしの隣に座りました。間近で見るとハンサムな顔をしています。少しでも目を離すと、彼はふざけてビンゴのチップをわたしの盤からはじき落としました。どこか落ち着かないようすでした。

彼は「これから十個連続でひどいジョークを言うよ」と言って、本当に指折り数えながらジョークを飛ばしつづけました。わたしが笑っていてもやめようとしないから、それがおかしくてさらに大きく笑いました。守衛が感心しないという目でこちらをにらみます。わたしたちはちょっと楽しみすぎでした。もちろんシェルターの住人同士が付きあうのはご法度です。なにしろ、こんな場所に行き着いた男女が、いったいどうやってこの世界でともに生きていけるというのでしょう？

その晩の終わりを告げるホイッスルが鳴り、男性たちはぞろぞろと帰りはじめました。窓の友はま

前に進む

たわたしの前に来て手を振り、わたしも振りかえしました。でも今回彼はひらいた手をわたしの手に重ねたのです。どちらの手も震えていました。まるでいてはいけないところにいるのを見つかったけれど、逃げる時間も、逃げこむ場所もない動物のように。

翌日の夜、手を振りあったあと、わたしは窓の前で服を脱ぎました。背後では電灯が明るくともっています。彼はもっと近づこうとするように両手を窓ガラスにつき、じっと見つめていました。

今夜は彼の部屋のあかりが消えているので手は振りませんが、それでもわたしは明るく照らされた窓辺で服を脱ぎます。暗闇から彼が見つめているのか、それともほかのだれかが見ているのか、その点については知りようもありません。わたしは夫を愛しました。夫のやさしさを失ったことが悲しい。ほかのだれかがやさしさのような感情をわたしに抱いてくれると今は信じるしかないのです。そのためならなんだってします。

わたしは別の階に移されました。男性シェルターのだれかが告げ口して、ケースマネージャーはわたしの部屋を建物の裏側にするのが最善だと考えたようです。今の部屋からは屋外運動場が見わたせます。

ここ何日か、仮病を使ってベッドにいます。外からはグループで活動する声が聞こえてきます。笑ったり、言い争ったり、美容体操のカウントをとったりする声と、意味深長な沈黙の単調な繰りかえしです。

どうにか外に出て運動場へ行くと、古巣の階の人たちが抱きしめてきて、わたしたちは以前のようにおしゃべりしようとしますが、もう前とは違います。仲のよかった何人かは選ばれて出ていき、今では新しい人たちが入っています。わたしのかわりに入った人もいて、彼女はわたしの部屋で寝起きし、道路の向こうに男性シェルターと窓の友が見える眺めを手にしているのです。名前までわたしとよく似ています。みんなときどきわたしの名前を忘れてあなたの名前で呼んでくるんだから、と彼女は言いました。わたしを慰めようとしてそんな話をしたのでしょう。気づかうように腕もさすってくれました。でもそれは救いになりません。わたしと彼女のあいだに、名前の一字や二字以上の違いなんてあるのでしょうか。

古巣の人たちはクッキーなどの菓子を焼いて持ってきてくれますが、菓子はいつも数日前のもので、ぽろぽろ崩れやすくてかび臭く、大好きだった温かい焼き立てのごちそうとは全然違います。そのうち菓子は捨てるようになりましたが、そのことを伝えるつもりはありません。みんながまだわたしのことを思ってくれているのがうれしいので。

新しい階の人たちはほぼ逃亡のことばかり考えています。たやすく屈しない人たちです。わたしは彼女たちの執念が怖い。でもその階にもふたり、感じのいい人がいます。そのふたりは逃げようとしていません。あるいはわたしの耳に入っていないだけかもしれませんが。ここから出る唯一の道は選ばれることとです。だからわたしたちはパンフレットで読んだ情報を交換します。焼菓子は作りません。

警報が鳴ります。

それが鳴るのはだれかが逃げだすときです。

投光照明の光が野原を横切り、わたしの窓を照らしていきます。犬たちの遠吠えが聞こえます。夜通しにおいを嗅ぎ、逃げた女性を追いかけるのでしょう。妙なことに、わたしは彼女を応援したい気

前に進む

持ちになっています。夢うつつの状態でも、窓の外に目を凝らせば、彼女の姿が見える気がして。運動場と森のあいだの荒れ地を光が探り、人影がさっと動き、髪に見えるものがうしろになびき、その主である体に離れまいとついていきます。

森のふちにたどり着く前に隠れる場所はどこにもありません。逃亡者はよいスタートを切る必要があります。彼女にそれができたでしょうか。とてもそうは思えません。それでも彼女たちはいつも挑戦します。なにを求めているのでしょう？　外の世界は、寒くて暗い。食べものもお金も快適な暮らしも愛も手に入る保証はありません。たとえだれかが待っているにしても、それだってやはり当てにするには心もとない。たとえば窓の友とわたしが逃げたとして。彼はここから出たあとでもわたしを愛するでしょうか。絶対に信じていいと言えますか？　彼のことはほとんど知らないのに。

自分が逃げる姿を想像してみます。ナイトガウンがうしろにはためき、足を速めるにつれて三つ編みにした髪がほどけていく。やがて髪はすっかりほどけてばらばらになります。背後からは犬の迫る音。前方に広がる森の暗闇。野原の向こうから人影がわたしめざして走ってきます。でも怖くはありません。それは彼です。わたしの友。ふたりで計画したのです。わたしたちは走って、森の入口で合流しようとします。わたしは希望を抱いてこの野原を横断し、望むものに向かって走ります。最後にそんなふうに感じたのはいつだったか思いだせません。女性たちがどうして逃げるのか、今ならわかります。

空想は終わりを迎え、気がつけば涙が流れています。そこで窓の友に手紙を書き、その空想についてしたためます。いかにも提案するような書きかたをしていますが、本当にそうなのかは自分でもわかりません。わたしはただ、彼が同意するかどうかを知りたいだけです。要はこう訊くかわりに——

たとえふたりが哀れな境遇になかったとしても、あなたはわたしを選ぶ？　なぜかはわかりませんが、それは大事な質問です。答えが知りたくてたまりません。もしかするとわたしは変わったのかもしれません。マニュアルには、前に進むためには変わらなければならないと記されています。でもこれは変化というより崩壊に思えます。そしてそんなふうに感じるとはマニュアルには書いてありません。

窓を開けると風がほほに突き刺さります。いい気持ちです。風は野原から、森からもにおいを運んできます。ここから見えない、向こうの世界はいいにおいがします。犬たちはもう静かです。逃亡者はやり遂げたのかもしれない。わたしは夜に向かって首を横に振ります。それが真実でないことはわかっているのです。

窓の友が行ってしまいました。

ビンゴのときに彼を探します。いなくなったわけを説明したい、部屋を移されたことを話し、すきを見て手紙をポケットに忍ばせたいと思います。彼は見つかりません。別の男がわたしにつきまとい、手を握ろうとしながら、だれにも知られずに財産を隠しているんだと耳打ちしてきます。結局、男性シェルターの守衛が割って入り、腕を取って連れていきます。窓の友について訊くと、彼は選ばれたことがわかりました。数日前に発ったそうです。正確には何日前なのかとたずねます。「二日前だよ」と守衛はやや気圧《けお》されたように答えます。目の前がまっ暗になりました。「二日と数日は違う」と言って部屋へ戻ります。壁はうるさい黄色に塗られていて、大きらいです。今では本を読むふりもやめてしまったので、机はますます大きく無意味に思えます。運動場の投光照明はついたままです。照明はひと晩じゅう、わたしの部屋の窓を皓々《こうこう》と照らします。

翌日、重い足取りで昼食の席に着くものの、なにも食べられません。食べものをつついているうちに食堂にはだれもいなくなります。やがてケースマネージャーに呼びだされました。彼女はなにか言いたげにまゆをつり上げています。ファイルをひらき、わたしが窓の友に書いた手紙を取りだします。マットレスの下に隠しておいた手紙です。驚きの感情すら湧いてきません。見つかって当然です。

「本気で逃亡を考えていたわけじゃありません」とわたしは言います。「ただの空想です」

「でしょうね」

ケースマネージャーは手紙をわたしに押しつけます。

手紙を読みます。筆跡は丸みを帯びて眠たげです。紙はすり切れています。何度も書いては読みかえし、ちゃんと書けているかとりつかれたようにたしかめた手紙です。今また読むと顔が熱くなります。手紙のなかで、わたしは懇願しています。ヒステリーに近い書きぶりです。一緒に家を見つけましょう、と約束しています。森のなかで空き家になっていて、何年もほったらかしにされている家を。それから食料を探しにいって、ゆくゆくは仕事も見つけましょう。今じゃどんな仕事も取りあいだけど、大丈夫。わたしたちはきっと幸運に恵まれる。家庭を築くの、庭つきの家を持つのよ。あなたはすてきな車を手に入れて、わたしもなにかすてきなものを集める。友達を夕食に招きましょう。毎年バカンスに出かけましょう、贅沢じゃなくていいから。わたしたちは本当にしたいことを絶対にあとまわしにしない。ほしいと思うものも――たとえば子どもとかね――絶対にあきらめない。くだらないことでもめたりしない。わたしはいつまでも根に持たないし、あなたは適当にあしらうのでなく思うことを口にする。わたしはいいかげんな性格を直す。分不相応な寝具を買ったりしない。それからもっと明るくなる。誘いに乗る。あなたがサプライズを仕掛けているときに、これはどこへ向かっているのとしつこく訊いたりしない。あなたの苦手な料理を作って好きになるよう強要したりしない。ちょっとした用事を忘れない。クリーニングを取りにいくとか、庭の落ち葉を掃くとか。

そう、わたしは夫に宛てて書いています。

まるでけんか中に書いたような文章です。夫は家を飛びだして、友人宅のソファで数日寝泊まりしている。わたしは愛と謝罪をこめた手紙を差しだす――お願い帰ってきて。

顔を上げます。

「しっかりしなさい」とケースマネージャーはにべもなく言います。「これではリストに名前を載せられません。前に進んでいるのだと示してもらわないと」

「でも、わたしはいつ悲しめばいいんですか」

「今よ」とちょっと曜日を訊かれたくらいの言いかたで、彼女は答えます。

道の向かいの窓の友に思いを馳せます。でもどんな顔をしていたか思いだすことさえできません。部屋にいる彼を思い描こうとするも、頭に浮かぶのは夫の姿ばかりです――チェックのパジャマを着て、ウールのスリッパを履いて待っています。夫は幽霊のようにかすかに揺らぎます。その肩の動きで、夫がわたしのぶんまで悲しんでくれているのがわかります。

それから二週間、微々たる行為を自分に許します。みんなの残りものを自分の皿にかき集める。古巣の仲間がいまだに持ってきてくれる焼菓子を、たとえ好みじゃなくても食べる。荒っぽいタイプの女性たちと物々交換してスナック菓子を手に入れる（そういう人たちはどういうわけか秘密の物資ルートを築いているのです）。今まではけていたパンツがもう入りません。ついにケースマネージャーが注意してきます。いくら前進期間とはいえ、はめをはずしすぎるのはよくないと。そして数種類のパンフレットを持ってきて、新しいエクササイズを提案します。文字どおり体を動かすエクササイズです。「心拍数を上げなさい」とおなかについた肉をつねってきます。

ケースマネージャーが正しいのは承知しています。みんなそれぞれ違うやりかたで状況に向きあっているのです。夜になると泣く女性。弱い者いじめをする女性。焼菓子を作る女性。別の人生を夢見て生きる女性。そして逃げだす女性。

毎晩繰りかえされる警報、犬、投光照明。朝になると、わたしはくたびれたようすの女性を探します。不毛の地を駆けぬけ森へ逃げこみ、結局は連れもどされるというむなしい数時間を過ごした感じの人はいないかと。また、姿の消えた人はいないかと目を凝らします。だれでもいいからやり遂げた人がいてほしいと、まだひそかに望んでいるのです。そうした人生を思うと好奇心で胸がちくちくするのを感じます。でも感じるだけです。自分がやる気にはなりません。わたしには逃げる目的がなにもないのです。望むものは、手に入りません。夫は逝ってしまいました。けれど夫を手放そうとするあいだも、しあわせを感じる方法はいくつかある。そうマニュアルに書いてありました。これからその方法を試してみるつもりです。それが健全だとケースマネージャーは言います。

夫を亡くした女性、望まれなくなった女性のシェルターで過ごして八か月がたつころ、わたしは選ばれます。ケースマネージャーは満足げです。

「あれだけ時間をかけたかいがありましたね」と強調します。

褒められてわたしは赤くなります。

「編み物が決め手かしら」とマネージャーは言い、勧めた自分の手柄をさりげなく主張します。わたしはうなずきます。どんな経緯だろうと、家が持てるのは素直にうれしいものです。新しい夫の名前はチャーリーで、トゥーソンに住んでおり、持参金で最初に買ったのは最新の薄型テレビでした。けれども二番目に買ったのはわたしの腕時計で、ベルトは細いシルバーで、文字盤の十二のところに小さなダイヤモンドがついていました。

斡旋班は町はずれにあるダイナーへわたしを連れていき、そこでチャーリーがパンケーキの皿を前にして待っています。チャーリーは女の子のような手をしていますが、それ以外は立派な人です。班はわたしたちを引きあわせ、何枚かの書類に署名させて、先に帰ります。チャーリーは軽く抱擁してわたしを迎えます。オーデコロンが夫と同じです。きっと偶然でしょう。

わたしはチャーリーにとってふたり目の妻です。最初の妻はトゥーソン郊外の州間高速自動車道へつづく道路沿いのシェルターに入っています。心配することはないとチャーリーは言います。結婚が破綻する原因を作ったのは自分じゃない。妻のほうだと。わたしはうなずき、メモを取る紙を持ってくればよかったと思います。

子どもについてどう思うかとチャーリーは訊きます。その件については、すでにわたしの資料を読んでいるはずなのですが。ずっと子どもはほしいと思ってきた、とわたしは答えます。「計画は立てていたんですが」と口を滑らし、気まずい沈黙が漂います。さっそく規則を破ってしまいました。わたしは謝ります。チャーリーはうろたえながらも平気だと言います。「当然のことだよ、それは」と笑みを浮かべて。わたしに悪い印象を持たれたくないと案じているようで、その点にわたしは好感を持ちます。咳ばらいをして言います。「子どもはほしいです」。それを聞いてチャーリーはうれしそうな顔になります。ウェイトレスを呼び、「ぼくの新しい奥さんが食べたいもの、なんでも持ってきて」と言います。その熱心なところはチャーミングだと言えるでしょう。

わたしはこうした展開への覚悟ができていません。でもいつの日か、最初の夫がいたこともほとんど思いださなくなると言われました。思い浮かべてみましょう——ずっと遠くの混みあったビーチに立つ彼を。そのビーチにいる人はだれもがしあわせそうです。彼のなにかがわたしの目を引きますが、それは彼が手を振る動きでも、ほほえみでも、特徴のある髪のカールでもありません。それはなにか、彼とは結びつかないはずのものです。それは彼のはいている水泳パンツの柄かもしれません。明るいストライプ、赤い花、あるいはチェック。わたしはこんなふうに思うでしょう。「いい色の水着じゃない。砂のベージュに映えてあざやかに見える」。それから打ち寄せる波や砂のお城を作る子どもたちに注意をそらし、彼のことは頭から消しさるでしょう。そんな日が来るのが待ち遠しいわけではありません。でもそれに背を向けるつもりもありません。マニュアルによく書いてあるとおり、これがわたしの未来です。そしてわたしが手にできる唯一のものなのです。

最後の日々の過ごしかた

The Way the End of Days Should Be

　わが家のドーリア式円柱に死人が引っかかっている。簡素で力強いという理由で私はこの柱を選んだ。この家を見上げる人々を想像するのが好きだった。背後に広がる彼らの街を映す、黒みがかった鉛格子窓。シンプルかつ大衆的なデザインを基調とした、古典的なギリシャ建築様式。品が良い。余分な装飾はなし。イオニア式円柱は大嫌いだ。コリント式に至っては存在すら耐えがたい。

　水中で死人の腕が妙な向きに、体の他の部分とは違う動きで揺れている。おそらく脱臼しているのだろう。ひょっとしたら脱臼どころではないかもしれないが、詳しく調べる気はない。茶色のカモメが眼窩《がんか》をいたぶっている。

　見覚えのない男だから、前に追い払った者ではないはずだ。

　世界が最初の洪水に見舞われたとき、わが家を訪ねて礼儀正しく施しを求めてきた人々を私は追い返した。一度生き延びたなら今度もなんとかすると思ったのだ。当時はまだ他の選択肢もあった。水上には避難民を受け入れるコロニーが残っており、上昇する海のそこかしこに散らばっていた。今ではそうしたコロニーは水に沈んでいる。居住者の大半は溺れ死んだ。生き残った連中は必死になっている。

　先日、元はかなりの高級品と思しきスーツを着た男が玄関のドアを叩いた。スーツはもはや擦り切れており、腕の部分は肩から裂けてパーティー用のリボンカーテンに見えた。顔を覆う海水の塩。首にこびりついた砂かフジツボらしきもの。手縫いの下襟の下をちょこまか動くブルークラブ。だがもっぱら目を引くのは緩めたネクタイで、明らかにブランド物だった——ダマスク柄のようだが既存の模様ではない。当然ながら、デザイナーだけがデザインを変える。だからこそみんな彼らに大枚をはたいてきた。要は新しい発想を買っていたというわけだ。

その高級なスーツ姿の男は食べ物と水を求め、次に私の首を絞めようとしたかと思えば、込み上げる涙を抑えて謝り、なかに入れてくれと言い、断るとふたたび首を絞めようとしてきた。どうにかドアを閉めると、男はポーチにへたり込んで泣き出した。

こうした干渉にはもちろん慣れている。だが絞め殺されそうになったのは初めてだ。

連中を責めるつもりはない。もし備えがなかったら、私だって必死になっただろう。この家に来る人々は、清潔な私の姿を見て、発電機の光に目をくらませる。それでこの家には食料でいっぱいの貯蔵庫がいくつもあり、使用人部屋には飲料水、トレーニングルームには薪の束、ガレージにはガス燃料がぎっしり詰まっていると考えるのだ。彼らは栄養を十分に蓄えた私の腹を舐めるように見る。私は冷たく応じる。彼らはきまり悪そうで、汚らしくて、魚のにおいがする。そして流木だかなんだか、顔を水上に出しておくために使っているものに戻り、隣の家まで漕いでいく。私だったら、立派な家の玄関で平然と立っている相手がいれば襲いかかる。そんなに簡単に諦めはしない。だが彼らは私ではない。そもそも食べていないせいでひどく弱っている。しかし、だ。今回のような変化はやはり頂けない。昔の日々が懐かしくなる——人々は物乞いをする境遇に陥っても紳士であろうとし、懸命に働くことが成功への近道だとわかっていた。次に玄関に出るときは包丁を持っていかなくては。

そうなると言われたとおりのことが起こっていた。物事というのはけっして言われたとおりにならないはずなのだが。実を言えば、生きてそれを目にしたと思うと感慨深いものがあった。まるで新聞の見出しだ。**歴史的瞬間！**

隣の家はまだある。そして新しく生まれた小さな海——閉じ込められた魚と備えのできていない人々で騒然としている——の向こうには、もう少し家が残っている。おそらく全部で四軒。昼も夜も人々は窓から身を乗り出し、白いシーツで作った旗を振って叫んでいる。そこにどんなメッセージを込めているのだろう。降伏？　誰に対して？　食料も水も尽きているのは間違いない。隣の家は余分な人々でひしめき合って揺れている。きっと十ある寝室すべてが、隣人の男が助けた、家を失ったばかりの浮浪者の集落になっているのだろう。私は隣の男に備えるよう忠告した。「ばかげた話と思うだろうが」と言って。男との仲はずっと良好だったわけではないが、そうするのが隣人としての責務だと思ったのだ。感謝されてしかるべきだ。それなのに隣人はわれわれに残された神聖な土地を浮浪者で満たしている。窓を開ければ隣から、便器に汚物が溜まり、床は小便まみれになったトイレのにおいが漂ってくる。家と家のあいだにできた堀はまだ浅いがだんだん海面が上昇しており、汚水の強烈な悪臭を放つ。汚水は潮が流しても、必ず流した以上に押し寄せる。

昔、隣の郵便受けに、隣人として問うべきあれこれを記した手紙を何度か入れたことがある。あるとき、郵便配達人でない者が郵便受けにものを入れるのは違法だと、配達人の女が注意してきた。「ただのメモだよ」と、手紙を突き返そうとする女に私は説明した。「ほら、隣の生垣伸びすぎだろ？」女は手紙を突き出した姿勢のまま、微動だにせずこちらをにらんでいた。「それならきみが入れたらどうだ」と私は怒鳴りつけた。そして女の鼻先でドアを乱暴に閉めたが、翌朝その手紙は私の郵便受けに、他の郵便物と一緒に押し込まれていた。表には怒りをぶつけた殴り書きがされていた。**郵便受けにこれを入れることができるのはわたしだけですがお断りします!**

広大なリビングルームの窓から、隣家の大階段と、その支柱先端に施されたパイナップル形の独創的な装飾が見える。階段に散らばる男、女、子供たち。一段につきひと家族という具合に寝そべっている。ほこりを被ったクリスタルのシャンデリアに男の子がぶら下がっている。延々と続く螺旋《らせん》の貧民窟をかき分けて進んでいた老婆が手すりに倒れ込む。気の毒に。だが誰彼構わず入れるわけにはいかない。そんなことをしてもきりがない。

リビングルームの炉棚に指を走らせる。死んだ皮膚のかけら。いつしか降り積もった灰。家政婦がたぶん逝ってしまったのはかえすがえすも残念だ。

誰かがドアを叩いている——おずおずと施しを乞うのではなく執拗で怒りのにじむ音。用意しておいた包丁をすぐさま手に取る。

ポーチに男がひとり、ドアノッカーで体を支えて立っている。ぴんと張った針金のような筋肉は今にも剝がれ落ちそうだ。顔はひげの伸びたまま構った様子がない。体は痩せこけた屍同然だが、顔は酒飲みのようにむくんでいる。私がドアを開けると、男はノッカーを放すまいとしがみつき、東洋風の玄関にうつぶせに倒れる。

「ウイスキーを」と男はうなり、実在しないタンブラーに手を伸ばす。

その手のひらに刃を振り下ろしてやろうかと思うも、なんとなく私はこの男を気に入る。こんな要求は珍しい。少なくとも心に引っかかる。

家の前は広々とした円形の車回しになっていたのだが、今では波に寸断されている。ザーザーと鳴る波は汚泥や魚の残骸を激しく巻き上げる。だが遠くの海面はゆったりと穏やかだ。昔よく眺めていた街を覆い隠している。風を受けるシーツのように波はうねりどこまでも続き、そして砕ける気配がする。

波の打ち寄せる音にうんざりするなんて思ってもみなかったが、何しろ終わりがないのだ。咳の止まらない人間と同じで、気になってしかたない。かんに障る。気分転換に何か別のものを聴けばいいのかもしれない。しかし手持ちの音楽にも飽きてしまった。

たぶんやめたほうがいいのはわかっていたが、男の足を蹴って装飾的な傘立てに向け、そのがっちりした体を家に入れると、ドアを閉めて鍵をかける。ウイスキーがほしいだって？　ウイスキーはあまり飲まないが、在庫は今もふんだんにある。それに酒飲みが近くにいるのは基本的に好きだった。酒飲みはたいてい思いがけないことをするから。

男は――低く小さな声でゲーリーと名乗る――勧めたクラッカーに手をつけもしない。さいころを振るみたいにクラッカーは放り投げて、二杯目をぞんざいに注ぐ。

「氷」とぼそぼそ言う。

私は首を横に振る。冷蔵庫は止めている。食料は缶詰だ。それにここにあるウイスキーは氷なしで味わうのが望ましい。

男はすっかりくつろいでぼうっとしている。来たときはずぶ濡れだったが、どうしてそこらじゅう水浸しなんだと言い出したとしても、まったく不思議ではない。

今、男は私のオーダーメイドのスーツを着ている。これは外国を旅行したときにあつらえたものだ。男が着るとまるでハンガーにかけたように見えるが、私が着ると若干きつい。別に恥じてはいない。豊かな暮らしを送っている証だ。

私は男がするべき仕事のリストを作り、契約書らしく清書する。

「ここに住みたいなら、働いてもらう」と言い、契約書を渡して署名を促す。男は読みもせずに署名する。いいかげんなやつだ。

しかたなく内容を読んでやる。「契約により部屋代と食費の見返りに、ゲーリーは家の警備、物乞い並びに侵入者への対処に当たること。トイレ用バケツに海水をくみ置きして文明人らしく水を流せるようにすること。空になった缶、瓶、食べ残しは毎晩裏口から外に捨ててにおいを防ぐこと。週に一度、家主が清掃を行う際には手伝うこと。その他、家主が依頼する仕事はすべて遂行すること」

使える予備の寝室ならいくらでもあるが、ここは私の家だ。従って最初の夜は、書斎のふたり掛けソファに上質なシーツとガチョウの羽毛枕を用意して寝かせることにする。男はソファに体を押し込み、片目を開けたまま眠る。片足はコーヒーテーブルに乗せ、反対の脚はきっちり直角に曲げて床に下ろし、構えている。何に対して？　逃げるため？　確かに水はこの家にも迫っているが、それが理由なのかはわからない。

遠くに並んでいた家が消える。倒壊寸前の住宅がいくつかあったはずの場所で、凪《な》いだ水面が大草原のように広がり、ときおりクジラの吹き上げる潮が水平線をかすませる。キラキラ光る水面は太陽を直視するのに等しくまぶしい。

浮浪者に半ば明け渡した家のなかで、眠る人々の周りを歩く隣人が目に留まる。くたびれたバスローブ姿で、あごひげは長くてもじゃもじゃだ。体臭がここにまで届く気がする。

私は堀の向こうの隣人と目を合わせると、溺死体のまねをして手足、頭、舌をだらりと垂らし上下に揺れてみせてから、住宅が建っていた場所を指し示す。隣人はその方角を見て、目をこすり、がっくりひざをつく。彼みずから家に招き入れた犯罪者の何人かがこの機に乗じて襲いかかる。悲嘆に暮れて震える隣人を尻目に、犯罪者どもはバスローブのポケットや髪に手を突っ込み、くまなく体を探る。そして脇の下から何かをひったくると、まるで初めからそこにいなかったようにあっというまに散らばって消える。私は震えおののく。隣人は私より背が高く、たくましい。この家に何百人も詰め込んだらいったいどうなる？　食料はひと粒も残るまい。私は主寝室から叩き出される。命さえ失うかもしれない。ゲーリーがいてよかったと改めて思う。ゲーリーはウイスキーの他は何もほしがらず、ウエルター級のボクサーか盗賊のような体格をしている。小柄ながら強靱で、触れたとも気づかれないうちに相手にヘッドロックをかけていそうだ。

涙を拭う隣人の姿に同情して、肩をすくめてみせる。だが隣人は恨みがましい表情を浮かべ、こちらに向かって首を左右に振る。まるでたった今襲いかかったのも、遠くの住宅を波で打ち壊したのも、私だと言わんばかりに。

隣人として親切であろうと心がけた結果がこれだ。

夜中にパントリーに忍び込んでいるのでもない限り、ここに来て以来ゲーリーは少しも食べていないように思える。備蓄品はまったく減っていないが、ウイスキーだけは別で、すでに残り半分だ。アルコールは保存がきくものとばかり思っていたので、これには少しだけ驚いている。この前の晩、クラッカーを砕いてウイスキーが半分残った瓶に入れ、これで栄養を摂るかどうか試してみたところ、ゲーリーは絶叫し、大理石の食卓に瓶を叩きつけた。その騒々しい音には気分が高揚させられた。ふだん耳にする音と言えば家を取り巻く波のたえまないざわめきくらいだ。ときどき夜になると、すみかを追われたアビがつがいの相手を探して鳴く声や、生存者を乗せたボートから陸地や避難所を求める人の声が聞こえる。そうした声は海を低く横断し、壁に囲まれた私の寝室に捕らわれる。隣の家から音楽が聞こえることもある。さほど頻繁ではない。たいていは退屈なものだが、たまにピアノの音色に弦楽器のキーキーという音が加わる。人々は足を踏み鳴らし歓声をあげる。いかにも素朴な感じだ。ある夜、途切れ途切れに結婚行進曲が聞こえてきて、私は白いタオルをピンで留めたドレス姿の花嫁を思い浮かべた。花嫁は群衆のあいだを進み、花婿の隣に立つ。大きな終焉の前に自分たちにとっての愛をがむしゃらに追い求めるふたり――これにはさすがに感じるところがあった。

ゲーリーはつねに物音も、人の話し声すら聞いていない。何にも心乱されず、ペットのようにおかしな間隔で眠る。それはそれで構わない。必要なときは最高のボディガードになる。ノックの音が家に響き渡ると、私はゲーリーに嘆願者の腹を殴れと指示して玄関に送り出す。ゲーリーは言われたとおりにする。殴られた者は衝撃で後ろに倒れ、ゲーリーはドアをバタンと閉める。一度女がひとりで玄関に現れ、かぎ針みたいに頭を下げてきたときは、躊躇《ちゅうちょ》して情けない顔で振り返った。私は肩をすくめた。浮浪者集団の大半は敬意を表して男を送り出してくるが、今回は明らかに自棄《やけ》になっていた。女になら対応が違うかもしれないと望みをかけたのだろう。家の南翼のすぐ向こうに浮かぶボートに緊張したふたつの人影が見えた。さてゲーリーはどうする？　ある種の人間は古い理想にしがみつく。私は違う。だがゲーリーのような男に気の進まない仕事をさせることはできない。ゲーリーは高潔な男だ。私は自分のひざを指さした。ゲーリーは手加減して蹴り、女はくずおれた。ゲーリーはドアを静かに閉めた。ここがわが家だと彼も思えればよいのだが。

ゲーリーは私にひげを剃らせてくれるようになった。バスタブのへりに座ってまどろむ彼の顔から首に私は蒸しタオルを当て、泡立てたせっけんを塗る。エビアンを注いだ銀の洗面器のなかでかみそりを振って洗う。ゲーリーはどんどんビジネスパートナーらしい風貌になり、白くなりかけたこめかみも重役めいた雰囲気を醸し出すのに一役買っている。私のスーツ——ネイビー、チャコール、弔事の黒——を着ており、私がネクタイを結んでやることもある。ネクタイは彼の風景にぽつぽつと色を散らす。外の世界は暗い水と雲と夜が一面に広がり、そこに色あせたプラスチックゴミや死者の服、隣家の赤煉瓦が点在する。ほんのわずかな色彩がゲーリーの瞳を引き立たせる。

片づけを任せてしばらくすると、バスルームの入口でゲーリーは転び、衣装だんすにぶつかる。おそろしく酩酊している上に半裸だ。

読書用椅子に座る私の前にゲーリーはしゃがみ、汚れた指を私の口に突っ込んで下あごをこじ開ける。そして奥歯の穴を指でなぞる。酸っぱくて塩辛い味がする。

「あんた、金歯はないのか」と、なんでも自分とそっくり同じだと考える子供のようにゲーリーは訊く。

その指の塩気に私はのけぞる。「詰め物はセラミックだ」

ゲーリーはぽかんとした顔になる。

「見てもわからない。歯になじむんだ。金よりいい」

ゲーリーの顔に笑みが――おそらく初めて――浮かびかけるが、かわりに口が大きくひらく。まるでカリフォルニアの河床だ。穴という穴に金が浅く詰められている。

歯のひとつをゲーリーはコツンと叩く。「おれの銀行だ」と言い、うめき声を漏らす。男たちが往来で騒々しくけんかをし、靴下に金を隠していた時代に私はいざなわれる。クイーン・アン様式の椅子にゆったり座り直す。ゲーリーは瓶のウイスキーをがぶ飲みし、私のベッドに倒れ込む。穿いているのはペイズリー柄のシルクのボクサーパンツで、ごつごつした脚はひな鳥みたいに曲がっている。ドレスシャツを着ているが、フレンチカフスはひどく残念な有様だ。どうせカフスボタンの留めかたも、留める理由も知らないに決まっている。

「ゲーリー」

ゲーリーは眠りに落ちる寸前でもごもごと何か言う。

「今まで羽ぶとんにくるまって眠るなんて考えたことはあったか？　なんでもそろった部屋で、きれいにひげを剃って、フレンチカフスのシャツを着てシルクの下着を穿くなんて」

ゲーリーは目を見ひらき、考え込むような顔つきになる。私が何を言うつもりなのか警戒しているのかもしれない。

「だからどうというわけじゃない、ただ、ここはなかなか良いところだと思うんだ。高台にある、素晴らしい家だ。におわないし、雨漏りもないし、混み合ってもいない。風だってどうだ。海をくまなく吹き渡り、新鮮な空気をいっぱい集めて玄関口まで運んでくれる。食料はたっぷりある。実を言えば食べ切れないほどにね。飲み水は外国産だ」

私は水をひと口飲んでみせる。

「ウイスキーはいつまでももたないが、きっと別の手を見つけられるはずだ。酒なら他にもある。ポートワインとか。ビンテージものだって何本かある。要するに、ゲーリー、私たちは結構良い暮らしをしてるんだ」

ゲーリーはあくびをする。これからもう一本瓶を空ける気なのかもしれない。隣家のほうをじっと見ている。

話を聞いているのかと怪しみかけた矢先、ゲーリーはつぶやく。「おれたちは宿なし《ホームレス》だ」

言っている意味がわからない。「ばかを言うな」と言う。私は断じてホームレスではない。それにゲーリーだって、今は違う。

だがふと、ひたひたと打ち寄せる果てのない海——今度ばかりは比喩の範疇《はんちゅう》を超えて、実際に果てしなく広がっている——を見ているうちに、彼の言いたいことがわかる気がしてくる。

ホームレスというのは貧窮を表す言葉だ。私たちは窓から身を乗り出したり、毛布を振ったりしてはいない。隣人のようにびしょ濡れの足に踏みつけられてはいない。だが確かに、私たちは不足を体感している。「いいか、私たちにないのは世界《ワールド》だ」と答え、新しい言葉の余韻に浸る。

ゲーリーは鼻をすすり、手で顔をかく。ほほに光るものが見える。

「ゲーリー、まさか泣いてるのか?」と優しくからかう。

ゲーリーは顔をしかめて毛布を鼻の下までぴったり引き上げると、ウイスキーを胸に抱き寄せ、眠ったふりをする。

家の外から小さな話し声が聞こえる。

一艘のボートが岸から離れたところでギイギイ鳴っている。色とりどりの布切れを雑に縫い合わせたみすぼらしい帆が、かすかに風があることを示している。ふたりの男らしき人影が泳いだり歩いたりしながら玄関に向かってきており、残りの人々はボートで待っているようだ。人々はわが家にみとれている。無理もない。

「ゲーリー」と私は鋭い声で呼ぶ。

一分後、ゲーリーが足を引きずって玄関に現れる。体からは香辛料の良い香りがしており、ウイスキーではないのが変な気がする。

「誰か来る。なんの用か確かめてくれ」

ゲーリーはカーテンの隙間から外をのぞき、目を慣らしてうなずく。包丁を渡すと、玄関ドアから滑り出て男たちに応対する。

ゲーリーは手紙の入った瓶を持って戻る。

「隣の家からだ」とややろれつが回らない口調で言う。

「隣にボートがあったのか?」私たちもボートを持つべきか? 家の外で生きることなんて考えてもいなかった。私はそうまでして生き延びたいだろうか。外はとてもひどい世界に思える。だがもしものときは、ゲーリーを乗せる必要があるかもしれない。ボートを造る。これぞ新時代の幕開けではないか。

手紙はスープのラベルの裏に走り書きされていた。

お隣のかたへ。食べ物と水を少し分けていただけませんか。よろしければうちの者たちで運びます。こちらの蓄えはほぼ尽きました。部屋を少し提供していただけませんか。清潔な女性と子供たちを向かわせます。こちらは大変な過密状態です。壁が今にも崩れそうです。憂慮しております。

敬具

手紙を握り潰す。なんという厚かましさ。「ありえない」

ゲーリーは驚いた顔になり、そのことに私は驚く。

「でも食べ物は余ってる」

「おまえに食料の何がわかる」と私は怒鳴る。

「あり余るほどあるって言ってたじゃないか」

「言ってない!」

「言ったよ」。ゲーリーはむすっとする。

「それは前の話だ。今はすごく減ってきてる。おまえが食べすぎるからだ」

「食べ物はたくさんある」とゲーリーはふたたびつぶやく。

「どうやら私よりよっぽど詳しいようだな。これからはおまえが全部決めるのか。どうせ次は連中をお招きすべきって言うんだろう」

「何人か入れるのがそんなにまずいことか?」

「当たり前だ!」

ゲーリーは大階段を見上げ、各翼棟に目を向ける。「部屋はある」

私は参ったとばかりに両手を上げる。「信じられないな！　向こうの言いなりか！」声がうわずるのは不本意だが、抑えられない。「あの家はずっとめちゃくちゃだった。窓ガラスにひびは入ってるし、煉瓦はボロボロで、ツタは塀を越えてうちの側にまで伸びてる。玄関ポーチなんてずっと前からあんな感じだ。家が崩れそうだって？　まったく、手入れをおろそかにした報いだよ」

ゲーリーは二階の廊下を熱っぽく見つめている。笑いさざめく子供たちときれいな女たちでにぎわう光景でも夢想しているのだろうか。

「あいつらは何もかもだいなしにする。私たちの生活をな。取り分より多く食べる。水を無駄にする。おまえのウイスキーも飲むだろう、それでいいんだな」

ゲーリーは顔を紅潮させ、黄金色のメープル材の床についた汚れを見下ろすと、指を舐め、しゃがんで汚れをこすり落とす。「構わない」と汚れに向かってぼそりと言う。

「単純なやつめ、それなら話も単純にしておこう。あいつらと一緒にいたいなら、出ていけ」。そう言ったそばから、私は撤回したくなる。ゲーリーなしでこの先やっていくことなど考えられない。だが愚民どもを住まわせるためにこの満ち足りた暮らしを諦める義理はないはずだ。思うように暮らせないなら生きていてなんの意味がある？

ゲーリーは私をじっと見るが、その表情が気に食わない。まるで知りもしない相手に向けるような表情だ。ゲーリーはポケットから包丁を取り出し、勢いよく玄関の外に出る。

男たちの話し声が聞こえる。声のひとつがゲーリーかどうかはわからない。おそらく男たちがなかに入れてくれと懇願し、ゲーリーは男たちの言うことを聞くだけ聞いているのだろう。いつものゲーリーならそうするはずだ。

だがもしかすると今回は、男たちがなかに入れてくれと懇願してゲーリーは了承するかもしれない。いつもと違うゲーリーなら、あるいは。

すると叫び声があがり、人が争いわめく物音がする。その音は海の彼方まで広がり、止めるものは何もない。私はクローゼットに隠れる。トレンチコートが一着だけ吊るしてある。私はそのコートにくるまる。

痛々しい悲鳴に続き、男たちがバシャバシャと水をはね飛ばして引き返す音が響く。

玄関のドアがひらき、それから静かにカチャリと閉まる。あたかも私が小さな子供だから、起こしてしまわぬよう気を使っているかのように。足を引きずって歩く音が遠ざかる。クローゼットのドアを少し開けると、敷物のまんなかに落ちている包丁が目に入る。包丁には血と海のゴミがついている。ゲーリーが怪我をしたなら手当てしないと、と思うものの体が動かない。

書斎からグラスに瓶が当たる音が聞こえる。ついにグラスを使った。これほど行儀よくなるとは。疑ってしまった自分が恥ずかしい。何が危険にさらされているかゲーリーは理解している。忠実な友。万事が順調だ。


できたての海では天候が尋常でなく変わり、寒い日が何日も続く。空はこぶし大のふわふわした雪をどっさり降らせたかと思えば、次の瞬間にはハマグリサイズの雹《ひょう》を投げつけてくる。海氷の塊が渦を巻いて流れる。煙突に氷と雪が詰まり、暖炉から煙が噴き出す。私たちは咳込む。ゲーリーが窓を開ける。堀から糞便のにおいが流れ込む。私たちは吐き気を催す。ゲーリーが窓を閉める。

人口超過の隣家さえなければ、私たちはもっと好きに暮らせるはずなのに。戸口に立ってひんやりとした風に吹かれ、眺めを楽しめたらどんなにいいだろう。これほどの眺望を得たのは初めてだ。以前はただ屋根が下に連なるだけの風景だった。ところが今では海が一望できる。

こちらは閉めているというのに隣人はドアを開けっぱなしにしているのが腹立たしい。最後の日々こそ管理はきちんとすべきだ。できる限り心地よく過ごせるようにすべきだ。何しろ、これが最後の日々なのだから。

暗い怒りに押し潰されそうになりながら眠りにつくが、ぼんやり目を覚ますとゲーリーの手が私の髪をなでている。すえたようなにおいの息を吐いてゲーリーは耳元にささやく――コリーン。小心者だったら酔っぱらいにベッドでなでまわされて怯《おび》えるかもしれない。だが私は小心者ではない。むしろ安心する。普通、他人の欲求というのは奇妙に思えるものだ。たいていは感傷的でいやになる。だがときとして、しかるべき人物が相手ならば、それが一日のうちで最も心を慰めるものになるのだ。色々あるとはいえ、この瞬間の私は穏やかに幸福を感じている。

すさまじい轟音で目覚める。ベッドの上で手を伸ばすが、ゲーリーはいない。

窓の外の景色に変わりはないが、荒れ狂う大波が家の側面に激しくぶつかる音がする。雲は断熱材のように分厚く、月の姿をすっぽり覆い隠す。月は大きく満ちて海面を引き上げているのだろうか、それとも何かあと戻りのできない大きな変化が起きているのだろうか。

ベッド中央の冷たいところに潜り込む。するとまた轟音が響き、叫び声と、重い木の梁《はり》が折れ、壁が崩れる忘れようにも忘れられない音が聞こえる。悲鳴、水しぶき、助けを求める声。察するに、隣の家が今まさに崩壊したのだろう。外を見てこの予想が当たっているか確かめたくはない。きっと周囲の海はうつぶせに浮かぶ死体で塞がり、ここまで生き延びてきた者らの簡素な墓地になっているはずだ。ふと疑問が頭をよぎる——私もこの悲劇の責めをいくらか負わなくてはならないのか？　これまで人にはそれぞれ違う物語があると思ってきた。この地は私的な聖域であると考えるようになって久しい。ゲーリーと分かち合う聖域。水位が上がれば私たちも高い場所へ上り、風情はあるが実用性の乏しい屋上のバルコニーに行き着いたら、そこも水にのみ込まれるまで残りの日々を過ごす。そんなロマンチックな筋書きをずっと心に描いてきた。だが隣家の人々が流されたと知り、機会があったら私は彼らとどんな話を語り合っていたのだろうとにわかに興味が湧いてくる。なんと言っても、みんな同じ生存者だ。なんという哀れな最期。おそるべき絶望。予期せぬ深い悲しみに包まれて私は眠りにつく。

陽の光の下、隣の家はそれでもまだ建っている。屋根は崩落したようだ。周りの海にはいくつか死体が浮かんでいるものの、そう多くはない。ぷかぷかと漂う死体にはどうも真剣味が欠けているように思える。ベッドを出てクラッカーとピーナッツバターを皿に盛る。

階段の手前まで近づくと、押し殺した声が聞こえ、玄関に隣人とゲーリーがいるのに気づく。ふたりは顔を寄せ合ってひそひそ話している。その雰囲気は驚いたことに、とても親しげだ。

「やあ、おはよう」と私はなるたけ朗らかに声をかける。

ふたりはぎくりと顔を上げる。私は何か手がかりはないかとゲーリーの顔をとくと眺め、次に隣人を見る。

隣人は少しは身なりを整えようと努力したらしい。着ている服はところどころプレスしたかのように見える。スチーマーの効果を期待して積み重ねた本のあいだに挟んだのだろうか。とはいえスーツの上下はばらばらで、ジャケットとパンツの縞の向きが合っていないし、シャツは市松模様だ。あごひげの整えかたは大ざっぱ、髪の長さはちぐはぐで、子供用のはさみで切ったみたいだ。顔にはパウダーかチークか、なんらかのメイクをしたような色味がある。

隣人は挨拶がわりにうなずく。「災難があって」と苦しげに息をしながら言葉を詰まらせる。「屋根が。落ちて。上の階に。大勢亡くなりました」

「そのようだね、聞いたよ」と私はできるだけおそろしいことだというように言う。ゲーリーが困惑した表情を浮かべる。そこで私は「いや、屋根の落ちる音が聞こえたから」とつけ加え、世間話のように誰かから聞いたわけではないと隣人に印象づける。

「堀にも死体があったね」と私は言う。

隣人は恥じ入った様子でまくし立てる。「どうしようもなかったんです。病気で。他にも色々あって」

ふとゲーリーのスーツがよれてしわになっているのに気づく。私は手を伸ばして生地をなでる。湿っている。

「ゲーリー、まさか泳いでいたのか?」

隣人が咳をする。「それであの」と言って懇願に入ろうとする。

「ご用件は?」と私は愛想よく尋ねようとするが、ふたりの顔を見る限りこの声は石のように非情に聞こえるらしい。

「天井を支えないといけないんです」

ゲーリーが咳ばらいする。「地下室に大きな柱が何本かある」

私は鼻を鳴らす。「そんなものはない」とゲーリーの目をのぞき込む。モスグリーンの瞳は完全に覚醒したように澄み切っている。私たちはすごく近づく。顔にかかるゲーリーの息は甘く、温かいミルクのようなにおいがする。そのとき、地下室に柱があったことを思い出す――ドーリア式円柱を修繕した際のものだ。どうしてゲーリーがわが家のことを私よりよく知っている？

ゲーリーをにらみつけ、文句のひとつでも言ってやろうとするが、隣人が声をあげて泣き出す。ゲーリーは隣人の肩に手を置いて慰める。私は不安に駆られる。その手は私のものだ。

海の泡にまみれた隣人のオーバーシューズを見ているうちに、急に気分が悪くなる。後ずさりしてカーディガンの前を引っ張って合わせると、体が痩せ細り、骨ばっていることに気づく。カーディガンはぶかぶかで、まるで父親の服を着ているみたいに袖が余っている。これは本当に私の服か？健康にはずっと気をつけてきたはずなのに。ゲーリーに目を向ける。痩せている。だがいつもより痩せているようには見えない。これはいったいどうしたことだろう。

「柱を持っていってもらう」。物を与えることがさも当然という口ぶりで、ゲーリーは言う。肩の手に力を込めて隣人の抜け殻をなかに案内し、「絨毯に気をつけて」と言う。私は反射的にありがたく思う。ゲーリーは私への配慮を忘れていない。つまりは私たちへの。私たちの持ち物への配慮を。私は最高に感謝を込めた笑みを向けようとするが、ゲーリーはすでに隣人を連れて地下室のドアを通ろうとしている。「手伝ってくる」と肩越しに声を張り上げる。

もちろん隣人には手伝いがいるだろう。柱は大きくて長く、そもそも建築業者ですら地下へ下ろすのに相当苦労していた。そして隣人はどう見ても餓死寸前だ。ところがまたもや、ゲーリーには驚かされる。地下室から出てくるとき、ゲーリーの足はふらついていない。力強く見えるとさえ言っていい。ぼそぼそしゃべるのではなく、まともな言葉で話している。気づかわしげな態度だが怒ってはいない。隣人に進む方向を教えている。隣人は背中を丸めてどうにか柱を持ちながら、よろよろと玄関へ向かっている。ゲーリーはまっすぐ立ち、重さなど感じていないかのように、楽々と肩に柱をかついでいる。私は食料を確かめたくなるが、それが間違いなのはわかっている。ここはゲーリーの家でもあるのだ。

ふたりが柱を流して隣の家へ消えるのを見守る。ドアにかんぬきを掛ける。戻ってきたらノックさせればいい。いや、戻ってくるのはゲーリーだ。思い直してかんぬきを外す。

ひと晩じゅう火を絶やさず、ゲーリーが堀を渡って帰る水音が聞こえないかと待ち構える。訳を聞かせてもらわなければ。ゲーリーなしでは眠れない。

隣の家にはロウソクの明かりが灯り、ゲーリーを囲む人々が見える。ゲーリーは何か話をしているようだ。うなだれて、傷をかばうように両手を胸に当てている。瓶を投げたりふてくされたりしていない。そして目から涙があふれると、人々は優しく腕を伸ばして励まし、次々と体に手を置く。隣人が足を踏み出し、人々はぱっとスペースを空け、隣人とゲーリーは抱き合う。ゲーリーは隣人の首に顔をうずめてむせび泣く。

私は酒の棚にのろのろと近づく。ウイスキーが一本残っている。瓶の半分まで飲んでむせ、大窓に投げつける。

食料を確かめる。つじつまが合わないほど減ってはいないようだが、本来ならもっと残っていたはずにも思える。あのベッドの脇にもうひとつ荷台がなかったか？　だがゲーリーが食べるようになったというなら、簡単に説明はつく。ゲーリーは食べていただろうか。一緒に食事をした覚えはまったくないが、私が食べているあいだゲーリーはいつもそばにいた。ここにある食料でもうしばらく、いや確実に最後まで——これまでよりさらに迫っている気がする——生きてはいける。だが問題はその点ではない、と暖炉に放尿しながら考える。すると濃い煙が湧き上がって顔を覆い、ゼイゼイあえいで体を折り曲げる。窓を思い切り開け、例の堀の悪臭を食らって息を止める。夜明けが近づいている。陽にさらされ白くなり、膨れ上がった牛が流れていく。その皮は虫がたかって波打ち、尻は獣にかじり取られている。メタンガスの溜まった腹はまだ無傷だが今にも破裂しそうだ。あれが未来の私なのだろう。青ざめて、膨れて、生き残りによる食物をめぐる狂乱のなかで辱められて。

どうしてあいつは出ていった？

出ていっていいなんて許した覚えはない。

堀の水は不気味に重たく、じきに泥になりそうだ。隣家の隅あたりに硬い地面を見つけ、すみやかに堀から出る。服やポケットから水が垂れ、塩と砂で口のなかがジャリジャリいう。

室内からは途方もない数の人々のたてる音が聞こえるが、窓の前を通ったとたん、ざわめきはぴたりとやむ。玄関のドアをノックしても、まるで全世界が息を殺しているかのようだ。ドアに耳を押し当てる。何も聞こえない。

「そこにいるのはわかっている」と大声で言う。「家からみんな見えるんだ」

なかで誰かが咳をし、慌てて抑えようとするのが聞こえる。

「私の食料を盗んだだろう」

沈黙。

濡れないようにビニール袋に入れたメッセージカードをポケットから取り出す。それはゲーリーに宛てた手紙で、わが家での快適な暮らし、私が彼を救った顛末、私たちの友情、署名した契約について詳細に記してある。ドアの上に隙間を見つけてカードを押し込んでいく。半分まで入れたところで何かに当たり、押し戻される。

ゲーリー。

確かにあいつが向こう側にいる。私はドアをなで、ほほを押し当てる。藻でぬるぬるする。まるで塗装したようにドアを覆っている。

「ゲーリー！」と叫ぶ。「入れてくれ！　寒いし濡れてしまったよ」

月が満ちている。潮も満ちてくるだろう。波は指示を待っている。きっと私と同じくらいこの家を求めている。

まだ自宅に帰ることはできる。今から向かえばまだ堀の底に足はつくはずだ。だがなんのために？隣人の家のなかでは人々がふたたび動きまわっている。階段を上り下りする大勢の足音が響く。ピアノが奏でられる。はしゃぎ声が聞こえる。このとき初めて、この家は私の家よりやや低い位置にあると気づく。前は確かにどちらの家も高台にあった。私の空想でもなければ、単なる自慢でもなく、確かにそうだった。心に悲しみが押し寄せる。

「ゲーリー。私たちはすべてを手にしてたんだ」

玄関前の階段に腰を下ろすと、ひざまで水につかる。小さな魚が競い合うように脚の周囲をぐるぐる回る。

薄紅色に染まりはじめた空にタカが舞う。鳥のことはよく知らないが、どこか近くに上陸する場所を求めているのではないか。あれがカモメなら水面に浮かんでいられる。タカにはそんなまねはできまい。あるいはあれは、獲物を探して旋回するヒメコンドルかもしれない。もしアホウドリなら巨大な海をすみずみまで飛んでもけっして疲れないはずだ。聞いた話では、アホウドリは渡りのあいだずっと船のそばを離れずに飛び続けるという。その名には確かにそう思わせる何かがある。アホウドリ《albatross》。終わりのない感じがする。（albatrossには重荷や妨げとなるもの、執拗な悩みの種の意もある）

考えたこともなかったが、ここから見えないどこかでは世界が前と変わらず続いているのかもしれない。だとすれば、あの鳥たちがもしもタカなら、元いた木の頂に戻っていくのだろう。こずえのはるか下には家が建ち並び、そのなかではいくつもの家族——夫、妻、幸運にも生まれてきた子供たち——がすやすや眠っている。視界から外れた、地球の描くカーブのすぐ先では、この頃の猛烈な風に吹かれた摩天楼が小さくきしみをあげているかもしれない。ニュース番組は私たちのことを死者として報じているかもしれない。だが私は今もここにいる。

自分が運よく生き延びた数少ないうちのひとりだと、あれほど単純に思い込んでいたことに驚く。世界じゅうの人がこの夕日を眺めているのだとしたら、結局さほど運が良いとは言えまい。瓦礫が散乱し糞尿で脂ぎった海の冷たい水に胸までつかっている。どうして自分だけがそんなにも特別だと思える？　私には家があった。ゲーリーがいた。最後の日々を過ごすにはそれで十分だと思っていた。

いずれ誰かが必要に迫られてこのドアを開けるだろう。トイレを流すための水をくむ。缶、瓶、電池を捨てる。そのはずだ。私は待てばいい。

想像してみようとする――あのなかにいる私を。両手を合わせ、これまで送ってきた人生について語り合う。懐旧の念にふける。だがなんのために？　一緒にパンくずを食べるのか？　なかに迎えられたら当然、こちらも家と物資の提供を求められるだろう。連中はアンティークの家具にべたべた触る。すべてのベッドの寝具をだめにする。朝ひとりきりで家を歩き、床に反響する足音を楽しむことは二度とできない。

自宅に戻れば、もう少し長く生きられるだろう。それは確実だ。これ以上何を求めればいいのかわからない。

「わかった、ゲーリー。最後のチャンスだ。もう帰るぞ」と呼びかける。一拍置いて、ドアのきしむ音が聞こえないかと耳を澄ます。好奇心か必要性に負けた誰かが近づいてこないかと。

そのかわりにドアの向こうからは笑い声が聞こえる。


じきに連中はやってくるだろう。先頭に立つのはゲーリーだ。いつ来たっておかしくない。連中は水浸しの地面を歩き、泳ぎ、溺れてでも堀を越え、リビングルームの大窓を猛然と叩き割り、鍵のかかった玄関ドアを粉砕するだろう。質の良いドアだ。壊すのは容易ではないだろうが。

そして流れ込む海水と風雨が家を内側から食い潰すだろう。連中の手にはまたしても何も残らない。警告してやってもいいが、別に私がすべてを気にかける必要はあるまい。

屋上のバルコニーへ上がり、やわらかい羽毛枕と毛布の要塞に囲まれて待つ。水、クラッカー、缶詰肉は手元にある。最も大きな包丁二本も持ってきているが、それを使う場面にならないことを願う。

ゲーリーがそうはさせないとは思う。だが実を言えば、裏切られたという気持ちはある。ゲーリーは私の秘密を全部知っている。一番おそれているもの、あらゆる錠前の番号、貴重なものの隠し場所。だが私はこれからも変わらずゲーリーの友だ。もしもゲーリーが受け入れてくれるなら。

月が昇り、沈み、昇り、沈む。潮が満ちては引く。私は最後を待つ。ひどく冷たい空気が押し入ってくる。毛布に身を包んでいても、震えが止まらずひざを抱えるしかない。連中を待つ。隣の家の一部が崩れ、海へ落ちる。落下の際に何かがぶつかり窓が割れる。あれはピアノが鳴る音か、それともガラスが砕ける音か？　歌声か、それとも限界に達してきしる木材の音か？　家がまるごと傾く。風が哀歌のごときおそろしい叫びをあげる。海がノックするが、隣のドアは閉じたままだ。

だれかの赤ちゃん

Somebody's Baby

リンダは生まれたばかりのベアトリスを近所の女たちが編んでくれた薄黄色の毛布でくるみ、夫の待つ車に乗りこんだ。車は病院を出て、リンダと夫は赤ん坊にほほえみかけて笑顔を交わした。自宅前の通りに入って家が見えると、ふたりはまたにっこり笑った。その家は自分たちで修繕し、外壁は子育てにふさわしいと納得できる色に塗り替えてあった。そのときふたりの顔から笑みが消えた。

例の男がすでに庭にいた。

車が家の前に停まると、男はカエデの木の陰に隠れた。ふたりの視線に気づくと、陰から出てきた。庭をすたすたと横切り、それからまた木の陰へ戻った。

リンダはベアトリスをぎゅっと抱きしめ、夫が車のドアを乱暴に閉めて怒鳴り、男をにらみつけるのを見ていた。どうすればいいかわからず、急いで家に入った。夫がいくら威嚇したところで効果がないのはわかっていた。

庭で家を見つめる男を、リンダは室内から見つめた。ほどなく家のなかに入ってくるだろう。あいつはいつだってそうだ。

それからリンダは必要なとき以外、一歩も家を出なかった。夫が仕事に出たあとは鍵をかけて閉じこもった。窓には格子を取りつけた。子ども部屋でベアトリスが眠るあいだは、カーテンの陰から男を見張った。ゴミ出しのときはベアトリスを胸にきつく抱いて男から目を離さず、汁の漏れるゴミ袋をよろめきながら運んだ。けれどわずかな隙を見せれば終わりなのはわかっていた。冷蔵庫でなにかを探すのに時間がかかりすぎてしまったら。ニンジンを切るときに指を切ってしまって痛みに目をつぶったら。ベアトリスのお昼寝中に自分も眠りこんでしまったら。狙われるのはささいな瞬間なのだ。

リンダは近所の女たちに例の男が来るのを見かけたら知らせてほしいと頼んだ。電話の向こうで相手が小さく息をのむ音が聞こえた。

わかったわ、リンダ、でもねえ、と女たちは話をつづけようとしたが、リンダは聞く前に電話を切った。向こうがなにを言いたいのかはわかっていたし、聞きたくなかった。少なくともリンダにあいつが見えていれば、だれかにあいつが見えていれば、そのときはまだ室内にいない。

だがある日、小包が届いた。リンダは庭の男から目を離さず、気もそぞろでサインをした。室内に戻り、ナイフを出して箱のテープを切ろうとしたときに、小包の宛先が自分でないことに気づいた。このあたりの人宛てでもない。配達人は知らない人の小包をリンダに渡したのだ。すでにトラックは家の前の小道を進んでいた。

待って、とリンダは呼び止め、通りへ出ようとする車に駆け寄った。

配達人はリンダに気づいてトラックから飛び降り、そのすばやい動きでリンダはふいに庭の男を思い出した。心はいとも簡単に重い責任を忘れてしまう。こんなつまらない小包ひとつで。リンダは箱を取り落とし、悲鳴をあげて家に駆けこんだ。けれども遅すぎた。男は侵入して出たあとで、ベアトリスは連れていかれてしまった。

しかたないわよ、と近所の女たちは嘆き悲しむリンダに言い聞かせた。何人かはキャセロールや自家製のジャムを差し入れに来た。

今回のことは乗り越えられる、そしたら次の子を持てばいいじゃない。

でもその子も取られるだけよ、とリンダは叫んだ。

そうともかぎらない、と女たちは希望をこめて言った。ひとりしか取らない場合だってあるんだから！

もし次の子も取られたら耐えられない、とリンダは泣きじゃくった。

まあ、まあ。女たちはリンダの髪をなで、手を握って落ち着かせた。気持ちはよくわかるわ。

ならどうして笑っていられるの？

だって、あなたがまた挑戦して望みどおりの家族を持つのがわかるから。女たちはみな満面の笑みを浮かべた。わたしたちみたいにね。

リンダは鼻をすすった。でも、わたしはみんなと違うかもしれない。

なんてことを言うんだ、と女たちは思った。いくらつらいからって家族を――そう家族を――あきらめようと考えるなんて。たしかにつらい経験だった――例の男、恐怖、何度も殴られるような悲しみ。けれどあきらめがもたらすのはむなしさだけだ。あともう少しがんばれば、リンダはすてきな家族を持てるのに。

だが数年後、リンダはまた子どもを産み、ルイスと名づけた。授乳のため医師が抱かせてくれたときは安心して涙がこぼれた。顔を見ると、赤ん坊を目にするのはこれが初めてだと思えるほど、ルイスは完璧な子だった。リンダは満ち足りた気持ちだった。もう一度挑戦してよかった。

送っていかなくて本当に平気？　と夫が訊いた。リンダの車に身をかがめて、ルイスの温かいおなかをわけもなく何度も触っている。隣にある夫の車はエンジンがかかったままだ。

仕事に行って。リンダはほほえんだ。大丈夫だから。本心から大丈夫だと思った。今度こそなにもかもうまくいくと信じて疑わなかった。

ところがルイスを乗せて車で家に戻ると、例の男は庭で待っていた。

リンダは身を震わせた。涙でほほが濡れたが、泣いていることに気づきもしなかった。生まれて初めて悪意というものを感じたルイスがむずかった。

帰って、とリンダは声を詰まらせた。男は指で歯をほじくった。

リンダはルイスを抱いたままかがんで、アスファルトと芝生のあいだの地面から石を拾った。そして男に石を投げつけた。石は男の左側に落ちた。もうひとつ投げると肩に当たったが男はその場から動かず、当たったところを反対の手でさすっただけだった。

もう子どもは足りてるでしょ？　とリンダは怒鳴って家に駆けこみ、バタンとドアを閉めた。

カーテンをすべて閉め、全部のドアにつけた三重の鍵をかけ、窓の格子を引っぱってはずれないか確かめた。でも、こんなものがなんになる？　あいつは無理やり入ってくるわけじゃない。わたしがミスをした瞬間にまっすぐ入ってくる。奪われるときはわたしのせいだ、そう思いながらルイスをベビーベッドに下ろした。ルイスはうるんだ目でリンダを見上げ、興奮して手足を激しく動かした。口がひらいては閉じる。自分の意思でやっているのか、それとも自然にそうなるのか。湿った口からちらちらのぞく舌はずいぶん大きく見えた。赤ん坊のこういうすべてのこと、それを眺めているだけでしあわせな気持ちになることを、リンダは久しぶりに思い出した。それからは昼も夜もルイスを見守って過ごした。ろくに眠らなかった。少しも隙を見せたくなかった。

ある日の午後遅く、リンダは揺り椅子に座り、お昼寝中のルイスを眺めていた。ルイスはもぞもぞ手を動かしている。まるで架空の錘《つむ》に糸を巻きつけて、できあがった架空の糸束を口に突っこもうとしているみたいだ。ルイスの腕がひとりでに回るのをリンダは夢中になって見つめた。ふたりで凧あげをしている光景が頭に浮かんだ。黄色い牧草地のまんなかにあるベビーベッド。そのなかでルイスはリンダの手を借りて糸束をほどいている。糸をひと巻きほどくごとに凧はより高く空に舞い上がる。ところが糸が途中でからまってしまい、リンダは糸をよじ登ってほどきにいく。そして糸の結び目をほどくと同時に、鉄の門がギイと鳴る音がして、例の男が草地を横切ってルイスのほうへ向かうのが見える。リンダは糸を滑り下りるが、下りたぶんだけ男も近づくので、どれだけ必死になってもルイスのもとにたどり着くのは同時になるだろう。それでは間に合わない。リンダは下りるスピードを上げるが、男も歩くスピードを上げる。するとルイスが、キャッキャと笑いながら糸をさらにほどき、リンダは糸ごと上昇してしまい、やめなさいと叫ぶも、すでに高く上がりすぎてしまった。男はじりじりと距離を縮め、自分が愚かなせいでこの子まで失うのだとリンダは思う。雲の上にいるのでもはやなにも見えない。だがルイスが連れ去られるときにびっくりして糸束を落としたのだろう。糸のゆるみを感じた瞬間、リンダは上空へ吹き飛ばされる。

リンダは揺り椅子にもたれた姿勢で目を覚ました。たそがれどきで周囲はほの暗く、どこにいるのか一瞬わからなかった。夢の余韻、かき乱された雰囲気が漂っていた。どんどん暗くなる部屋のなかで目覚まし時計が魔法のような緑色に光っている。あわてふためいて、リンダは電灯をつけた。そこには赤ん坊が寝ていた。一見ルイスのようだが、ことによるとなんらかの奇術で例の男が別の子に取り替えたのかもしれない。かわりの子を愛することはできない。リンダはルイスの服を脱がせて体を確かめた。左ひざの裏にある母斑。それを確認してから、気むずかしげな目をのぞきこんで、この子はルイスだと信じられた。

家じゅうに例の男の不在の気配が感じられた。ここにいたのだ。玄関のドアノブにはほんのかすかだが男の手の熱が残っていた。次は目覚めないだろう。リンダにはそれがわかった。そしてあいつはルイスを手に入れるまで庭を離れない。

リンダは近所の女たちに頼ろうと思った。二度目の妊娠がわかったときはみんなすごく励ましてくれた。けれど実際のところ女たちは助けにならなかった。

大勢で見張ってれば、きっとあきらめて帰ると思う、とリンダは訴えた。

昼も夜もお宅の前でパトロールしろっていうの？

全員で？

わたしたちにだって面倒を見なきゃいけない家族がいるのよ！

月例の町内会はヘレンの家の居間で行われ、会長はヘレンだった。しかしだれも新しい議題など望んでいなかった。ついさっきまで落ち着いていたのに、今では取り乱して騒いでいる。

でもみんなでかわりばんこに分担すれば、わたしたちの子どもを守れるじゃない。

守るのはあなたの子どもよね。ヘレンが会長らしくはっきり訂正し、同意を求めて部屋を見回した。

女たちは明らかな不公平だとうなずいた。

あいつはあなたの責任なんだから、とリンダがいつも名前を忘れてしまう女が文句を言った。彼女は赤い家に住んでいる。うわさでは、最初の子どもを例の男にあげたらしい。精神的に参ってしまったためだ。リンダには信じがたい話だった。

でもこれはみんなが乗り越えなきゃならないことでしょ。考えてみてよ、みんなで協力すればもう子どもを失わずにすむかもしれない。

袋小路の家に住むジルが哀れむようにリンダの腕に触れた。気が立ってるのね。わかるわ。それにあなたの言うとおり、わたしたちはみんなこれを乗り越えてきた。だから信じてちょうだい、いつか子どもは連れ去られなくなる、そしたら何人か持つことができる。これはそういうものなの。わたしはひとり失った。ジルは財布から笑顔の家族写真を取り出した。夫、男の子ふたり、女の子ひとり。子どもはみんな学校へ通う年ごろだが、みすぼらしい服装だ。ほらね？

ヘレンが男の子の写真を取り出した。学校で撮る肖像写真で、怯えた笑みを顔に張りつけている。参考になるかわからないけど、この子はうちの長男。でも実際は三番目の子よ。すべては考えかたしだいね。マニキュアを塗った指でヘレンは写真をなぞった。そして声を震わせた。あの子はすごく小さかった。

リンダと一番仲のよいゲイルが、リンダのブラウスについていた髪の毛をそっと取った。家族のほしい人はみんなちゃんと家族を手に入れてる、とゲイルは言った。ただ時間のかかる人もいるだけ。

リンダは頭が回らなくなってきた。どうして子どもがいなくなるのを放っておけるの？　非難するつもりではなかったが、そう聞こえたのはまちがいない。女たちが体を硬くした。

ヘレンの笑みは引きつっていた。実証してみましょうか。そう言って、リンダの抱く赤ん坊を指さした。その子の名前は？

リンダは腕に力をこめ、赤ん坊はもがいた。ルイス。

じゃあ最初の子は？　なんていう名前？　とヘレンはつづけた。

リンダは口ごもった。思い出せるのはルイスとそのぬくもり、その息だけだ。ルイスという名前だけが頭に浮かんでいた。一瞬前までいろいろな考えが高速で流れていたのに。

ヘレンは女たちの輪を見回した。これでわかったでしょう、と言い、女たちがうなずいた。これ以上なにも聞きたくないという感じだ。

ヘレンはリンダの前にひざをついた。いなくなるときは、いなくなる。もうひとり子どもをつくって——今すぐ始めるのよ——うまくいくように祈りなさい。そう言ってルイスのほほを手荒につねってため息をついた。ではまた次回。

全員が疲れきった顔をしていた。これまでリンダみたいな参加者はいなかった。

リンダは歩いて帰った。家はほんの半ブロック先で、ファミリー向けのペンキ塗装、たくさんの鍵、庭の男が待っていた。リンダは考えつづけた。ルイス、ルイス、ルイス。すると黄色い小鳥がリンダの脇をかすめて街灯から街灯へ飛んでいき、記憶がよみがえった——ベアトリス。

たまには寝ないでルイスを見てくれない？　とリンダは夫に頼んだ。リンダはもはや眠っていなかった。夫婦の関係には亀裂が生じていた。

ぼくは仕事に行って家族を養ってるんだ。寝なかったら働けなくて、食べていけなくなるよ、と夫は答えた。

リンダはカウンターをもう一度拭いた。子どもがいなくなったら、養う家族もいなくなるのに。

夫は笑い飛ばした。それは全然違う。きみはここにいるだろ。ぼくの役目はきみを養うことだ。きみがいなくなったら、養う人はいなくなる。でもルイスがいなくなっても、それはそれで、ぼくはきみを養うから、それでまたもうひとりつくって、ぼくはきみと子どもを養う。それが家族ってもんだ。まるで頭の鈍い人間を相手にしているような口ぶりで夫は言った。

それでその子も取られたら？　リンダはかすれた声で言った。

リンダが単に意固地になっているのではなく本当に狼狽しているのだと夫は気がついた。リンダを引き寄せ、よしよし、と慰めた。心配ないよ、三人目はめったに取らないって言うし。三人目までって話は片手で数えられるほどしか聞いてない。

リンダは身をこわばらせた。三人目？　ルイスにはもう望みがないって言うの。

夫はまゆをひそめた。落ち着いて。敵はぼくじゃない。そう言ってリンダのほほから涙を拭った。

とはいえリンダにもわかっていた。例の男はきっとルイスを連れていく。それから三人目の子も連れていくだろう。そして四人目も。それがリンダの身に起こることなのだ。それにしても病院から帰ったとたんに現れるなんておかしい。まるでリンダに、いやリンダのよろこびに対して鼻がきくみたいではないか。自分だけがみんなとどこか違うと考えるのは思い上がりだろうか。ルイスを守らなくてはと思うから、標的にされていると感じるから、そんな気がするのだろうか。リンダにはわからなかった。世界が特に自分に照準を合わせていると疑うのは果たして悪いことなのか、世界は——自分を見逃すのか仕留めるのか——どちらにも転びうると思うのは悪いことなのか。子どもを持つようになって以来、毎日狙撃されている気分だった。

リンダは警備員募集の広告を出した。終日の巡回と歩哨、夜勤あり、と条件を書いた。採用したふたりの男は最近どこかの製造工場を解雇されたばかりだった。元機械工で、ところどころ油じみがついた紺色のつなぎの服を持っていたので、まるで正規の制服を着ているように見えた。このふたりは夜間の担当になった。リンダはもうふたり近所から雇った。役所の人員削減に遭った男たちだ。彼らの妻はいい顔をしなかったが、悪くない仕事だと男たちは食い下がった。彼らは日中の担当になった。車で近くを通りかかる際、妻たちは目をそらした。自分の夫がリンダの庭をうろつき、たったひとりの、自分たちの子でもない赤ん坊を守っているなんて、見るに堪えなかった。

一方リンダは、四六時中庭の男を見張る必要がなくなったおかげでルイスを見つめる時間が増えた。ルイスの顔を脳裏に焼きつけた。これまで気づかなかった、小さな赤いぷつぷつがほほに広がっている。まるで使い勝手のよい紙やすりみたいだ。満悦の体《てい》で眠るルイスをリンダは眺めた。照れ屋の人がするように顔の前で小さな手をぱたぱた動かしている。朝には、腐敗する木の葉のにおいがした。かつて読んだ育児本に書いてあったとおりリンダはルイスとのきずなを深めた。

ある夜、台所の流しでルイスを沐浴させていると――ルイスの青白い肌はベビーソープの泡に覆われていた――だれかが窓をコツコツと叩いた。投光照明に白く照らされた人影にリンダは驚いたが、よく見るとそれはゲイルだった。窓の下のビャクシンの茂みに立ち、崩れた黒い土がサンダルに入りこんでいる。

バントケーキ持ってこうと思ったんだけど、お宅のヒーローたちが入れてくれなくて、とゲイルは閉じた窓越しに声を張り上げた。アルミホイルで包んだケーキを掲げてみせる。

リンダは吐息をついて勝手口のドアを開けた。そうだよね。もうちょっと感じよくしてもらおうと思ってたところ。石を投げるし。近所から苦情が来ちゃって。

負け惜しみだよ。自分たちのときに思いつかなかったから頭にきてるだけ。ゲイルは泡だらけで濡れたルイスの片足をきゅっと握った。ルイスは両手で水をはねかけた。おまけに、うまくいってるし。

この子は今もここにいる。

まあね。でもあなたは忍びこめたじゃない。

ならもちろん、あとで警備員にお説教だね。

もちろん、とリンダはつぶやき、くちびるを噛んだ。ときどき、やりすぎじゃないかって思う。

この子を守るためならなんでもやっていかなくちゃ。人がなにを言おうとわたしなら気にしない。

人がそれほどなにか言っているなんてリンダは考えてもみなかった。

ゲイルが帰ると、リンダは玄関のドアを開けて警備員たちを呼んだ。ひとりはリンダと向き合ったが、もうひとりは顔を横に向けたまま庭の男を見張っていた。庭の男は身を乗り出して聞き耳を立てている。

リンダは声をひそめた。いつもご苦労さま。

警備員たちはしかつめらしくうなずいた。

でも今夜、友だちが裏庭に忍びこめたの。

まさか、とリンダのほうを向く警備員が言った。だれも通しませんよ。

それに裏庭の見回りもしてます、と背を向けたほうの警備員も言った。お友だちを見逃すはずがない。

　ありえません、と彼女と向かい合う警備員が言った。大事なことは、とリンダは言った。ひとつ、近所の人とは会えないと困る。その人たちは通してちょうだい。つきあいがあるからね。それともうひとつ、だれでも自由に家のまわりをうろちょろできるなら、あなたたちを雇ってる意味がない。こっちとしてはほかの人を雇ったって構わないのよ。リンダはわざと意地の悪い言いかたをした。

　警備員たちはしばし黙りこみ、夜の空気を吸ってリンダの脅しを頭のなかで処理した。あたりでは至るところで街灯が光を放っている。木の葉が枝と格闘している。スプリンクラーが遠くの芝生でカタカタと音をたてて動く。同じことは二度と起こさないと警備員たちは約束した。


　結局、例の男を侵入させたのは、近所から来ているほうの警備員たちだった。息子が足を骨折して入院し、付き添いが必要だったため、警備員のひとりが仕事を休んだ。もう片方の近所からの警備員はひとりで見張りについた。初めはなにごともなく過ぎていった。警備員は庭の男を見張り、庭の男は警備員を見張った。いつものように見回りをする必要はなかった。庭の男が動かなかったからだ。男が動かないかぎり、警備員も動かなくていい。ほかに危険はない、と警備員は思った。陽の光が庭の男を照らしていた。あいつに仲間がいるという話は聞いたことがない。仲間がいるなら知らないはずがない。だがもしもある日男が仲間を連れてきたら、そのとき警備員が見回りをしていなかったらどうする？　可能性は低い。だがゼロではない。ひとりで見回りはしたくなかったし、男が仲間を連れてきた日に見回りをおろそかにしていたなんてことにもしたくない。

警備員はそんな考えを頭に巡らせながら、小便をしようと家を囲む茂みに体を向けた。窓に映る男からは目を離さなかった。男はまだカエデの木の陰をうろついている。警備員は下を向いて狙いを定め、つかのま目を閉じてひと息ついた。顔を上げると、もう男はカエデの陰にいなかった。どこにも見当たらない。一瞬、男は木の陰に完全に隠れて警備員のプライバシーを尊重してくれたのかと思った。しかしそれが単なる希望的観測にすぎないのは、よく承知していた。彼にはそうした経験があった。狂乱する妻を二度慰めてきたし、どちらの場合も妻がほんの一秒目を離した隙の出来事だった。**たった一秒で！**　そしてここでもまさに同じことをしてしまった。自分自身にもリンダにも、けっして目を離さないと誓ったのに。

室内で、リンダとルイスは授乳の途中でくつろいでうたた寝していた。警備員が部屋に飛びこむと、リンダは驚いて目を覚まし、曲げた腕のなかが冷たくなっていることに気づいた。

温かく湿ったものがほほに触れるのをリンダは感じた。ゲイルが湿布を当てていた。黄土色の夕日がブラインドを通して部屋に差しこんでいる。ルイスが連れ去られてから、リンダは一日の大半を眠って過ごしていた。ベッドから出られなかった。起きていくつものドアの鍵をかけることもできなかった。使用ずみの汚れたおむつがゴミ箱でどろどろになっていたが、家の前の歩道にゴミ出しに行くこともできなかった。

ゲイルは口をすぼめた。起きなきゃだめだよ、ほらぐずぐずしない、と叱責の皮をかぶった言葉をかけてきた。

もうどうだっていい、とリンダは答えた。

自分の夫にもそう言うつもり？

言わない。リンダは起き上がろうとしたが途中でやめた。話をしてないから。

ゲイルは首を横に振った。話もしないでどうやって次の子をつくるつもり？　とリンダから笑顔を引き出そうとする。

もうつくらない。わたしたち、おしまいなんだと思う。

わけがわからないという顔をするゲイルがリンダの目に映った。

また失うなんて無理。ルイスを失って生きていける気がしない。

そういう気持ちはじきに消えるから。かならずね、とゲイルはリンダを元気づけようとした。

普通に思えるまでどのくらいかかった？　とリンダはためらいがちに訊いた。

どういう意味？

あなたはいつ前向きになれた？

もう少し休んだほうがいいかもね、とゲイルは促し、ハンドバッグをつかんで逃げるように帰ろうとした。

待って、とリンダは言い、シーツを握りしめた。あなたは何人の子を失った？　思えば訊くのはこれが初めてだった。

ああうん、ゲイルはさりげなく言った。わたしはひとりも。

どうして？　庭にあいつが来なかったの！　とリンダは責め立てた。

それは、もちろん来たよ。だれの庭にも来るでしょ。

じゃあ、どうして。

ゲイルは困った顔をした。待ってたけど、そのうち興味を失ったみたい。大きくなりすぎた子はいらないんじゃない。それからゲイルは言いづらそうにしながらも誇らしげに言った。正直に言うと、わたしは一度もミスしなかっただけ。

ひとりの子も失っていない女がいるなんてリンダは聞いたことがなかった。そんな話はだれもしていなかった。これは自然の法則のように不可避のことだと、自分の失敗ではないと思うようになっていた。あるいは自分の失敗だと思っても——もちろんそれは失敗だ——ほかの女もみんな同じ失敗をしたのだから、失敗するのが普通のような気がして、すると自分は普通なのだと思えて、失敗したという気持ちは消え去った。

あなたのせいじゃない、とゲイルは言い、リンダのシーツのしわを伸ばしたが、その言いかたはリンダのせいなのだと暗に告げていた。

リンダの家の居間に町内会の女たちが集まっていた。リンダはカップにコーヒーを注いでまわり、女たちはクリームの小さなピッチャーと砂糖つぼを順に回した。

全員のコーヒーが茶色く甘くなると、ヘレンがスプーンでカップの縁を叩いた。さて、リンダ。今日はどうしてみんなを集めたのかしら。女たちはいらだたしげにおしゃべりをやめた。

リンダは咳ばらいをした。

例の男を探そうと思ってるの。わたしの子どもたちを取り返す。一緒にいるほかの子たちも。

笑い話のおちを待つかのように、女たちは次の言葉を待った。

子どもたちがまだあいつのもとにいるなら、とリンダはつけ加えた。

とうとうひとりの女が甲高い声をあげた。家へ行く気？

行けやしないわよ。

取り戻せやしない。

女たちはいっせいに話しはじめた。

そんなことは許されないわ、とヘレンが強い口調で言った。

行って、まだいるならって言ったけど、だれもいなかったらどうするの。あいつしかいなかったら？　とローリーが言った。声がうわずりパニックを起こしかけている。そうだったらもう生きていけない。

逆に、みんなそこにいたらどうするつもり？　と家に四人の子がいるネルが訊いた。ネルは例の男に三人奪われた数少ない女のひとりだ。あなたがわたしの子を取り返してきたらどうなるの、とネルは女たちを見回した。わたしがあの子たちの帰りを待ってるとでも？　やめてよ。今さら返してほしくない。ネルはカップを無造作に振って、コーヒーが絨毯に飛び散った。

ネルの言うとおり、とゲイルが言った。子どもの成長はすごく早い。もうほかの子と見分けがつかないよ。なにを見つけたってがっかりすると思う。

ゲイルがそう言うと何人かの女が青ざめたようにリンダには見えた。気のせいだろうか、それとも何人かがおそろしげに目をぐるりと回していなかったか？　気づけば部屋には冷ややかな空気が漂っていた。ここにいる女たちについてリンダはあまりにわかっていなかった。

リンダは咳ばらいをし、声を震わせて言った。それでもやってみる。

全員が打ちしおれて椅子に沈みこんだ。みんなリンダと同じ思いではなかったのか。もしかしてその気になれば子どもたちの居場所を確かめられる？　やろうと思えば子どもたちを取り戻せる？　あるいはみんなまったく別のことを考えているのだろうか。リンダはとんだまぬけだとか、そんなことを。

ひとり、またひとりと女たちは帰っていった。だれも賛成はしてくれなかった。

リンダは持ち歩き用の軽食を用意した。それと一緒に、家にある一番大きな包丁をバッグに入れた。バッグに手を入れたとき誤ってけがをしないように、包丁にはふきんを巻いておいた。

寓話のように、例の男の家は容易に見つかった。そこはまさに子どもたちがお泊まりパーティーでうわさにするたぐいの場所だった。毛布にくるまって身を寄せ合い、懐中電灯で顔を照らしながら話す場所。

例の男が踏みならした小道をリンダはたどった。道は傷痕のように近所の家の庭を通り、暗く鬱蒼とした森につづいていた。男は森の奥に住んでいた。今までだれもこの道を進んでみなかったのか。それともあまりに危険で、あまりに計り知れないと思っていたのか？　リンダは息を切らしていたが、それは体力を消耗したためではなく、これからなにを目にするのか不安なためだった。

小道はひらけた場所に突き当たり、そこに一軒の家があった。もとは空き地のまんなかにぽつんと建つ掘っ立て小屋だったが、その小屋の四方八方に別棟が雑に増築され、増築部にさらに増築がなされた結果、迷路のような建物となっていた。不格好に広がる、まるで折りたたみ定規のような家。そこはリンダの家のすぐ近くで、ウッドデッキを設置している近所の人が金槌でトントン打つ音が聞こえてきた。周囲の樹木も同じ種類だ。自宅の庭をほったらかしておけば、ここと同じように育つだろう。ここのカエデは家のカエデと同じ大きさだ。どちらのカエデも葉がポインセチアのように赤くなっている。

リンダは家に入り、テレビの低い音に向かってジグザグに廊下を進み、居間に入った。カバーの破れたソファがいくつか、一台の小さなテレビの向かいに並んでいる。壁はむきだしの木で、同じく木の床には大きさも柄もばらばらの小さな絨毯が何枚も敷きつめられ、一枚の大きな絨毯の形を作っている。

絨毯の上にチャイルドシートがあり、なかでルイスが眠っていた。リンダの記憶しているルイスとはずいぶん違って見えた。連れ去られてからの数か月ぶん成長して、もうシートが窮屈になっている。それが自分のシートだとリンダは気づき、なくなっていたのに今までまったく気づかなかったことに驚いた。あの日ルイスと一緒にいったいどれだけのものを男は奪っていったのだろう。

ルイスの隣の安楽椅子に例の男は座り、腕を伸ばしてチャイルドシートを揺らしていた。まわりではさまざまな年齢の子どもたちが床に座って遊んでいる。子どもたちはリンダをちらっと見て、また遊びに戻った。くすんだ青色のソファの隅で、小さな女の子が身を丸めて眠っている。女の子の汚れた髪は鳥の巣のようにもつれて、小枝やコケがからまっている。

リンダはうめき声を漏らした。

男はリンダをにらみつけた。なにを考えてたんだ。病人めいた力のない声で男はあざ笑った。子どもたちを食べたとでも？　そんな光景を目にするとでも思ってたのか。

男はよろよろと立ち上がった。私は獣《けだもの》じゃない。

それからまわりに散らばったものを拾い集めてビニール袋に入れた。

きみと争う気はない、と男はつぶやいた。重い病でね。茶色のクマのぬいぐるみ、ところどころ塗装がはげている木製のガラガラが袋に入った。

ある意味、来てくれてうれしいんだよ。これ以上この子たちの面倒は見れない。大仕事だからね。ソファで寝ていた女の子が、まるで合図を受けたように体を広げ、犬みたいに大きく弓なりに伸びると、ソファから滑り落ちて頭を床にぶつけた。リンダは見ているうちに胃がねじれるのを感じた。きみの子だ、と男は言った。リンダの顔をしげしげと見て、次に女の子を見た。まちがいない。

女の子は座り直して、ぶつけたところをさすった。

リンダは頭のなかで年齢を数えた。ベアトリスは六歳になるはずだ。

外歩きが好きな子でね、とぼさぼさ頭の言いわけをするかのように男は言った。ビニール袋を女の子に押しつけ、あごをしゃくってチャイルドシートを指し示した。持ち手をしっかり握るんだ。お母さんが弟を連れて帰るのを手伝ってあげなさい。お母さんは足もとがふらついているようだからね。

ベアトリスと男はリンダを見つめた。次はリンダが話す番だと言わんばかりに。もしくはただ帰るのを待っているだけかもしれない。

リンダはもっと劇的な場面があると思っていた。取っ組み合いとか、そんなことが。握りしめたバッグにはふきんで包んだ包丁がそのまま収まっている。こんなはずではなかった。これではまるで、いやいや預けたベビーシッターのところに子どもを迎えにきたようではないか。謝るつもりはないの、とようやく問いただした。

男はハッハッと笑ったが、そこに悪意は感じられなかった。なにを謝れと？　これが私のありかただ。この子たちは正しく扱った。男はベアトリスの頭に片手を置き、微笑して見下ろした。フクロウの鳴き声はどんな声かな。

ベアトリスは首をかしげた。ホー、ホー。ホー、ホー。ゆっくりと真剣に、ベアトリスは鳴きまねをした。

正解、と男は言い、足を引きずってリンダの前を通り過ぎた。リンダはあとを追って食堂へ入った。木挽き台にベニヤ板をのせて作ったテーブルが詰めこまれ、壁際には電化製品がいくつか並んでいる。テーブルは何列もつづき、両側にはベンチがある。まるでカフェテリアのようで、優に百人は座れそうだ。

男とさまざまな子どもたちの写真がベニヤの壁を覆っていた。そのうちの一枚では若いころの男が小さな男の子に手を貸して、男の子の背丈ほどもある魚を掲げている。男の子は歯と歯のあいだに大きなすきまがあり、男は笑って写っている。別の写真では、それより歳をとった男が、ヘビのように曲がりくねった増築が加わる前の、家の正面に立っている。両腕を大きく広げた男のまわりには、あらゆる年代の子どもたちが集まっている。全部で四十人くらいだろうか。みんな笑顔だ。写真の貼られた板と板の合間にはしわくちゃの古びた手紙が鋲で留めてある。どれも「お父さんへ」という書きだしだ。一部の手紙には別の家族の写真がテープで貼ってあり、それは大人になった子どもたちが――あたかも実家の父親に手紙を書くように――男に書いた手紙だとリンダは気がついた。しかし写真に写っているのは本当にその子の家族なのだろうか、それとも今隠れ住んでいるどこかの町から盗んできたのだろうか？　子どもたちは成長してこの男のようになったのか。それともごく普通の人間になったのか？

男が冷蔵庫の一台に身をかがめ、手さげ袋にりんごを詰めるのをリンダは見ていた。男の頭に髪はほぼなく、耳は垂れ下がりひじは節くれだっている。リンダの庭に来ていたのはほんの数か月前なのに、あのときよりもずっと年老いて見えた。男はぎくしゃくと背を伸ばし、リンダに歩み寄ってりんごを詰めた袋を渡した。

それからもちろん残りの子も連れていくんだろうね、と男は言った。そしてなつかしい思い出にふけるように、ぽつりとつぶやいた。私の子どもたち。

けげんな顔をしたさまざまな年齢の子どもたちの列を率いて、リンダは森を進んだ。まだ歩けない子は年長の子どもたちが運んだ。何人いるかリンダが数えようとするたびに、子どもたちはごちゃまぜになってわからなくなった。少なくとも二十人以上はいる、とリンダは見積もった。みんな泥で汚れ、遊牧民のようなにおいがした。

ベアトリスはリンダの隣を歩き、ルイスのチャイルドシートを荒っぽく揺すっていた。見覚えがあるはずなのに、リンダにはまったく知らない子に思えた。ベアトリスは横目でリンダを見張り、リンダが触れようとしたら身をかわそうと構えている。だからリンダは手を伸ばさなかった。

家を出るとき、子どもたちの多くは泣きながら例の男を抱きしめ、男もまた泣いていた。ほとんどの子が男をパパと呼んだが、何人かはケビンと呼んだのをリンダは聞き逃さなかった。ケビン、とリンダは繰り返し、その響きがあまりにありきたりに思えてきて笑いそうになった。男が踏みならした森を抜ける小道の入口で、リンダは振り返った。男はポーチに倒れ、すでに黄ばんで死んでいた。

男が病気でなかったらどうなっていただろう。子どもたちをめぐってリンダと争っただろうか。リンダにはもうわからなかった。もしかすると男は子どもたちをずっとそばに置くつもりなどなく、数えきれないほどの子どもの面倒を一生見る気などなかったのかもしれない。あるいはほかの計画を立てていたが、とうの昔にあきらめて病的な衝動に身を任せていたのかもしれない。そして奪われた若い女たちは、母親であるとはこうした経験をすることなのだと思いこみ、その行為がつづくのを許した。女たちはある程度の喪失を覚悟することを——そして次に、受け入れることを——学んだ。そして男は寿命が訪れ解放されるのを待った。

むっつりと歩く子どもの群れをリンダは見つめた。子どもたちは成り行きを見守り、悲しく腹を空かせた顔をしている。リンダは胃に重苦しさを感じた。

リンダは近所の女たちに電話をかけてメッセージを残した。例の男は死にました、子どもたちはみんなうちで預かっています。お子さんがいるか確かめにきてください。

数人の女だけがやってきて、なじみのない名前を呼び、おそるおそる子どもを抱き上げ、なにかを確認するかのように頭からつま先まで目を凝らした。それから記憶に残っていると思う子どもに一番近い子、または一番ほしい子を連れて帰った。ひとりの女だけが涙を流してよろこんだ。それ以外の女たちはどちらかというと混乱に近い感情を表していた。もしくは諦念を。すでに別れを告げたものを突然すべて取り戻せると言われても、人はそれを望むだろうか？　リンダが電話をかけた残りの女たちは沈黙で答えた。迎えにくることはなかった。

親がだれだか察しがつく子もなかにはいた。受け継いでいる鼻、目、笑顔、気性を見れば明らかだった。やろうと思えば、その子たちの両親を見つけて本来の家に送ることはできる。だが先に引き取られた子どもがふたり、上着に謝罪のメモを留められて、リンダの家の玄関に戻ってきた。その子たちを優柔不断な両親のもとに送り帰すことはできた。けれどリンダは帰さなかった。すべての子どもを家に置いた。

リンダは人を雇い、家を増築して小さな部屋を作った。その支払いと新しい出費のため、夫は余分に働いた。仕事が終わると夜はたいてい遠くへ車を走らせ、酒場で遅くまで飲み、騒々しくなった家に帰るのをできるかぎり避けようとした。新婚のころ、どんな家庭を築きたいかふたりで夢を語り合ったことをリンダは思い出した。子どもの数は三人が理想だと夫は言っていた。今は二十五人の子どもがいる。

増築部分は裏庭を占拠し、外で遊ぶ場所は残らなかった。子どもたちは部屋に並べた急ごしらえの二段ベッドで眠り、そのベッドは船の厨房を——産業に従事する哀れな大人を——思い起こさせた。リンダはそんなふうに考えるのはやめようとし、この子たちはもう盗まれていないのだという点にのみ意識を向けた。この子たちは発見された。解放された。リンダが救い出したのだ。しかしそれ以上いいことはあったのだろうか。夫は不しあわせになった。森の家で満足そうだった子どもたちは今や無気力に見える。そしてリンダもわが子を取り戻したとはいえ、あったかもしれない過去や二度とありえない未来を思うと、いまだに深い悲しみを感じた。ひょっとすると近所の女たちはこうしたことをリンダに伝えようとしていたのかもしれない。母親であれば山ほど喪失を味わうのが当たり前だと。

リンダは自分の子どもたちをそばにいさせようとした。ふたりのベッドを自分の寝室に置いた。ルイスのためにベビーベッドを用意し、しばらくしてからルイス専用の小さなベッドに替えた。フットボードには機関車の正面をペンキで描き、機関士の制服みたいな縞々のシーツをかけた。そしてベアトリスのベッドには、ピンクのシーツとレースの縁飾りのついた掛けぶとんを用意した。だがベアトリスはそこでは眠らなかった。

ベアトリスは夜になると家をうろつき、戸棚をのぞいたり本をめくったりした。長い散歩に出かけ、戻ってくるときは自分のではないものを持っていた。朝、リンダは部屋の隅で丸まっているベアトリスを見つけた。かび臭い黄色の毛布にくるまっていたが、リンダには見覚えがなく、男の家から持ってきた記憶もなかった。ベアトリスの靴下はよく足から半分脱げそうになっていた。大人と違って、子どもは靴下がよくそんなふうになる。

ベアトリスは居間の隅を自分の場所にして、そこに宝物を集めた。夜、子どもたちがベッドに入り、ルイスがぐっすり眠り、子どもでごったがえす家を避けるため夫が残業し、ベアトリスが廊下をはねるように走っていくと、リンダはベアトリスの集めたものを調べた。汚い野球ボールやだれかが落とした車のキーにまじって、以前リンダが盗まれた娘に宛てて書いた手紙の箱があった。いつの日か娘に渡すことを願って書いた手紙だ。赤ちゃんの写真が何枚もはさまっている本もあった。悲しみに暮れる人のための啓発本で、ページの隅が折られ、リンダの筆跡でたくさんの書きこみが残っている。本の下には、針金のような白髪がびっしりからみついたリンダのヘアブラシ、何年も着ていないセーター、ベアトリスの唯一の寝具から切り取ったピンクの端切れが入っていた。端切れには、ドレッサーにしまいっぱなしにしていたリンダの高価な香水がたっぷり振りかけてある。

リンダは温かく激しく感情が揺さぶられるのを待ったが、その収集物を見ても不安になるだけだった。そのように過去を研究した痕跡は、その子に対する疑念をリンダの心に投げかけた――どうしてもベアトリスとは思えない。リンダはこの子に対してほとんどいとおしい気持ちになれなかった。ときどき、例の男が嘘をついていたか、別の子とまちがえたのではないかと思った。子どもがみんなそろうと、女の子たちを眺めて、なつかしさを覚える子はいないかと探った。六歳のベアトリスはこんな姿をしているのでは、と心のなかで問いかけた。だが何年も想像して作り上げた娘のイメージに似ている子はいなかった。そして似ていないという点についてはこの侵入者のような子も同じだった。ベアトリスはいつもどこにいればいいかわからないというようすで、狡猾な目つきをして、髪に小枝をひっつけていた。

夜、ベアトリスが外へ抜け出してから、リンダはドアの前に佇み、鍵に手を置き、このまま鍵をかけてしまおうかと思い悩むときがあった。そしたらあの子はどうなるだろう？　森のなかの四方八方に伸びた家に戻る女の子の姿をリンダは思い描いた。赤ん坊のころから過ごしたその家をベアトリスは隠れ場所にする。汚れた足であのむきだしの木の床を歩きまわり、新しい写真を壁に鋲で留め、例の男と同じように暮らす。外出するとものを拾い集め、やがては子どもを集めるようになる。

ベアトリスに対して単純でわかりやすい感情をリンダが抱くことはめったになくなった。遠く家を離れた女の子を哀れには思った。けれどそれは愛情と同じ気持ちではなかった。

そのうちにリンダは、ベアトリスが本当にそこらを徘徊し、だれにも気づかれず、暴れまわっているという想像にのめりこむようになった。きっとあの子は真《まこと》の家という虚飾を捨て去り、リンダの家から逃れたのだ。今ごろ新しい家になりそうな場所を探して、枯れ木の根元や公園の奥の湿っぽいほら穴にいるかもしれない。暑い夏にはマツの大枝の上で眠り、冬には汚い黄色の毛布をかぶって震えて過ごすのだろう。

長い夜を過ごすうち、リンダはベアトリスの冒険を創作し、とりつかれたように何度も細部を直した。あの子たちには恵まれた子ども時代を送る素地がある、とリンダは自分に言い聞かせた。それはたとえばこんな話だ。ベアトリスは噴水の水を飲み、湖で水浴びする。夜にはフクロウの鳴きまねをし、昼にはチョウを追う。野犬の群れから身をひそめ、リスが隠したものを奪い、カラスを監視する。ひときわ高い木々に向かって語りかけ、雑草を髪にからませ、燃やした木切れで歩道に絵を描き、お姫様になる。まるで冒険物語を読むように道路標識を読み、冗談を飛ばすカモと一緒に笑い声をあげ、ゴミをあさる。樹上から下を眺め、広大な芝生でピクニックをしているしあわせな家族を見張り、チャンスが訪れるのを待つ。そしてそのときが来たら、あたかも家族の一員であるようにするりと仲間に入りこみ、ピクニックの昼食を盗み、それから、もっとたくさんのものも盗んでいく。

ガール・オン・ガール

Girl on Girl

ハイスクールの一年目が始まると、みんなどういうわけか別人になって、おとなになって、遠い将来について考えはじめたりする。あたしはみんなとは違う。この夏は離婚したパパのマンション――よそよそしくて武装したような部屋だった――で過ごしたし、そんなのだれの興味も引かない。今はダンスフロアで、前まで入ってた女子グループが腰をくねらせて男子に迫り、男のコーチ／公民の先生たちがそれを手荒く引き離すのを眺めている。先生たちは女子の体の不適切な部分をはたくけど、つい指導に熱が入ったふりをしてごまかす。あたしは一部始終を見て、うんざりする一方、自分もあのなかに入ってもみくちゃになりたいとも思う。

体をなでまわされてみたい。どこかに激しく押しつけられたい。恥ずかしくて熱くなる。いい感じに。

隣のクララに目を向ける。両親が大学教授なだけあって、クララはぜんぜんしゃべらない。いまだに子ども用の肌着をつけてるし、乗馬もやめてない。死んだ星くらい遠く離れたところからダンスを眺めている。

「ライアン先生ってどんな味がすると思う？」

クララは赤くなる。あたしまで赤くなる。

数学のライアン先生もカップルに割って入って離れさせていて、ラメのスカートをはいた三年生に先生の股間がかすめる。先生は栗色のあごひげを生やして、感情のない冷たい目をしている。骨ばった肩。前腕のあの細くて黒い毛に覆われた青白い肌をあたしがまさぐるシーンを空想する。先生は机にかがみこんでxの解を説明している。きっと先生は掘りだしたばかりの岩の味がするはず。口につばが溜まる。先生の微積分の指がくねくねとあたしに向かう。あたしのことを食べごろの梨と呼ぶ。先生がぐっと近づく。耳鳴りがする。梨は腐り落ちる。

頭をピシャリとたたいて脳内ポルノを止める。

そのとき、昼間のトーク番組に出てる女の人みたいに、髪をふり乱すマルニが目に留まる。彼氏のマックにわめきちらしている。音楽よりも大きなその声は、「ウィィー」と長く叫んでるみたいにフロアに反響する。マルニは色っぽくてムチムチして、不自然に細い腰と不自然に大きなおっぱいとお尻をしている。ほっぺとくちびるはふっくらしてるのに、あごはとがっていて、見た目はビクトリア朝風磁器人形のセクシー版だ。髪もボリュームたっぷりで、そんなふうに目立つポイントがたくさんあるおかげで、標準サイズにうまく見せている。でもあたしはマルニがパジャマに着替えるところも、誕生日パーティーでピザをまるごと一枚ぺろりと食べるところも見てきた。ぜんぜん標準サイズなんかじゃない。マルニは華麗な雌牛だ。前はあたしの親友だった。この夏、あたしはマルニに二十六通手紙を書いたけど、返事は一通もなかった。ミドルスクール以来、あたしたちは口をきいてない。

そのたっぷりした髪をひとふさ、マックはつかむ。マルニを引きよせ、大口を開けて、マルニの口を求めようとする。マルニは片手をふりあげる。その大口に指をまとめて突っこんで、ぐるぐる回すのかもしれない。あたしはそれが見たい。でもマルニはマックの顔を引っかくと、体を引きずるようにして混みあうフロアを横切っていく。カップルが道を空ける。どういうわけかマルニはみんなに一目置かれていて、うわさではホームカミングのプリンセス候補にまで挙げられてるらしい。どうせチアリーダーの子には勝てないとしても。体育館の隅にいたテリーサとヒル――マルニの新しい親友――がそれぞれのダンス相手から身を離す。それまでイチャついてたくせに、ふたりともちゃんとマルニが出ていくのに気づいてあとを追う。さすが今の親友だ。外野から盗み見してるあたしには、なにかあるってことしかわからない。

「どうしちゃったんだろ」とクララに言う。思わせぶりに声をひそめて、うわさ話をしようとする。でも死んだ星はちょっぴり肩をすくめるだけだ。

コンパスの針みたいにひざが動く。

マルニのお気にいりの場所なら知ってる。

ダンス中のカップルはあたしを足元でちょろちょろする猫みたいにさんざん蹴とばす。体育館の出口にたどり着くまでにまる二曲かかる。さびついたドアを肩で押し開けると、ドアはギーッときしむ。

廊下は静かだけど、そこらじゅうでカップルがロッカーに体を押しつけあっている。スカートはじわじわ上がり、パンツはじりじり下がる。これが単なるまねごとなのか、それとも全員が本当にアレをするつもりなのかはわからない。先生はどこ？　このにおいはなに？　走りながら全員の髪をつかんで、思いきり引っぱってやりたい。全員の足を払って、転ぶところを眺めていたい。

女子トイレはひとつ上の階、廊下の端にある。ドンッと音が響いて、あたしは階段を駆けあがる。廊下を進むほど音はますます大きくなる。ドンッという音、つづいてウーッという声、またドンッという音、ウーッという声が聞こえる。トイレのドアの向こうでマルニが叫ぶ。「もっと強く！」まるであたしの耳のなかで叫んでるみたいだ。

入口のドアを少しだけ開けて、床に寝そべるマルニを見つける。体の下にコートが敷いてあって、髪が広がっている。なんだかロマンチックなお姫さまっぽい。するとテリーサが、靴下ばきの足をマルニの丸く突きでたおなかに勢いよくふりおろす。

「ウーッ」。マルニの天使みたいな顔がくしゃくしゃになる。ヒルがサイズ9の足で踏みつける。ふたりいっしょに「ウーッ」とうめく。ヒルは暑そうにハアハアあえぐ。

「ほら」とマルニがどなる。テリーサの脚に手を伸ばし、すぐさまテリーサはふりおろす。マルニの頭が床の上ではねる。ガンッと危険な音が響く。

あっと声がもれる。三つの頭がすばやくふりかえる。でもあたししかいないのに気づく。

「なんか用？　ヘンタイ」とマルニがあざ笑う。

マルニはそこに横たわっている——踏みつけられて、堂々と。窓のひび割れが描くクモの巣模様がきらめく。ヒーターがカンカン鳴る。踏んでいたふたりは鼻を鳴らす。あたしの答えを待っている。用なんてない、でもあたしもそこに加わりたい。全力で何度も蹴りたい。狙いをはずしてマルニの肩や頭に当てたい。のどに歯ブラシを突っこんで、肉をそぎ落としてやりたい。

「困ってんじゃないかと思って」とあたしは言う。できるだけ大きな、皮肉めかした声を出そうとするけど、うまくいかない。

三人は顔を見あわせて、わざとらしい大声でアハハと笑う。息ぴったりだ。

まるで自分の場所だと主張する探検家みたいに、テリーサがマルニのおなかに足を置く。「そのとおり、困ってんの」と言って背をそらし、おなかを突きだしてさする。そして顔をゆがめてうめき声を出す。

マックに乗るマルニ。マルニに入るマック。小さなマックとマルニ。頭のなかが高速で回転する。あたしも見たい、その音を聞きたい。

マルニはものすごくこわい顔をして、テリーサを押す。テリーサはタイルの床に倒れこんで、そのまま死んだふりをする。

「行って」とマルニがみんなに向かってどなるけど、走りだすのはあたしだけだ。

体育館の外では、先生たちが集まってにぎやかにしゃべっている。あたしが息を切らせて駆けよると、お酒の入った携帯用ボトルが隠される。二階の女子トイレでマルニ・デュークがボコボコにされてます、とあたしは報告する。理由はとても言えない。あたしたちはまだ十四歳だ。

恥ずかしくて熱くなる。胃のあたり。痛い感じに。帰り道で、あたしは低い木の枝をなぐりつけながら、走って家に戻る。


月曜のホームルームでは、女子トイレでのケンカについてみんながヒソヒソ話している。うわさの中心はマルニだ。ひとりが押さえつけて、もうひとりが蹴ったんだって。みんな息をのむ。**マルニってあのホームカミングの？** あちこちでえええっという同情の声があがる。

あたしは校長室に呼ばれる。

校長室の前の廊下では、マルニとテリーサとヒルがだるそうに立っている。校長があたしに入れと言う。ドアを閉めるまで三人はあたしをにらんでいる。

校長がたずねる。「ギャビー、なにを見たって？」

三人はガラス越しにまだにらんでいて、校長がブラインドを下ろすまであたしはしゃべれない。ブラインドが下りるなか、ヒルがこぶしを突きあげる。あたしはマルニと目が合う。その目はすごくなつかしくて、マルニの気を引けたことが一瞬うれしくなる。そしてブラインドが全部下りる。もうあたしだけだ。

校長はあたしの見解を聞きたがる。

「見解なんてありません」

校長はため息をつく。「見たことをそのまま話してくれ」

それで見たことを話す――マルニが倒れていて、ヒルとテリーサが踏んづけていた。

「どこを?」と校長はきく。

あたしはおなかを触り、校長はメモ帳に書きつける。「でも逃げたから、ほかにはなんにも知りません」

「彼女たちはきみになにか言わなかった?」

首を横にふる。あたしには言えない。

校長はペンを持ったまま、じいっと見てくる。

あたしは咳ばらいをして、遠回しに話す。「そのすぐ前にマルニは彼氏とケンカしてました。彼にもきいてみたらどうですか」

校長は困惑顔になる。「彼もその場にいたのかな」

カーペットの渦巻き模様が動いて、あたしの脚をはいのぼろうとする。もう一度首を横にふる。

「いいえ」

「じゃあどうしてきみはケンカのことを知ってるんだ?」

あたしは肩をすくめて自分の手を見る。指は途中まで細くて、先っぽが太い。まるでカエルの手みたいで、べたべたして、気味が悪い。スイレンの葉っぱをめちゃめちゃにしてしまう。あたしはぴんと伸びたジーンズをなでつける。なんだかくさい。においのもとはまちがいなくあたしだ。

「見てたので」と答える。

校長はうなずき、ファイルの書類——あたしという存在の紙バージョン——をめくる。

出ていっていいと言われる。

覚悟を決めて廊下に出る。きっと出たとたん、バットを脳天にたたきつけられると思って。でもマルニたちはいなくなっている。

保健室へ行って、先生の机に吐く。先生は家に送ってくれる。だれにも見られないように、あたしは裏庭の道を通る。

火曜のホームルームでは、マルニとヒルとテリーサはケンカしてなかったことについてみんながヒソヒソ話している。みんなうなずく。**だってあの子たちって親友だし**。だれがウソをついた? うわさの中心はあたしだ。「ギャビーだって」と女子たちは意味深にささやきあい、軽蔑の目を向けようとする。「だれだっけ」。机から机へ、自信なさげに視線がさまよう。「ガブリエルって?」みんな首を横にふる。だれも気づかない。ちょうどそこに座ってるのに。

ランチの列に並んでると、テリーサがうしろからやってきて、プラスチックのトレーを背骨に押しつけてくる。あたしはラビオリに倒れこみそうになる。

「五限の前にマルニが外で待ってるから。よろしく」とテリーサは不満げに言う。

クララの隣に座る。クララは顔いっぱいにいぶかしげな表情を浮かべている。あたしはランチに手をつけない。授業十分前のベルが鳴る。

「クララ」と小声で言う。「トイレ行こ」

クララはたった今起こされたみたいにびくりとする。窓の外を見ることはクララにとって一種の睡眠なのだ。それでもあたしのあとについてくる。

一階トイレ。昼食後の生徒でごったがえしている。あたしはドアの下をのぞいていく。洗面台の陰に悪びれもせずタバコを吸う子たちがたむろしている。目に涙が溜まる。

クララの手を握るけど、戸惑ったふうにすぐふりほどかれる。なれなれしすぎるとでも言いたげだ。

あたしは絶交を考える。「ちょっとトイレの外で見張ってて。ベルが鳴ったら、マルニかヒルかテリーサがいるか携帯で知らせて」

「なんで？　ウソついたから？」

どうしてうわさのことを知ってるんだろう？　いつも教室の隅っこに座ってるくせに。「ウソなんてついてない。いいから見張ってて」

あたしは個室に閉じこもり、便座の上でうずくまる。すきまから外のようすがわかる。そのまま待つ。

女の子たちが駆けこんできて、髪をブラシでとかし、キラキラのグロスを塗って乾かし、洗面台につばを吐く。安物の香水がふりまかれる。

始業ベルが鳴る。トイレは無人になる。したたる水が音をたてて排水管を流れていく。

クララにクエスチョンマークを送るけど、返事はない。たぶんだれもいない教室にでも迷いこんで、人生が始まるのを待ってるんだろう。

入口のドアが勢いよくひらく。その声を聞く前から、においでマルニだとわかる——セルフタンニング剤の偽ココナッツ。ヒルとテリーサのフーッフーッという荒い鼻息が聞こえる。三人は個室のドアをひとつずつ蹴り開けていく。あたしの隠れ場所を探してるんじゃない。もうバレてる。あたしは便座の上で小さな塊になる。ドアがぱっとひらいて、風で前髪が分かれる。

ヒルがあたしを引きずりだす。「ナイスチャレンジ」とせせら笑う。

入口のドアのすきまから、クララがのぞき見している。あたしと目が合う。どうせ口だけ動かして「ごめんね」とか言うんだろう。ところがクララはなかの光景をざっと見ると、ありえないことに、ニコッと笑って走りさる。さよなら、よい一日を。クララとは絶交だ。

ヒルとテリーサが一本ずつあたしの腕を引っぱって背中に回す。マルニは薄く笑って、力いっぱい下腹をひざ蹴りしてきて、あたしはえずく。ゲロがかからないようにみんなよけるけど、なにも出てこないと、マルニがふたたびひざ蹴りする。

「ウグッ」と空気を求めてあえぐ。あたしはマルニみたいに大きくない。ぶかっこうで、弱い。脚は丸太だけど、おなかはやわな鳥の骨だ。マルニのひざは体のどまんなかをとらえる。

あたしの体はふたつ折りになる。ヒルとテリーサが起こそうとするけど、がくんと倒れる。その体勢のまま抵抗してるわけじゃなくて、ただ打ちのめされている。床にへばりつきたい。脚が震える。マルニの手が伸びてきて、あたしの顔をゆっくり持ちあげる。されるがままになってるのは、それがマルニの手だからだ。いろんなことを教えてくれたその手のやさしさをあたしは知ってる。その手はあたしの指をギターの弦に置いて、マルニがつまびくのに合わせて押さえてくれた。自転車に乗るときは支えてくれた。パパが出ていったときは慰めてくれた。マルニの目をのぞきこんで、そのきれいなピンク色の顔をまじまじと見る。メイクは前より濃くて、むせかえるほどのココナッツの下からはイヤなにおいがする。外でタバコを吸えば煙が吹きとぶと思ってるのか知らないけど、においは髪全体にこびりついている。一瞬、マルニはにっこり笑って、あたしのほっぺたの汚れをぬぐってキスするんじゃないかと思う。でも次の瞬間、とうとう、こぶしが顔にめりこむ。バキッという音が聞こえて、今度は床が手を伸ばしてくる。あたしは三人の笑顔を見ながら倒れる。

床に横たわって、泣きたい気持ちになる。立ちさるとき、だれひとりとして口もきかなかった。あたしみたいに地味なやつをぶちのめしたところで、なにも言うことはないらしい。それぞれの靴がタイルを踏む音だけが響く。カツカツと鳴るおとなっぽすぎるヒール、床をこするスニーカー、ドスドスと重たげなごついブーツ。三人はきしむドアから悠々と廊下に出ていって、五限に遅れるのを気にもしない。

タイルは冷たい。ほこりがほっぺたを汚す。虫の視点でトイレの床を眺める。女子の長くもつれた髪の毛やタバコの灰が散らばっている。はがれたラメ入りのネイルチップが、ギリギリ手の届かないところに落ちている。

あたしはベッドで目を覚ます。頭が痛む。うまく呼吸ができない。なにか固いものが鼻をふさいでいる。慎重に指でほじくる。乾いた血の塊が鼻の穴に詰まっている。コップの水を飲もうとするけれど、鼻のせいで飲めない。

ドアがカチャリとひらく。ママがためらいがちに顔を出す。神経質そうな笑顔の目じりにしわが寄る。

「ああよかった、起きたのね」。ママはベッドの端に座り、あたしのおでこにかかった髪をなでつける。そのときあたしは、そこにこぶができてることに気づく。

「どういうこと」とガラガラ声できく。

ママの手がはっと止まる。「覚えてない？」

「ううん」

手がまたおでこをなではじめる。「だれがやったか教えてくれる？」

「ううん」

手が止まり、ふくらんだこぶの上で重たくなる。痛い。ママは痛いのがわかってやってる？　きっとそうだ。

「じゃなくて、覚えてないんだ。だから、わかんないんだって」

ママはがっかりして息をつく。「まあいいわ、ガブリエル。それはまたあとで」。それからママは、次のシーンの台本を渡されたみたいに顔を明るくする。「お客さまも来てるしね！」と、あたしの胸にかかったシーツを整える。「今ね、マルニが来てるの」

体に緊張が走る。「なんで」

ママは自己憐憫に浸った笑みを浮かべる。おかしな子ねとでも言いたげだ。「お見舞いよ。だいじょうぶかって。やさしいじゃない？」と言葉を切る。「うちに来るのはずいぶん久しぶりね。今も仲よくしてるなんて知らなかった」

「してないけど」

「あ、そうなの、ならなおさらやさしい子ね、お見舞いに来てくれるなんて。入ってもらってい い？」いいもなにも、マルニはもう待ちかまえているはずだ。今ごろはきっとドアノブをなでまわしてる。

あのトイレのひび割れたガラス越しに射しこむぼんやりした光、その光を切り裂くマルニのこぶしを思いかえす。一日の残り半分の光。今ここに射すのと同じ種類の光。

あたしはうなずき、ママが部屋を出ていくと、ベッドの上で体を起こす。

マルニが静かに入ってくる。まっすぐ背を伸ばして落ちついた雰囲気だし、表情は親しげでおだやかだ。一瞬だけ、あたしはほっとする。でもドアが閉まると、マルニは威嚇するように前のめりになる。両手を腰に当てる。あたしの顔を見て鼻を鳴らす。「ひどい顔」

「謝りにきたの？」

マルニは演劇の授業みたいな高笑いをする。「まさか」

「停学になった？」

マルニはまたケラケラ笑う。「なるわけないじゃん。あたしたちなんも悪いことしてないのに。ふたりは手伝ってくれてたの。友だちだから」

あたしはたじろぐ。言葉が刺さる。「じゃあなんで来たの」と強がってみせる。

マルニは両手を握りしめて部屋じゅう見まわすけど、あたしにだけは目を向けない。肩をすくめる。「うまくいかなかった」とどうでもよさそうに言う。「またやんなきゃ。でもテリーとヒリーはびびっちゃって」。仲よし同士の呼び名を聞かされて、胃がキュッとなる。「あんたのせいだよ、だから」

「だからなに?」とあたしはどうにか大きな声を出すけれど、どこかに行ってしまったママに聞こえるほどじゃない。

「終わらせて」とマルニも同じように大きな、でももっとドスのきいた声で言う。

「なんであたし? マックがいるじゃん」

マルニはげんなりした顔で、洗いたての花柄シーツの下にいるあたしを心底イヤそうに見てくる。

「友だちだと思ったのに」とあごを震わせて言う。こっちは窒息しかけてるのにそんな理屈が通るわけない。なのにあたしは、もうどうでもよくなる。

「友だちだよ」

あたしがその言葉を証明するのをマルニは待つ。

でも鼻を出入りする空気の感覚に集中していると、おなかのなかで高まる興奮の勢いが弱くなる。

「もういい」とマルニはイライラと言う。「自分でやる」とヒステリックにおなかをなぐり、安っぽい指輪だらけのこぶしで腰まわりの脂肪をわずかにへこませる。

「やめて」とあたしは言い、マルニの手をつかむ。「そんなんでうまくいくわけない」

マルニはあたしを見る。

「上に乗らなくちゃ」

マルニはうなずく。

かけぶとんと、おばあちゃんがおぼつかない手つきで縫ったキルトを重ねて、床にやわらかい寝床をつくる。昔もよくこんなふうに、マルニが泊まりにくると寝床をつくっていた。そこにマルニは横たわり、あたしはマルニの頭を抱いて、枕の上に置く。池に浮かんでるみたいに髪の毛がまわりに広がる。あとで枕カバーはココナッツくさくなるだろう。たぶんあたしはにおいが自然に抜けるまでカバーを洗わない。

死んだ人がするように胸の上でマルニに両手を組ませる。爪になにかのカスが溜まっている。なにか汚いものの汚れだ。マックの背中を引っかいてはがれた皮膚とか。マルニは清潔とはほど遠い。それでもできるものなんだろうか。口につばが湧いてくる。

「アレってどんな感じ?」ときいてみる。たとえあたしのことがもう好きじゃなくたって、教えてくれるのはマルニだけだから。

マルニはあきれたように目玉を回す。その顔をひっぱたいてやりたいけど、ほかにきく人がいない。のりみたいにヌルヌルする?　ぐいぐい押して圧迫する感じ?　パパのステンレスの冷蔵庫にはってあった、女の人のカレンダーを思いだす。パパにはきけない。ママにもきけない。クララも絶交したからきけないし、そもそもクララにきいてもしょうがない。

マルニは考えこむようにくちびるをかんで、あたしは教えてくれるのかと期待する。でもそれからマルニは顔のまんなかにギュッと力をこめて、一瞬だけ、泣きそうな表情になる。「黙ってやって」と命令して、あたしのすねをなぐる。

あたしはひざをついて全体重をかける。ママのふかふかのベッドに乗ったときみたいに、ひざが体に沈みこむ。

「ウーッ」とマルニはうなる。

「シーッ。声が大きすぎる」とあたしはささやく。「なんで病院に行けないの?」

あたしをにらむマルニの目つきを見ていると、世界にはまだあたしの知らないなにかがあるのか、それともその逆なのかわからなくなる。世界にはまだマルニにとって現実じゃないことがある。たとえば医者も、問題の簡単な解決も、マルニにとっては現実じゃない。世界にはきつすぎて説明できないと思うことがあるから、そういうことは秘密のままになる。

あたしはもう一度ひざをつく。

「ウッ、アウッ」とマルニがうめき、ママに聞こえるんじゃないかと心配になる。「静かにして」と叱りつける。だれにも知られてないのに、面倒に巻きこまれた恥ずかしさで胸が痛くなる。マルニといるときはずっとそんなふうだった――スリルと痛み。マルニのせいでいつも気分がいいのと同時に不愉快だった。片方の足で体を強く押す。「困らせないで」

マルニは息をのみ、それから呼吸が荒くなる。「あんたって性格悪い」

「あたしが？」

「めちゃくちゃ悪い！」

そうは思わない。あたしから見れば、性格が悪いのはマルニだった。てことはふたりとも悪い？　昔ふたりとも性格が悪かったなら、今もそうだってことじゃない？　あたしはマルニといっしょにめちゃくちゃ性格悪くなりたい。

床に丸まってた靴下を見つけて、マルニの口に押しこむ。マルニは抗議の声をあげて靴下を取りだそうとするけど、もっと深く押しこんで声を出せなくする。マルニは静かになり、大きな警戒した目であたしを見つめる。

おへそのすぐ下、いちばんふくらんだところをつま先で押す。ベッドの支柱で体を支えて、裸足でそこを軽く踏む。それからもう片方の足も置く。お祭りで見かけるバルーンキャッスルみたいに、足をどこに置いてもぐらついて、安定させるのが難しい。足が滑って、脇腹をこする。マルニが顔をしかめる。手をベッドの支柱に置き、反対の腕を伸ばして、ようやくうまく乗れる。バランスがとれる。足の下でおなかがつぶれるけど、厚い脂肪の下には小さな硬い盛りあがりがあって、それが身を守ろうとあたしの体重を押しかえしてくる気がする。

軽く上下に弾むと、そのリズムに合わせて、マルニは口に靴下を詰めたままフーッフーッと無言で息を吐く。飛びはねるたび、トランポリンみたいに勢いが増して、だんだん大きな、速いジャンプになる。もう足は滑らない。マルニの吐く息はますますうるさくなって、あたしは警告がわりにかかとを沈ませる。マルニは靴下の向こうからみじめに悲鳴をもらすけれど、そのあとは吐きそうなのか、小さくのどを鳴らすだけだ。

なんだか脂肪は溶けてなくなったように思えて、今はあの隠れた盛りあがりの感触だけがある。あたしはそれを切りひらきたい。ドラゴンを倒して、お姫さまを救いだしたい。うまくいったと確信できるまでやめたくない。

マルニの目から涙がこぼれる。涙は髪を伝って耳に溜まり、枕カバーに広がってしみをつくる。握りしめていたこぶしをほどいて、マルニは両手で顔を覆う。

理由はわからないけど、最高の気分だ。こんなにいい気分になったのは去年の終わり以来かもしれない。あれは学校最後の日で、あたしとマルニとあとふたりの女子とで映画館にこっそり隠れて、一日じゅう見つからずに過ごしたんだった。やりかたはだれかのお姉ちゃんから聞いた。あたしたちは映画が終わる前にトイレに駆けこんで、個室に隠れて次の回が始まるのを待った。あたしとマルニは同じ個室にひそんで、壁に寄りかかって両足を便座に乗っけて、両手でクスクス笑いを抑えていた。ほかのみんながやったことをあたしたちもしてるっていうのがおかしかったから。あたしたちはほかのみんなと同じになろうとしていた。そしてそれはすごく簡単だった。ただいくつかの手順を踏むだけでよかったのだ。

人類対自然

Man V. Nature

それはフィルと昔からの友人ふたりが酔っぱらい、広大な湖のまんなかで太ったマスを釣ってから数日後のことだった。美しいオレンジ色の身は炭火で焼くと絶品で、空には鳥の粒餌をばらまいたように途方もない数の星が光っていた。

フィルの船がガス欠になり、この毎年恒例の釣り旅行でフィルとふたりの友が立ち往生するはめになってから、数日後。

いつもはフェリーとスポーツボートがひしめき合う湖だというのに、見たことのないタンカーらしき船が通り過ぎるのをフィルが目にしてから、数日後。

救助がいつ来るか賭けをして、唾飛ばし競争にも、交替で語る猥談にも、架空のトランプ遊びにもすっかり飽きてから、数日後。

ビールで煮てグリルしたソーセージとパン、炭火で焼いたサツマイモ、朝食用の卵、調理用バターを食べつくし、魚も飽きるだろうと最後の夜のために用意しておいた、血の滴るような最高級のステーキ三枚をたいらげてから、数日後。

湖の水は飲んでも平気だとダンが言い張ってから、数日後。そこにみんな排便し放尿していたのだが、「薄まるって」とダンは言いながら、水をかきまわして糞を遠くへ流した。

ロスが、車のボンネットの飾りよろしく舳先に立ち、朝日に照らされたブロンズ色の水面から目を守りながら、後退する霧の向こうに陸地をたしかに見たと言ったのに、大きなプレジャーボートは重たく波に揺れるだけでどうしようもなかった場面から、数日後。

振り返ってみれば、明らかにみんな長く野外にいたせいで頭が働かなくなっていたし、憶測に浮かれていたし、言うまでもなく酔っていたのだ。その三十フィートのプレジャーボート——フィルが離婚の際に手放さなかった唯一のもので、キャビンでは快適に眠れるし、ミニ冷蔵庫にはまだビールが二ダース残っている——を放棄すると決めて、狭苦しいゴムの救命ボートに飛び乗ったときは。全員が歓声をあげて、そこに絶対あるとロスが言う岸にボートを進められると信じて疑わなかった。「一時間後には岸辺を歩いてるよ。おれにはわかる」とロスは言った。みんな三輪車に乗る王様のように背筋を伸ばしてひざを曲げ、無我夢中でボートをこいだ。

だがそれも数日前の話だった。

ロスとダンはあてどなくこぐのに疲れ果て、痛む肩をさすりながらフィルを眺めていた。そのまなざしからは疑念が伝わってきて、むしろ感謝してくれてもいいのにとフィルは思った。フィルはひとりで陸までボートをこいでやると請け合っていた。問題ないよ、と子ども用の二本のオールを手にした。サマーキャンプの使い古しで、緑の塗料はところどころはげていた。

「こういうことは前にもあった」とフィルは励ますように言った。「もっとやばい目に遭ったこともな」。なんといっても、フィルには軍で得た経験がある。ロスとダンが目を見交わした。あの目はどういう意味だろう？　フィルは落ち着かない気持ちになった。主導権を握る行為にはリスクが伴う。

昔はリスクを好んだ。だが近ごろは用心深くなっていた。

ボートは進んでいるのか？　目印となるものはなにもなく、フィルにはわからなかった。さらに強く腕に力をこめた。

「高校のチームでおれがどれだけすごかったか覚えてるだろ？」ふたりにもっと信頼されたくて、フィルは昔の話を持ち出したが、肩は震え、手は狼狽して汗をかいていた。

ロスが言った。「トラック競技でな」

ダンもあざ笑った。「それとフィールド競技」。フィルはのっぽのやせっぽちで、歩幅は並はずれて長かったが、さほどたくましくはなかった。

ロスとダンはげらげら笑った。ふたりが本当に笑うのを聞くのはプレジャーボートでくつろいでいたとき以来だった。これまで聞こえる音といえばゴムの救命ボートに打ち寄せる波音と、たまに飛んでくる鳥の甲高い鳴き声だけだった。こんな小さな空間でふだんの声を出すのは耳障りな気がして、会話は静かに交わしていた。「ジャーキーを少しくれ」というささやき声。非情に徹しきれない返事がつづく。「だめだよ。もう今日のぶんは食っただろ」

ロスとダンの笑い声が新鮮に響いたので、フィルもそこに加わった。笑うのは気持ちがよかった。

「負けたよ、ダン」とフィルは親しみをこめて言った。ダンの肩に片手をかけた。ごく自然にやったつもりだったが、ダンは触れられて体をびくっと硬直させた。

ロスとダンはうずくまってぐったりと眠りにつき、そのあいだもフィルは友を岸へ運ぼうとオールをこいだ。

夜になって雨が降ると、男たちはふらつきながら足元の水をかき出し、やがてどうにか小降りになると、ふたたび頭《こうべ》を垂れてみじめな眠りに戻った。

朝になると、フィルはオールを一本しか持っていなかった。

眠りこんじまったのか？　ふたりの男はフィルを問い詰めた。ああ、うん、そうだ、とフィルは答えた。眠っちまっても落とさないようにオールを手首にくくりつけておかなかったのか？　そうしようってみんなで決めたよな？　ふたりはわめいた。ああ、とフィルは平静に答えた。うん、そうしてなかった。

フィルは咳ばらいをした。「こんなのたいしたことじゃない」と言った。残った一本のオールでこぎ、水中をリボンのようにうねる流れに乗ればいい。流れに押されてボートは岸に近づくだろう。灰色の湖と空が溶け合って、みごとなまでに空漠としたドームを生み出していた。空と湖が逆さまになっているのだと言われても驚かない、とフィルは思った。ダンとロスがくちびるを噛んで前よりさらに目を見交わしているのを見て、ふたりは自分を信頼しようとしているのだと判断した。

ボートはのろのろと同じ場所で円を描いた。そして天候が変わって青空が現れたとき、ロスが見たと断言し、ダンとフィルもそれを信じていた陸地などないことがわかった。見わたすかぎり水平線がくっきり伸びていた。雲かなにかと見まちがえたのだろう、とフィルは思った。横長の雲の層が水面に沿って広がり、遠くに本物の岸があるように見えたのかもしれない。

ロスは顔をかきむしってむせび泣いた。「みんな」。妻のブレンと三人の娘たちはきっともう警察に通報しており、捜索隊、捜索艇、捜索機が出ているにちがいない。そう思うといっそう、まだ三人だけで迷って漂流していることがもどかしく感じられた。ロスの日焼けしたはげ頭をフィルは見やり、自分の帽子を差し出してやさしく言った。

「ほら、大将、水ぶくれになるぞ」

毎朝、座る場所を交替した。ふたりが後部のプラスチックのベンチ、ひとりが舳先のゴム底だ。ベンチに座るふたりはひじをぶつけ合い、一日じゅう隣の相手の体臭を嗅ぎ、ただれないように尻を動かさなくてはならない。底に座るほうは脚を伸ばし、側面にもたれることができる。みんな寝るときはその場所を取りたがった。初めのうち、その場所はずっと譲ってもらえるのではないかとフィルは期待していた——一番背が高いので、プラスチックのベンチに体を収めるのはふたりよりずっと大変だった。おまけに、これはフィルのボートだ。だがロスとダンは交替で使おうと決めた。そのほうが公平だ。一日底で過ごした者は、かわりに残りふたりの痙攣《けいれん》するふくらはぎと足をマッサージしなければならない。

フィルは体を伸ばしてひざの屈伸をした。黙ってロスのむくんだ脚をもんで血行を促し、ロスは心地よい痛みにうめいた。ダンは口ひげをいじって虚空を見つめ、自分の番を辛抱強く待っている。海にいるわけでもないのに、フィルは塩気のまじった空気のにおいを周囲から嗅ぎ取った。これは自分たちのにおいだと思い、自身の肩を舐めてみた。温かいオリーブの味がした。口内に貴重な唾があふれた。

三十フィートのプレジャーボートはとっくに消えていた。救命ボートに移った最初の日は、夜になってもまだその姿が見えて、水平線でルアーのようにぷかぷか浮いていた。だが朝になり、がらんと広がる水面を太陽が照らすころには、プレジャーボートは影も形もなかった。フィルにとって大変な朝だった。ダンとロスがＧＰＳを使って現在地を確かめてくれと言ってきたのだ。そしてフィルは、放棄してきた船内にＧＰＳは残っていると白状するしかなかった。持ってくるのを忘れたんだ、と言った。

実を言えばフィルはＧＰＳのことを覚えてはいたのだが、制御盤から取りはずすことができず、そもそも使いかたを学んだことが一度もなかった。プレジャーボートに乗るのは一年でこの一週間だけだ。西部で暮らしていたころも船はマリーナで雨ざらしになっていた。この船をめぐってパトリシアとどうしてあれだけ激しく争ったのか、自分でもよくわからない。パトリシアがほしがったせいというのもあったが、それもばかげた話だった。最初に購入する際、さんざんフィルを苦しめたというのに。「いいから仕事を見つけてよ」と彼女はののしった。「そしたらその空っぽの人生をくだらない船なんて無意味なガラクタで埋める必要もなくなるでしょ」。パトリシアの要求する財産リストにプレジャーボートを見つけたときフィルは泣いた。そうしてパトリシアは家といいほうの車と飼い犬を得ることになり、犬はパトリシアが古い友人にあげた。その友人はフィルに電話してきて、犬を返すと申し出た。フィルの犬を飼っているなんて変な感じだからと言って。だがフィルはどうやって犬を引き取ればいいかわからなかった。フィルはすでに東部に移っていて、犬は西部にいた。犬を連れ帰るために飛行機に乗り、パトリシアの暮らす街に足を踏み入れる――それは裁判所命令にもかかわってくる――のは望むところではなかった。とはいえ犬を輸送する方法もわからない。航空会社に電話して予約すればいいのだろうか？　それともＵＰＳ？　そんな電話をかけることを考えるだけで途方に暮れた。だから犬は友人が飼いつづけている。

「もう寝てるだろ」とダンが都合よく解釈し、フィルの手をそっと自分の脚に移した。「おれの番だ」

この三人は赤ん坊のときから一緒で、同じ町で育った。母親たちはかわりばんこに子どもの面倒を見て、混雑した大通りを渡らずに家を行き来していた。それでも、ダンとロスのほうがつねにより仲のいい友だちだった。ふたりの家は実際に隣同士で、フィルの家は通りの先だった。ふたりは寝る時間になると子ども部屋の窓からモールス信号のメッセージを光らせた。だがフィルは離れていて加わることができなかった。ロスとダンは地元の大学へ進み、フィルは軍に入った。とはいえ三人の友情は変わらない、とフィルは自信を持っていた。ダンは都会でテレビの放送作家になり、女を取っ替え引っ替えし、フィルとロスの結婚式では付添人を務めた。ロスは故郷の町に暮らし、家族を持ち、地元のゴルフ場でゴルフざんまいの日々を送っている。フィルは西部の基地にくすぶり、パトリシアと出会って結婚し、彼女とその地に留まった。大きなまちがいだった。そのせいでフィルは輪からはずれたままになった。故郷に戻ろうとするべきだった。ダンの両親は今も町に住んでいて、ダンがちょくちょく訪ねているのをフィルは知っていた。ということはロスとダンは顔を合わせる機会があるにちがいないが、ふたりはそういう話はまったくしなかった。

救命ボートで漂流して二、三日たったあるとき、フィルは涼を求めて湖に飛びこんだ。ダンとロスには戻るとき引き上げてやるからと言われていた。救命ボートから数メートル離れたところで、フィルは振り返ってふたりを眺めた。目にしたのは、ふたりが思う存分手足を伸ばし、ロスが頭のうしろで両手を組んで息をつき、ダンも同じことをしている光景だった。ふたりはにこにこして、なにがおかしいのかハハハと笑い、楽しく過ごしているように見えた。フィルは二度とボートを離れなかった。

数日が過ぎた。少なくとも二日はだれも口をきいていなかった。いや、もっと長いか？　いったい何日たった？　フィルは考えこんだ。また別の夜になると、頭のなかでブンブンという音が鳴り響いた。自分ひとりでは耐えられそうにない音だった。

「おふたりさん」とフィルは声をかけた。「ゲームでもしよう」

「また架空のトランプ？」とダンがまぜ返した。

「ああ」とフィルはひるまず言った。「それもいいな」

「冗談だよ」とダンは言った。

「よし」とフィルは仕切り直した。「救助が来るかどうか賭けるか」

ロスが苦い顔をした。「悪趣味すぎだ」

フィルは作り笑いをした。「そうだな。どうかしてた。これはゲームじゃない」とあごをなでた。

「女の話はどうだ？　しばらくその手の話はしてないし。それなら悪くないだろ？」

ふたりは肩をすくめた。

「ロス、おまえからだ」とフィルは促した。

「ああ」

フィルは目を閉じた。ちょうど硬くなりはじめたとき、ロスは話を中断して大あくびをしてみせた。

「こんな話うんざりだ」とロスは言った。「それに、疲れた」。はげ頭にできた水ぶくれが破れて腫れ上がり、そのただれた部分に風が当たるたびに顔をしかめている。ロスの気力はそこから流れ出ていた。

「おまえっていつも疲れてるよな」とフィルは言った。「つづけろよ」。目を閉じていても、ふたりが顔を見合わせているのがわかる——首を動かせば、ボートもわずかに動くのだ。

遠くで、雁《ガン》の群れが湖に降り、けたたましく鳴き声をあげながら水を飛び散らせていた。ロスは黙ったままだった。

「もっとあとの、大学の話から始めたらどうだ」とフィルは言った。ブレンの話が聞きたかった。きれいな金髪のブレン。

素直な性格のローラースケーターとその子の脱色した陰毛の話をロスはだらだらと語った。その声は単調で冷めきっていた。

フィルは待った。

「それからブレンと出会った」。ロスは彼女の名前に声を詰まらせた。ほとんど怒っているような口調で、それが妙な効果を生んで、フィルはまったく新しい話を聞いている気分になった。新しい出会い。新しい初めて。うんざりするところなんてひとつもない、とフィルは思った。体がほてってくる。

さあ、いよいよだ。

ロスは握りしめたこぶしに額をつけてすすり泣き、それ以上つづけられなかった。でもそこまでで十分だ。フィルはそろそろと手を短パンのなかに滑らせ、腰まわりの赤くすりむけた皮膚をこすらないように、ボートが揺れないように気をつけて、想像と軽く触れるだけで事を行った。すてきなブレン。コットンのパンティーだけを身につけた姿で、口に手を当ててクスクス笑っている。ちょっと気持ちよくなるくらいのつもりで、最後までする気はなかったのだが、とてつもなく硬くなった。体の内では、準備万端整っている。

「やめろよ、フィル」とダンが嫌悪もあらわに言った。

「黙ってろ」とフィルは言い返した。気が散って、つまらない量の滴りが漏れた。だがそれでおしまいだ。大放出はなし。失意の涙が目に浮かんだ。「恨むぞ」とぼやいた。その声はやけに大きく響いた。

フィルは目を閉じてごまかした。次に目を開けると、ダンは眠っていて、波に合わせて頭がゆらゆら揺れているのが見えた。だがロスは身じろぎもせず、腕組みして、視線をフィルに据えているようだった。細長い月光の影になって、ロスの目が閉じているのか、フィルをにらんで責めているのかわからなかった。フィルは息を殺した。ほどなく、ロスのいびきが聞こえてきた。

床を確保しているのに、フィルは眠れなかった。頭のなかのブンブンという音はまだつづいている。夜が更けるにつれて眼前の星々はぼやけて不気味な緑のオーロラが現れ、水平線に沿ってこぼれたペンキのように広がっていった。目が慣れれば、夜は漆黒の闇というわけでもなかった。まぶたの向こうは街灯の光のようにまぶしく輝いていた。

フィルはごわつく短パンをつまんだ。さまざまな問いを通じて心を静め、眠りにつこうとした。どうして助けは来ない？　ほかの船はどこへ行った？　これは世界の終わりなのか？　ロスはおれのことを内心どう思ってる？　ダンはおれとロス、どっちのほうが好きなんだ？　すべての問いが納得のいかない答えを生み、よけいに目は冴えた。気分を上げるために、フィルは最後のピーナッツを食べた。それからダンにかがみこみ、ダンの臭い寝息を顔に感じながら、ポケットからビーフジャーキーの最後のひと切れを手ばやく引き抜いた。

フィルは髪を揺らす風で目を覚ました。ロスとダンが騒いでいる。「いち、に、いち、に！」ふたりはボートチームのように手の動きをそろえて弱々しく水をかいていたが、どこにも進んでいなかった。ボートはゆっくり円を描いて回っていた。

ロスとダンはフィルに向かって濁った唾を飛ばしながらわめき散らした。ふたりは取り乱し、荒れ狂い、時間を感じていないようだった。

「ジャーキーがなくなった！」とロスが怒鳴った。

「ピーナッツも！」とダンが叫んだ。ダンは一度息を吸ってからまた叫んだ。

一本残ったオールも消えていた。

「どうして」とフィルは訊いた。

ロスとダンは水をかく手を止めた。

「だれかが取ったんだ」とダンは手のひらを引っかき、垢のこびりついた皮膚をむきながら言った。そしてうしろから肩を叩かれたように振り返った。

「だれにそんなことができた？」とフィルは訊き返し、集中して無実を装った。

ロスがうさん臭そうにフィルを見た。

正解が出るはずもない問いに、全員が気まずく黙りこんだ。

フィルはジェットコースターに乗ったときのような胃のむかつきを感じた。最後の山があっというまに迫ってくるような感覚だ。

おれたちには運がない、とフィルは思った。時刻表どおりに来たのに、いつもバスに乗りそこねる人々のように。でもきっと運とは巡りめぐるものだ。運とはたえず動きつづけ、人々に恵みを与え、そして離れていくもののはずだ。人生の早い段階でツキや幸運に恵まれる人々——そういう連中は雪の吹きだまりに車で激突して凍え死ぬだろう。ゆるやかに何日もかけて、視界のすぐ外を通り過ぎるほかの車の音を聞きながら。あるいは優雅なバカンスでシュノーケリングをしている最中に船のスクリューに巻きこまれるとか、わが子を産む際に死ぬとか。最後に運が自分のもとを訪れたのはいつだったか——そんなときがあればの話だが——フィルは思い出そうとした。おれの運はこれからやってくるんだろうか、それとも取りぶんはとっくの昔に使い果たしてしまったんだろうか？


フィルはまつげの下からきまり悪そうにロスを見つめた。「おまえの女房と寝た」

「知ってる」。ロスは湖に頭を突っこんだ。

ダンが大はしゃぎで手を叩いた。その拍手の音以外、なにも聞こえない朝だった。「放送作家なら、これは全部メモしておくね。黄金のネタだ」

「ダン、おまえは放送作家だろ、実際」とフィルは笑って言ったが、湖が声を鈍らせて陰鬱に響いた。

ダンはいやな顔をした。「そのつもりで言ったよ。今ペンさえあればって言いたかったんだ」。ダンは日焼けでできた太ももの水ぶくれをつつき、膿《うみ》を出した。そこに指をつけて舐めた。

「おれの女房と寝たって？」とロスが訊き、片脚をのんびりと前に伸ばした。脚はフィルの肩をかすめた。わざとだ、とフィルは思った。

ロスは両手を湖につけ、わきの下をごしごし洗った。そして興味深げにそのにおいを嗅いだ。

「問題あるか？」とフィルは訊き返した。冗談として流してほしかったのに、そうはならずにいらだちを覚えた。

「ああ。そりゃ当然、問題あるだろ、そんなこと言われたら」。ロスは濡れた手をフィルの顔の前で振った。「こんな状況で、問題大ありだと思うね」

「いや、その、違う、やってないよ」

「なんでやったって言ったんだ」

「そうしたいと思ってたからだよ。ずっとおまえの女房と寝たいって思ってたんだ。いい女だった」

ダンがうなずいた。「いい女だ、だろ」

ロスは肩をすくめ、腕時計の長針をぐるぐる回した。

フィルは頭をかいた。「おまえの女房と寝たって言ったとき、なんで『知ってる』って言ったんだ、寝たことなんて一度もないのに」。ブレンがロスになにか話したのではないかという疑念が湧き上がってきた。でもあれは何年も前のことだし、ふたりとも相当酔っていたし、口でしただけだった。

「おまえはやったと思ってたからだ。ずっとおまえはやったと思ってた」

「どうしてそんなふうに思うんだ。おれがおまえにそんなことするはずないだろ?」

「だっておまえの妹とやったからな。覚えてるだろ」

「なんでその話を蒸し返す? なら帰ったらブレンと寝てやるよ。いい気味だ」。フィルは水面を凝視した。その水の動きを見ていると、なんだか自分も濡れた気がして、まるで湖の一部になるような、吸いこまれるような感覚に陥った。

ロスはクッと笑った。「無理だな」と言って、フィルを見ようともしない。心が傷ついた。ロスは家に帰るのが無理だと言っているのだろうか、それともブレンと関係を持つのが無理だと? どうしてロスはあんなに自信満々なんだ? 実はもうブレンがなにかばらしたのか? フィルはボートの底で身をよじって、急に始まった勃起を抑えようとした。ブレンと寝たくてしかたなかった。

「この状況をコメディドラマの脚本にするなら」とダンが考えを巡らせた。「映画でもいいけど、ここは立ち回りのシーンとして書いただろうな。男たちが口をひらくたびに取っ組み合いが始まるようにして、で、ボートがひっくり返りそうになって、場面の緊張が高まって、視聴者が、さあボートがひっくり返るぞと思うんだけど、そこでおれが、ていうか、おれ役の役者が割って入って、なんか言うんだ――」ダンはくちびるに指を当てて思案し、それから声を張り上げた。「『おいおまえら、なんとかかんとかぺらぺらぺら』、そこで笑い声を入れる」と、波立つ灰色の水平線を指し示した。「するとおまえたちは静かになる、ほら、メタファーとか、そういうので。それから盛り上がる音楽が流れて、おれたちはこの窮地から逃れる方法に気づきはじめる」

フィルはロスを見た。まゆを小さく動かして問いかけた。**こいつ、やばくないか？**　だがロスはフィルを見ようとしなかった。

むしろロスは、面白そうにダンに目を向けた。「いったいどんな方法でこの窮地から逃れるんだ？」

ダンは体の下のゴムの縫い目を引っかいた。「よくぞ訊いてくれた。ずっと目にしてきたタンカーのひとつを呼び止めるんだ」

「タンカーなんて見てない」とフィルは言った。

ダンはショックを受けた顔になったが、やがてあいまいな笑みを浮かべた。

ロスがフィルをにらんだ。

「よし、わかった」とロスはダンをなだめるように言った。「おれたち三人の男がボートに乗って大きな湖にいる。航路としてメジャーな湖だ。どうしてただの一隻も助けにこない？　それが起きてる世界をおれのために書いてくれないか。おれ自身のテレビ番組をさ、頼むよ」

そこでダンは語りだした。先だって、カナダでクーデターが起きた話を。反乱軍はすべての水路と港を封鎖して抵抗し、首相を人質に取っている。銃で武装した男たちが夜更けに首相の部屋に押し入ったのだ。そのとき首相はブランデー片手に葉巻をくゆらせていたが、その高級ホテルに厳しい禁煙の規則があることは、〈禁煙〉の注意書きから大きな煙を満足そうに吐き出す首相へゆっくり移る画面で伝えられる。その直後、武装した男たちが乱入し、首相の頭に袋をかぶせて廊下へ引きずり出し、従業員用エレベーターに乗せる。銃を目にした人々は悲鳴をあげ、壁に背をつけて縮み上がる。なぜならカナダ人は平和を愛する腰ぬけだからだ。武装した男たちは首相を地下へ連れていく。そこは植民地時代に使われていた本物の地下牢だ。男たちは首相を椅子に縛りつけ、言うことを聞かなければ首相の娘たちをレイプすると脅す。娘たちはふたごだ。「ダブルのお楽しみってな」と男たちのなかでもたちの悪そうなやつがワックスで固めた口ひげをいじって言う。美しいブルネットの娘たちが残虐に犯される光景——その場面はスローモーションで、淡い光でぼかされて進行するため、エレガントで、当然ながらフェミニストに配慮している——を思い浮かべた首相は脅しに屈する。番組の視聴者がぞっとして、首相の心情を理解し、同情すら抱くところで、首相は国家をその悪漢どもに引きわたす。

ダンはここで黙り、ふたたびくちびるに指を当て、またしてもだれかが、あるいはなにかが忍び寄るのを想像したのか、うしろを振り返った。そして声をひそめて話をつづけた。「よし、で、そこに軍隊が踏みこんできて、首相をその座から引きずり下ろし、国を悪者に差し出す権限を奪うと、反乱軍との戦闘をおっぱじめて、反乱軍の支配地域を包囲した。だから今ここにはまったく船がないんだ。おれたちが目指してる、海へつづく水路では、とんでもない戦闘が行われてるから。想像してみろ。

水中の魚雷！　大砲！　崖の上から発砲するのは頭にすぐ血が上るけど男前な、田舎者の寄せ集め部隊だ。平凡でなんでもすぐ信じる貧乏人タイプ。ジャガイモ袋でできた服を着てるような連中だ。そんなこんなで、政府が訓練したシロイルカの群れが放たれて、爆弾を運んで――頭のヘルメットにくくりつけられてるんだ、うん――敵船の下に潜りこんだら自爆して船もろとも吹っ飛ぶ。これぞカミカゼってやつだ。イルカには名誉勲章を与えるか検討中」。ダンはこぶしを突き上げた。「戦争はつづく。ドカーン。ゴールデンタイム」

「そいつはすごい番組だ」とロスは感心して言った。「番組名はどうする」

ダンはパチンと指を鳴らした。「『人類対自然』だ」

フィルは声をあげて笑った。ふたりの男がじろりと見た。フィルはてっきり冗談だと思っていた。

「なんでまた？」とたずねた。

「なんだってそうだろ、タイトルなんて、人類対なんとか、人類対かんとかってつけときゃいいんだ。シンプルでいい」。とダンは言った。声が大きくなった。「これは人類とあらゆるものが対決する話だ。これはおれ、おまえ、おれたちの話だ。おれたちのなかの話だ。それから――」

「わかった、わかった、でも戦争の話なんだろ」とフィルは遮った。「だったら『人類対人類』のほうがいいんじゃないか」

「書くのはおれだ。好きに呼ばせてもらう。これは『人類対自然』だ」。ダンは満足げに腕を組んだ。言いたいことは言ったという表情だ。

「いや、やっぱり『人類対人類』がいい。そこは譲れないね」と明るく言ったつもりだったが、フィルが話に加わった時点で明るさは消えたようだ。

「おれは『人類対自然』を見るよ」とロスがダンに言った。ロスがなにを思ってそう言ったのかフィルにはわからなかった。

「ああ、おれだって」。フィルは仲間はずれになるまいと調子を合わせた。足首のあたりがかゆかったが、そこはすでに皮がむけるまでかいていた。指の爪の裏から腐ったにおいがした。

ダンは熱くなったゴムボートの側面をこぶしで殴った。「ちくしょう、ペンがあればな。それと紙も」。それから楽しげな表情が顔をよぎった。「無事に帰れたら、この番組を売りこんでおまえをスターにしてやるよ」

「おれ?」とフィルは訊いた。

「いや、おまえじゃない」

ロスがにやりと笑った。「おまえは『人類対人類』のスターだ、忘れたのか?」

雁の群れがボートのそばを飛んでいき、その糞が小さな爆弾が落ちたように水しぶきを上げた。映画で見たことはあるがフィル自身はめったに経験したことのない、純然たる悲しみが胸に湧き上がった。そんな気持ちになるなんて、にわかには信じられなかった。「まいったな」と陽気な声で言った。

フィルはビールの缶を湖に突っこみ、陽光でぬくまった水面をバシャバシャとかきまぜて下の冷たい水をすくった。そして缶をいっぱいにすると、一気にそれを飲みほした。「なんでおれがおまえの女房と寝るんだ? こっちにだって女房はいたぞ」

ダンとロスは含み笑いをし、信じがたいという表情で顔を見合わせた。

「だっておまえの女房は最悪で、おれの女房は最高だからな」とロスが言った。

「パトリシアは最悪じゃなかった」

「いやいや、そうだよ。最悪だった。おまえだってあの女を憎んでた」

「そんなことない。憎んでたのはあっちだ。でもおれは愛してた。本気で。本当だ」。本当かどうか、フィルにはわからなかった。正直なところ、たぶんパトリシアに特別な愛情を抱いていたわけではない。だが彼女が女だという点、女としてふるまう点、そして一時期、つきあいはじめのころは、自分を愛していると思えた点をフィルは愛していた。あるいは愛しているふりをしていた。だが今となってはどうでもよかった。今は彼女を憎んでいた。

フィルは缶の水を頭にかけた。またいっぱいにして頭にかけて、また同じことをすると、ボートに水を入れるなとダンにぶつくさ言われた。ふらつきながらひざをつき、ペニスを引っぱりだして、これまでどおり船べりの向こうに狙いを定めたが、勢いが弱く、小便は救命ボートの底に溜まった。ロスとダンは怒鳴るかわりに目を見交わし、フィルにはやはりその意味はわからなかった。

ダンが短パンに隠していたビーフジャーキーをひと切れ取り出した。それをロスに渡すと、ロスはなにかの証拠のように掲げた。ジャーキーが熱でしなった。フィルにとっては、グリルで本物の肉を焼いているようなにおいだった。よだれがあごまで垂れた。

「こいつが最後のひと切れだ」とロスはなにもかも承知の上だという顔でフィルに言い、そのひと切れを口に入れた。

ダンが「撃て！」と叫んで目を覚まし、たわんだプラスチックのベンチから飛び起きた。ダンの短パンは濡れて、腸内の強烈なにおいを漂わせている。ロスがダンの短パンを引き下ろすと、尻の片側全体にできたブツブツから汁がにじみ出ていた。そのにおいにフィルは吐き気を催した。ロスは自分のTシャツを湖水に浸し、注意深くダンの尻に当てて拭いた。ダンは裏庭で陽を浴びている幼児のように裸で立っていた。口元をほころばせ、一面に広がる湖を見わたしている。ダンは振り返ってフィルを見た。フィルは口をすすいでいる最中だった。ボートが揺れて、震えた。

「痛そうに見えるだろ」とダンが訊いた。

「死ぬほど痛そうだ」とフィルは答えた。

ダンはクックッと笑った。「ちっとも痛くない」。同じことを小声で、一語一語を強調して繰り返すダンを、フィルとロスは船底に沿って横向きに寝かせた。もう座る場所の交替はない。ふたりは当面、隣り合って座ることになった。

フィルはよく眠れず、ロスがひじを突き出してくるたびにいらいらと押し返した。眠りの世界に逃避したかった。女の夢、ブレンの夢を見たかった。でももし彼女の名前を声に出してしまい、ロスに聞かれたら？　やっぱり休暇旅行の夢にしよう、雪深い森のなかのログハウスとか。暖炉。ビール。それとも空を飛ぶ夢にしようか。遠くへ行くんだ。ここから。結局、見たのは鳥の夢だった。鉤爪でフィルの腕を刺してきて、首の水ぶくれから白い虫をほじくり出していた。

「起きろ」とダンが切迫した声で言い、ふたりのももやら足やら、手近なものを叩きまわった。また半狂乱になっていた。「荷物をまとめろ。出発だ！」

ロスが目をこすった。「どこへ？　どこへ行くんだよ」

フィルは状況を把握しようとした。周囲を見回した。首に触れた。

「あっちだ」とダンは金切り声で言った。水のなかを指さした。「いいか、今回起こった戦争にはまだいろいろあるんだ、ほら、話しただろ」。ふたりは当惑した顔でうなずいた。「まあとにかく、事態はどんどん悪くなってる。一般市民が武器を取って反乱軍を追い出して、このあたりは革命まっただなかだ。よく耳を澄ませば聞こえるよ」。ダンはきつく目を閉じて集中した。フィルは水のチョロチョロいう音を聞き、見るとダンが小便を漏らしていた。

「これは人類にとっての悪夢だ。第三次世界大戦。安全なのは水のなかだけ。ほら、思い浮かべてみろよ」。ダンの目が大きく見ひらかれた。「なかなかきれいなとこだ。この世界は崩壊する。でもこの世界の下の世界は——繁栄する。人類対自然だ。わかるか?」

ダンはあごをボートのへりに乗せて水中をのぞきこんだ。そして驚愕の声をあげた。「おれたちはなんと今、申し分ない位置にいるぞ。ここで身動きが取れなくなったせいで、どの世界の住人でもなくなった。だからあっちでは大歓迎を受ける」。ダンは感嘆の目でフィルを見つめた。「おれならできなかったろうな。でもおまえには度胸がある。なにか起きてるって知ってたんだな。おれたちをここへ引き留めた。ちょっとした天才だよ、おまえってやつは。おれは大ばかだ、みんな死ぬって決めつけてた。それもすぐに」。ダンは大笑いした。「最後にはみんな生き延びるのにな」とつかのまギターを弾くまねをした。

フィルは目をぱちくりさせた。本気で言ってるのか? 「ここに引き留めてなんてないよ。おれはなにも知らなかった」と慎重に言った。

ダンの胸が上下した。汗をかいている。「ブレンと娘たちはもうあっちにいる。呼びかけてみろよ、ロス」と言って、水面に手を振った。

ロスは口をあんぐりと開けたが、それでも水面に目を向けた。「なにも見えない」

ダンは自分の着ているシャツをつかんだ。「ひどい夫だな。ひどい父親だ。今おまえはあの子らのハートをぱりんと割ったんだぞ。まっぷたつに。わかんないのか？」そう言って水につけた指を回してさざ波を起こし、波は遠くへ広がっていった。それからダンは身を乗り出し、自分がつくった渦のまんなかをのぞきこんだ。

ロスが言った。「なあ、おい、こっちに戻れよ」

ダンはフィルを振り返った。「わかんないのか？」と訴えた。

フィルは首を横に振った。

ロスがふたたび言った。「こっちに戻れ。おれを置いてくな。おまえがいなくなったら、退屈で死んじまう」

フィルは顔を引きつらせた。

ダンは泣きじゃくって息を詰まらせた。「でもすごく疲れたんだ、ロス」。その言いかたはあたかもフィルには知られたくない秘密を打ち明けるようだった。

すべてが静止し、もしかするとその瞬間は過ぎ去ったのではないかとフィルは思った。するとふいに、あっさりと、ダンは救命ボートのへりから体を滑らせた。フィルはどうにか片足をつかまえたが、二、三度蹴飛ばされるうちにダンの靴は脱げ、そしてふたりの目の前で、まるでおもちゃを取ろうとして裏庭のプールに飛びこんだ子どものように、ダンは身をくねらせ、やがてまっ暗な水にのみこまれた。

「おれが行く、あいつを連れ戻さないと」とロスが言った。

「おれたちが、だろ」とフィルは訂正した。

どちらも動かなかった。

数分のあいだ気泡が水面まで上がり、それから湖は静けさに包まれた。

「くそ」とフィルは言い、ダンの靴を片方振りかざした。ロスはそれをひったくって頭上に放り投げ、その力でボートは激しく揺れた。靴は石ころのように湖にドボンと落ちた。さざ波はいつまでもやまなかった。


ダンが消えた今、ロスがいいほうの座席を取ろうとするのではないかとフィルは案じたが、ロスは背を丸め、骨でかろうじて体を支えている状態だった。フィルはボートの底に滑りこみ、手足を伸ばした。ダンに配慮してよろこびの声を漏らすのはこらえた。

ロスは一日じゅうなにも言わなかった。大事なものを探しているかのようにひたすら船べりの向こうに目を凝らし、ほぼずっと見つづけていた。

陽が傾いてくると、ロスは短パンのファスナーつきポケットに手を入れた。

「なにがあるんだ」とフィルは首を伸ばして見ようとした。食べものかもしれない。

「なんでもない」とロスは言い、小さなカードとちびた鉛筆を取り出した。ゴルフコースで使うたぐいのものだ。

「おまえ、ずっと紙と鉛筆を持ってたのか？　なのにダンにやらなかったのか」

ロスはカードを振りまわした。「テレビ番組を全部書くには小さすぎるってわかんないのか？　それに、こんなもの持ってるなんて覚えちゃいなかった。おれをどんな人でなしだと思ってんだ。あいつにそんなひどいまねするわけないだろ」と、カードにかがみこんで鉛筆を走らせた。

「なに書いてるんだ」

「おまえには関係ない。家族にだ」

「鳥を呼んでくわえさせて、届けてもらおうって？」

ロスは投げやりに「ああ、はい、はい、そうだよ」と言って流し、哀れっぽい声でケチをつけるフィルをあざけった。そして救命ボートの脇から水をすくってフィルにかけた。フィルはお返しに、丸めた両手いっぱいの水をロスのひざとスコアカードに浴びせた。

ロスがぱっと立ち上がってボートの底がへこみ、水が片側へ勢いよく流れた。長く座りすぎたせいで足がつったロスは、よろめいて前へつんのめり、顔がフィルの顔に迫った。陽光に痛めつけられたロスの眼球は、まるで干上がった湖の底のようだった。その目から涙があふれ、垢で汚れた顔を流れた。「わざとやったんじゃないって、本気で信じてると思ってんのか」

「座れ！　なんの話をしてるんだ？」

「おれたちをここに閉じこめたことだよ。ガス欠がどうとか言って」

フィルは笑い飛ばした。「落ち着けよ」

「たまたま満タンにし忘れたって？　ふざけんな。何年ここに来てると思う」。ロスはドスンと座り、水がさらに流れこんだ。

「ばかばかしい。どうかしちまったのか」。実のところ、フィルはガソリンを満タンにしてこなかった。ダンとロスが金を出そうとしなかったからだ。おかしな話だった。いつもは出すと言ってくるのに、フィルが船のトレーラーを給油所に運んだとき、今回にかぎってふたりは地図を見るふりをしていた。最近ガソリンは値が張る。ロスを車に乗せてからずっと、フィルはそわそわしていた。ダンとふたりのときはいい雰囲気で、ひとり身になったフィルにダンが女の子を紹介しようかなどと話していた。だがそこにロスが乗ってきた。ひょっとしたらついにブレンが口でしたことをロスにばらしたのかもしれない、そんな考えがふと頭をよぎった。あれ以来ロスの自分に対する態度はおかしいと、ずっと思っていた。何年かはロスは知っているものと決めこんで過ごした。ロスには知ってほしかった。知って、その上でフィルとこうした旅行に来てほしかった。なぜなら自分たちはいい友だちで、なにがあろうと壊れることはない関係だから。それにあれくらい大目に見てもらえるだろう。ブレンとまたそういうことになる可能性だってある。あれはすばらしいフェラチオだった。フィルはたしかに酔っていたが、あの夜のことはいまだに覚えている。ブレンは酔っているようにふるまっていたが、実は酔っていないのはわかっていた。彼女がそうしたいと望んでいたのだ。それが証拠に、恒例のこの旅行に出かける際、ブレンがロスを外まで見送りに来たことは一度もない。どうもフィルに対して思うところがあるらしい。まったく、ブレンときたら。昔はみんなで楽しくやっていた。フィルが休暇で帰省すると、ダンとロスとブレンの全員でいつも出かけた。ロスとダンはかならず飲みすぎてべろべろになった。だがフィルは基礎訓練でしらふでなくてもしらふのふりをするコツを学んでいたため、いつもブレンを車で家まで送る役を買って出て、そのあとでロスとダンのもとに戻っていた。彼らが怪しむようすはまったくなかった。ブレンはしょっちゅうクスクス笑って、口はすごく大きくて、白い歯はつるつるして薄い舌は滑りがよかった。初めて家へ送ったときから二、三回、ふたりはいちゃつき、フィルはブレンを猛烈に愛撫した。そしてブレンが妊娠したときの乳房は信じられないほどすごかった。それから、あのすばらしいフェラチオがあった。だがあれ以来、フィルが訪ねてもブレンは一緒に出かけなくなった。「あいつは子どもたちといる」とロスが弁明した。そういうときはきまって、ロスの顔にはおかしな表情が浮かんでいるように見えた。

「今年は来るつもりなんてなかったんだ、おれもダンも」とロスが言った。「話し合ってそう決めた。ああそうだ、おれたちはこのあほらしい旅行をやめようって話し合ったんだ。マジでいやなんだよ。ブレンだっておれが行くのをいやがってる。置いてけぼりになるからじゃない、おまえがいるからだ。気色悪いやつだってさ。こんな顔して言うんだ」。ロスは顔をしわくちゃにしてみせた。「おれとダンだけで過ごす週がある。六月にな。岩登りに行くんだ。最高だよ。これからはもっと長く行こうって計画してた。ダンにはつきあってる女の子がいた。その子とブレンたちも山小屋に連れてくつもりだった。すごくいい子だ。どうせおまえはその子の存在すら知らないだろ。ダンに最近どうとか絶対訊いたりしないもんな。『よおダン、おまえのほうは最近どうなんだ』なんてまず言わないだろ」。ロスはフィルに唾を吐きかけて頭突きせんばかりに見えたが、かわりにつらそうに顔を伏せた。「でもおまえが離婚して、で、ちくしょう、ひどくまいってて。おれたちは悪いなって思ったんだ、なにしろ善人なもんでな。それでここに来て、結果はどうだ。ダンは人魚と暮らすはめになって、第三次世界大戦があって、おれたちはこのくそったれのゴムボートから永遠に出られない」。ロスはうなだれた。「おれの家族」と涙をこぼした。

フィルは熱くきしむボートの側面に力なくもたれかかった。信じられなかった。ふたりがおれを哀れんでいたって？　ガソリン代を払わなかったのはそういうわけか。本当はここに来たくなかったから。それにブレンがおれを気色悪いって言ってたって？　とても信じられない。本当にふたりで岩登りに行ったのか。本当にふたりだけで休暇を過ごしていたのか。

子どものころ、フィルはお泊まり会をしようと誘ったことがあったが、ロスとダンは母親が許してくれないと断ってきた。それが嘘かもしれないと疑う理由はなかった。友情をたしかなものにするためにフィルはなんでもやってきた。ふたりにはキャンディや金や漫画本をやった。思春期に入ると、両親の酒を持ち出して自分だけ怒られた。妹のマギーに金を渡してロスとセックスさせた。大学に入るまでロスはまだ童貞だった。マギーも処女だとは知らなかったが、そうだったとロスに教えられた。マギーは泣き虫だとロスは言った。その後ロスは大学へ行き、ブレンと出会った。一方のフィルは軍に入り、ギャンブルにはまり、女とつきあっては別れ、ブレンに横恋慕して、ようやくパトリシアに落ち着き、ギャンブルをやめ、これで人生はよい方向に変わると思った。実際、よくなった。そう信じていた。一年前まで、そう信じていた。しかしたとえロスとダンが来たくなかったとしても、最終的にふたりは来た。そこにはなにかしらの意味があるといえないだろうか？

「悪かったよ、大将。許してくれ、なんでもするから」とフィルは言った。鳥肌が立っていた。自分でも無理だとわかっているものを望むときは、いつもそうなる。

ロスの目はまっ赤に腫れていたが、厳しさは消えていなかった。ロスは固く口を閉じて冷笑を浮かべた。「友だちでいたいなら、二度と話しかけないでくれ」。ロスはそっぽを向き、ひざに頭を伏せて眠りについた。

朝になると、ロスはいなくなっていた。濡れてそり返ったゴルフのスコアカードがフィルの握りしめた手にはさんであった。そこにはこう書かれていた。**助けが来た！　気持ちよさそうに寝てるから起こさないことにしたよ！**

周囲に変わりはなく、ここ数日そうであったように、動きのない灰色の水がボートを取り巻いていた。いや数週間？　数か月？　朝霧の向こうに陸地はこれっぽっちも見えなかった。ほかの船が通った跡もなく、わずかなさざ波も立っていない。ロスは本当に救助されたのだろうか？

フィルは孤独なうめき声をあげた。高く低く、獣の遠吠えのような腹の底からのうめき声だった。いったいどれだけの印を見過ごしてきたのだろう？　ほかの人影をまったく見ないまま何日も湖を漂流したこと？　捜索隊がいっこうに来ないこと？　救助されておれを置き去りにしていったか、あるいは一緒にボートに残るくらいなら溺死を選んだ友人たち？　おれだって、おれとボートに残るくらいなら溺死を選ぶ。人生は終わった。人生は飽きあきだ。人生はひどすぎる。生きたい、とフィルは思った。真の意味で生きるんだ。この世界から離れよう。ここから海へ出る道があるんじゃないか？万物はなんらかのかたちで海とつながっている。そうとも、ダンが話していた海路を進んで北極まで行けば、弁護士だって手を出せやしない。魚の捕まえかたを覚えて氷山を抜けてクジラの潮を浴びる。まさに、それこそが人生だ。おれのは人生なんかじゃない。離婚した四十歳。子どもなし。あれを印として受け取るべきだった。パトリシアは子どもを望まなかった。まさか女で子どもを望まないとは。彼女が子どもをほしいと言うのをフィルは待ちつづけた。普通なら子どもを望まないのは男の側で、妻は「子どもを持つのよ、観念しなさい」なんて言う側で、男は押しきられるように感じて腹を立てるものだ。けれども生まれてしまえば子どもこそが人生に意味をもたらす存在だと男は気づく。そして男は妻をいっそう愛し、よりよい仕事を求め、家族を守るという新たな人生の目的を見つける。それがしかるべき流れというものだ。だが、妻が子どもを望まないとなれば話は違ってくる。その件について話し合うことさえいやがるとなれば。

フィルは涙を流した。固まっていた目やにが溶けてふたたびべとついた。自分が持たなかったすべての子どものためにフィルは泣いた。自分が子どもだったころから、ずっと子どもがほしかった。父親とピカレル湖に釣りに行き、湖畔で釣り糸を投げたときから。沈黙。静寂。野球帽を突き抜ける暑熱。そこへ妹が大声をあげながら小道を駆けてきて、父親がシッと黙らせ、妹の小さな顔が赤くなるのを見ると、抱き上げて水面の上で逆さまに揺らして、妹が泣き叫ぶと、今度は腕のなかであやして妹はキャハハと笑う。あのころでさえあんなにも意味があったのだ。あれこそ人のすべきことだ。子どもをたくさん持って友だちにする。みんな自分に似ている。子どもたちと気持ちを分かち合う。それこそが生物。それこそが原理だ。子どもを望まないなんてどんなクソ女だ。「妊娠線がね」とかつてパトリシアは言って、一笑に付した。おれの全人生。無意味だった。

フィルは悲嘆に暮れながら救命ボートの底に倒れ、体を丸めた。そこに溜まった水は生暖かく、顔をゆがめた。

ゴルフ用の鉛筆が頭の横に転がっていた。それをつかむと、スコアカードの裏側に丸と線で棒人間を描いた。隅のほうに少しだけ、ロスの走り書きで埋まっていない場所が残っていた。ロスの文字は**愛してる**まではわかったが、それ以上は読めなかった。

フィルは棒人間からふきだしを描いた。そして少女趣味な枠線のなかに**ハロー**と書いた。

初め棒人間はパトリシアだったが、彼女を傷つけるための、もしくは問題を解決するための完璧なせりふを書きたいと思ってフィルは考えこんだ。次にロスを当ててはめてみたが、謝ることしか思い浮かばず、だがなにを謝ればいいのかわからなかった。友が恋しかった。子どもに見立てるというのは？　だがなじみのないその絵は子どもに見えない。棒人間。自分には似ても似つかない。フィルは絵を無言で見つめた。結局、紙は指先から落ち、彼が胎児の姿勢で横たわる腐ったシチューのような水たまりに溶けた。

吐き気がこみ上げ、体を起こしてどうにか船べりの向こうにえずくと、胆汁まじりのすえたにおいの水に自分自身が映っていた。おれがいなくてだれがさびしがる？　フィルは心に問いかけた。だれもさびしがらない。それが現実であり、事実だ。その証拠に——ひとりぼっちじゃないか。フィルは目を見ひらき、その答えを何日も待っていたのだと思った。そしてうなだれ、熱いゴムのにおいを嗅いだ。

翌日の夜明け、フィルは新しいにおいに気づき、頭を上げた。マツだ。舞台の幕が開くように朝霧がするすると晴れて岩壁が現れた。上は常緑樹に覆われた崖がボートの両側にそびえ立っている。今や大きな湖は水路に変わり、先へ行くにつれて水路は狭くなっていた。ボート周辺の流れが速まるのをフィルは見た。流れは渦を巻き、ボートを引き、やさしくなでていった。

フィルはカナダの話を思い出した。戦争の話を。シロイルカのピンクに染まった頭が息継ぎのために黒い水面を割って出て、その水しぶきでなにもかもがにじんで水彩画となる話を。

「撃つな」。どこかにひそんでいるすべての反乱軍に向かってフィルは叫んだ。両手を上げて恐怖に怯えるふりをした。フィルの声は周囲の岩壁にこだまして、あたかも崖の上はフィルと同じく慈悲を乞う男たちであふれているかのように響いた。フィルは体をふたつに折り、老人のようにゼイゼイと息が切れるまで笑い声をあげた。

波が収まり、湾曲部を巧みに抜ける一隻の船が、数マイル先に見えた。

水流は救命ボートをその巨大な船に運んだ。タンカーかなにかのようだ。ついに船の横まで来ると、フィルはこぶしで船体を叩いた。金属の船体からは、地下牢の扉が閉まるような低く重々しい音が返ってきた。青い塗装は水のかかる部分がはげていて、船体の高い位置だけ色が残っている。船体に付着する大きな白いフジツボに手のひらを滑らすと、アニメに描かれるようなリンゴの色をした血が流れ出た。

本物の船だ。

そのとき縄ばしごが船腹に下ろされ、フィルはぎゅっとつかんだ。

上昇婚

Marrying Up

世界がひどくなる直前に、わたしは愛する人と結婚した。相手の男は愉快で頭がすごくよかったが、小柄だった。テレビに出てくる男が女にするように、わたしを抱き上げることはできなかった。抱き上げられて、明るい曲に合わせて体をくるくる回され、頭をのけぞらせ、脚を蹴り上げて笑い声をあげる――わたしにそんな経験は一度もなかった。でもかまわない。わたしは彼を愛していた。疲れたら彼の頭の上にあごをのせ、彼が疲れたら、その小さな体を彼よりたくましいこの腕で抱きしめた。わたしたちはしあわせだった。

そんなある日、わたしが熱を出してベッドから起き上がれなくなったので、彼は危険を冒して薬局に薬を買いにいくことにした。「すぐ戻るよ、待ってて」と彼は言い、傘をつかんで出ていった。聞いた話では、彼は傘を死ぬほど振りまわしたにもかかわらず、建物の玄関前の階段すら下りきらないうちに襲われたらしい。

次の恋人は愉快だが、前の男ほど頭はよくなかった。でも背はずっと高くて、肌の下にはもう少し筋肉もあった。といってもたくましいというより、単にひもじそうに見えることのほうが多かったのだけれど。わたしは彼をこのアパートのなかで見かけた。彼はなにかを修理していた。うちの蛇口の水漏れも直してくれない？　とわたしは頼み、それから泊まっていってと言った。

彼はわたしをくるくる回してくれたが、一度わたしが脚を振り上げたら彼の背中はぐにゃりとたわみ、わたしたちは床に倒れた。わたしは温熱マットを何枚か彼の体の下に敷いて、彼が動かなくてすむように倒れた場所に寝床を作った。そこにふたりで寝そべりながら彼は冗談を言い、声をあげて笑っては、しかめつらになった。笑うと背中が痛むのを毎回忘れてしまうのだ。でもわたしは彼のそんなところが好きだった。わたしたちは結婚するつもりだった。

ある夜、すごく遅くに、ドアブザーが鳴って目が覚めた。彼は起き上がってスリッパを履いた。

わたしは言った。「外に出ちゃだめ」

彼は言った。「でも表にだれかいるんだよ」

ブザーがまた鳴った。怒りを抱えた人であふれる古い街に似つかわしい、鋭い音だった。つねにふいをついてくる音だ。

わたしは言った。「行っちゃだめ」。彼の腕をつかんだ。

彼はその手を振りほどいた。「だれかが助けを求めていたらどうするんだ」。そう、彼はとても思いやりもある人だった。そういう人なのだ。

「だれも助けなんて求めてない」と極悪人になった気分で、わたしは言った。「これは罠だよ」

まるで恋人が見知らぬ人間に変わってしまったかのように、彼はまじまじとわたしを見た。わたしは恥ずかしくて見返せなかった。正しいのはこちらだとわかっていても。これまで話はいろいろ聞いてきた。ブザーは応じないのが賢明だ。

「だれかが助けを求めてる」と彼はきっぱり言い、バスローブ姿で肩をすくめた。聞いた話では、彼は激しく暴れて応戦したものの、ひざまずかされ、そのまま通りを引きずられていったらしい。引き裂かれた彼のパジャマの切れ端が風に吹かれて宙を舞い、それから数日のあいだ、葉の落ちた木々に引っかかっていた。わたしはそれを窓から眺めていた。

ほどなくしてアパートの上階に新しい男が引っ越してきた。彼の足音が響くたび、うちの電灯や食器はカタカタ揺れ、漆喰の粉が食事に降りかかった。その足音を聞けば、上の住人にどれだけ力があるかわかった。そして結局、わたしは彼と結婚した。

彼はこわかった。わたしの倍以上大きな体をしていた。彼との交わりは車に轢かれるも同然だった。わたしは漫画みたいにぺしゃんこになった。彼が上に乗ればあばら骨がバキバキ鳴ったし、彼がわたしのうしろにまわれば腰回りに帯状のあざが残った。わたしが吐くまでくるくる回した。

彼はとりたてて頭はよくなかったが、愚かでもなかった。愉快ではなかった。わたしが冗談を言っても、じろりと見るだけだった。乱暴だった。

けれど彼はわたしを公園へ連れていってくれた。外出なんていつぶりだろう。わたしたちは池へ行き、病気がひどすぎて食べられずに残っていたカモに餌をやった。襲いかかってくる連中を、わたしの夫は小さな若木を刈るようになぎ倒した。外に出かけられることはささやかな奇跡に思えた。

毎日、夫はバットを振りながら家を出た。バットが折れれば、こぶしを使った。一日の終わりには、近所の通りに死体が散乱していた。夜にわたしは夫の指の節に軟膏を塗って包帯を巻き、次の日の夜も、またその次の夜にも同じことをした。朝になると、薄いかさぶたは破れていて、傷は治る暇もなかった。

陣痛が始まると、夫はわたしを外へ運び、わたしたちは襲撃された。わたしの髪は引っぱられた。

ふくらんだおなかをだれかが殴った。けれどそれも一時的な苦しみだった。夫は人垣を縫って突っ走った。あたかもここはフットボール場で腕に抱えたわたしは奇妙な形のボールであるかのように。そこらじゅうでうめき声があがり、いくつもの手がつかまえようと伸びてくるなかをわたしたちは走った。わたしは思った——こんな世界に子どもを産んでどうするつもり？　それからこう思い直した。少なくともわたしたちの子どもは夫の遺伝子を半分受け継ぐ。世界がどうなろうと、こんな男が父親の子どもならかならず立ち向かえる。

分娩を途中であきらめそうになるほど、子どもはすごく大きかった。攻撃的にのたうちまわり体内を引き裂いた。わたしは意識を失った。

出産によってわたしは弱り、今では息子が最後の一滴まで栄養を絞り取っていくようになった。息子はわたしを吸いつくした。授乳のあとはへとへとで動けなかった。息子は桁はずれに大きく育ち、その大きさにわたしは怯えたが、同時にうれしくもあった。息子にはどんなものにも傷つけられないくらい大きく強くなってほしい、そう切に願った。

生後六か月を迎えるころには、息子は大きすぎて抱き上げられなくなった。それでも息子はしじゅうおなかを空かせていた。授乳のときは夫が息子を胸に置き、わたしはその下でじっと横たわっていた。一日じゅう息子を上げ下ろしするため、夫は家にずっといなくてはならなかった。やがて夫は職を失った。

「乳をやるのはもうやめたほうがいい」。ある夜、夫は言った。

わたしは息子の下に寝そべり、平らに押しつぶされ、重みで息もたえだえの状態だった。

「でもどうやってこの子を育てるの?」

「自分を見てみろ」。夫はわたしのたるんだ二の腕を強く握った。わたしは力こぶをつくろうとしたが、腕はぷるぷる震えるだけだった。「この子に必要なだけの栄養も与えられてないだろ」

そういうわけで息子の食事は、街角の店で夫が買ってくる栄養食品になった。

わたしたちは異様な風体だった。わたしはやせこけていたし、夫は栄養食品の調達で負った傷と血にまみれていた。でも息子はすばらしかった。家じゅうをのしのし歩き、棚のてっぺんにあるものを取ってくれた。荷車を引く牛馬ほど肩幅が広く、わたしを肩車しても重さなんてまったく感じていないようだった。といってもまだ幼児なので、木の幹みたいな脚は幼児並みにぐらついたけれど。ふらつく肩に乗って高く持ち上げられるのは、おそろしくてスリルがあった。以前はすてきだった家の天井の飾り模様をわたしは目で追った。


強くなるために家族全員が栄養食品を摂るべきだと夫は言い張った。たしかにその必要はあった。下の階に住む男が自室で襲われた。もはや室内に留まるだけでは安全を確保できない。けれど栄養食品はわたしには逆効果だった。体は重くなっても強くはならなかった。余分な重みで筋肉が震えるだけだった。

全員が居間でダッシュするべきだと夫は言い張った。一日三回、わたしたちは居間を何周も走った。昼食後はベンチプレスをした。夫はベンチに横たわるわたしの補助をしたが、ほとんどは夫がバーベルを持ち上げるはめになり、その屈辱でわたしはおいおい泣いた。息子はそんな両親を興味津々で眺めていた。

生後二十か月になると、息子は父親とほぼ同じ重量のバーベルを上げることができた。もう服は着ていなかった。サイズの合うものがないのだ。わたしたちはおむつのかわりにバスタオルを巻きつけた。息子はのしのし歩き、タオルも家具も全部びしょ濡れにした。わたしは洗濯に追われた。もはやこの家がまともなにおいになることはなかった。

金や物資を得るため、夫はアパートのほかの家主たちの使い走りをした。買い物に代理で行った。家主たちが外へ出る必要があるときは護衛を務めた。仕事へ行かなくてはならないときは付き添った。わたしたちの部屋には食料や生活用品に加えて奇妙なぜいたく品が集まった。すべて夫が頼まれごとの対価として得たものだ。上等なシーツ、磁器のカップ、銀の盆。わたしは銀の盆を壁に打ちつけて飾り、息子が腕立て伏せや上腕のカールをする自身の姿を反射面で見られるようにした。

ある晩、夫はずたずたに破れたシャツで帰宅した。腹部には園芸用フォークで引っかいたような太い血の線が走っていた。

「前よりずっとひどくなってる」と夫は憤然として言った。そしてわたしにだけジャンピングジャックとスクワットのセットを追加して、力を入れたわたしの主な筋肉を全部つねって確かめた。そのままあの乱暴な交わりに移ってほしかったが、夫はただテーブルへ行って突っ伏した。

わたしはドアを確認して、増やした鍵をすべてかけた。ときどき夫はふたつしか鍵をかけなかった。まるで運命を試しているかのようだ。たったふたつの鍵で、もし侵入者にドアを破られたとしても、夫は力任せに撃退できるのだろうか？　鍵が三つだったら？　夫ならきっと問題ないのだろう。けれどわたしは8という数字が好きだった。その曲線は美しく、無限大の記号にとても似ている。少なくとも見た目では。わたしは鍵を八つかけた。

息子がわたしを子ども部屋へ運んだ。わたしは本を読んでやったが、息子は父にならって腹筋をしようとした。

「おなかの深いところを意識して」とわたしは教えた。じたばたと起き上がろうとしては失敗する息子の横にひざをつき、おへその真下に手のひらを当てた。手のひらを下に押すと、息子の息が押し出され、筋肉が収縮するのがわかった。天井に縄でつながれ引っぱられているかのように、頭と肩が持ち上がった。


夫は別の街へ引っ越す計画を立てた。うわさによればここより安全らしい。夫は言った。「ここではおれたちの息子を育てられない。できると思ったが、無理だ」

「よそへ行くのはここに留まるよりもっと難しいよ」とわたしは反論した。

「おれたちだけならここに閉じこもるのもいい。でもこの子は外に行けるようにしてやらないと。成長するためにも」

夫は息子を見てうなずき、息子はうなずき返したが、単に父親のまねをしているだけで、なにが起きているのか理解してはいなかった。だいぶ前に自分と父親の重みで崩壊したソファに寝そべり、栄養食品のパックを吸っている。わたしの目の前で息子の胸囲はぐんぐん大きくなっているように見えた。

「この子なら大丈夫」とわたしは言った。

けれど夫は心を決めていた。ため息をつき、わたしを頭のてっぺんからつま先まで見た。「おまえのことはできるかぎり守るよ」と夫は言った。「おれたちふたりで」。それから自分の手を見下ろし、その後の言葉をのみこんだ。でも。

わたしは窓辺に行った。夫がなにを言いたいかはもちろんわかり、腹が立った。かつてわたしは強かった。ここまで自分の力でうまくやってきた。それが今や、夫にわが子を――息子を――与えたために、弱くなって置き去りにされようとしている。

ここにひとりでどうやって暮らしていくのだろう。窓の格子の向こうを見やった。空を焦がすたくさんの炎から煙があがっている。陽が沈んで夜になると、空は病的な紫色に光った。まるで助かる見こみのない、おそろしい流感にかかったような空だった。

ひょっとしたら一週間か二週間は持ちこたえるかもしれない。けれど夫がもはや通りをパトロールしていないと気づいたら、連中はアパートを調べ、この部屋でわたしを見つけ、そのあとはもうお祭り騒ぎだ。わたしは息子を見つめた。さよならを言うとき、この子はだだをこねるだろうか。わたしのことをどんなふうに記憶するだろう？　昔よく肩に乗っていた面白い女としてだろうか。そこにわたしがいた感触は忘れないかもしれない。息子からすればゼロに近い重さの感触くらいは。でもそれ以上なにを覚えていられる？　腹筋を教えたこと？　なにをされても不屈の精神で耐えてみせたこと？　ときどき大人の男に見えるとはいえ、息子はまだ赤ちゃんにすぎない。でも夫と息子を見ていると、不思議なことに、このふたりならうまくいくし大丈夫だとわかる。そしてもっと不思議なことに、ふたりがわたしを見てわたしはだめだと思っているのもわかるのだ。いずれにせよわたしたちは先へ進むのだということも。

夫はテーブルに地図を広げた。そのものすごく太い指の先でルートをたどった。

「山を越えなきゃならん。あそこのやつらは凶暴だ」と疲れた声で戒めた。

けれどその案にわたしの心は浮き立った。山は美しい。今はきっと春だから、もしかすると花が咲いているかもしれない。あるいは山の湖にちょっとだけ入って、肌がしわしわになるほど冷たくて、息子の瞳のように青い水を楽しむ。耳に届くのはおそらく人の叫び声ではなく鳥のさえずりだ。山を歩いても、この建物を出たときのように襲われるのだろうか？　この界隈ほど荒れているとは信じがたかった。

昔に見た、大きな木の根元で暮らす人々の写真を思い出した。見たのは子どものころで、当時でさえすでに古い写真だったが、きっとあのときはまだそのように暮らしていたのだろう。大きな木のうろを車が通り抜ける嘘みたいな光景も見たことがあった。「木のなかで暮らすのもいいかもね」とわたしは空想にふけった。

夫は怒って言った。「ばか言え。山は危険だ。街とは違うんだ。街にはまだ文明が残ってる」

わたしは笑い飛ばしたが、夫は真顔のままだった。

夫の傷ついた手を両手で包んだ。その腕は力が抜けて重たく、わたしの口元まで運ぶのもやっとだった。もし別の時代に生きていたら、夫と通りですれ違ったとしても、わたしは見向きもしないだろう。風変わりな容貌、逆三角形の体格。でももしかしたら善良な人かもしれないし、状況が違えば、またはもっと時間があれば、彼の意外な面に驚くなんてことがあっても不思議ではない。わたしたちはたがいに相手の意外な面を発見するかもしれない。そしてまさにそうしたことを経て、人は人と心地よく暮らせるのではないか？

「あなたが冗談を言うなんて」とわたしはしたり顔で言った。

夫は悲しげに言った。「ハッ」

その夜わたしたちは交わったが、夫はやさしいと言ってもいいくらいだった。いかにも良心がとがめるという態度で、わたしのことはぼかした感じで記憶しておきたいようだった。だからわたしは夫の髪を引っぱり、手の包帯をむしり取って、血が出るまでかさぶたをはがした。夫は涙目になったけれど、耐えていた。わたしは夫に伝えようとしていた。まだ見かぎるなと。

とうとう、夫は害虫を払うようにわたしをひっぱたいた。片目が腫れて開かなくなり、ブリキを叩いたような甲高い音が耳のなかで広がった。夫は不機嫌になって背を向けた。

無事なほうの目で息子の部屋を見つめた。そこでは息子が安らかに、なにも疑うことなく眠っている。ここまで自分の力でうまくやってきたのだ。わたしは音もなくベッドを抜け出した。わたしだって残忍になれる。この安全な、以前はすてきだった家のなかでも。

やつが来る　　It's Coming

プレゼンの最中にいきなり警報が鳴る。パワーポイントの色がほのかに光る暗いオフィスで、私たちは顔を見合わせようとする。私たちは嘲笑し、呆然とする。誰かが言う。「訓練だろ？」私たちはテーブルの上座に目を向ける。いつもはそこにボスが座っているが、今日はいない。別の街の別の会議に出ている。当然のごとくロジャーが不在のボスの権限を侵害する。「そうだ」と地声より声を低くして言う。「ただの訓練だよ、諸君」。そして私たちは引き続きプレゼンに集中させられる。

だがすぐに発表者の単調な声に紛れてひそひそ声が交わされる。誰かが言う。「つまりさ、わざわざうちのビルを選ぶ確率はどれくらいかって話だよ、そうだろ？」誰かが答える。「まあ、今このへんで一番高いビルだしね」。誰かが反論する。「いや、一番じゃないよ」。それからその点をめぐってひそひそ声の応酬が続く。

テーブルの反対側の端で、誰かがささやく。「あれは夜、みんな眠ってる時間に来るんだと思ってた」。

「ああ」と誰かが同意する。「住宅街をやられるのが一番こわいよな、寝てるときなんてどうしようもない」

「たしかに！　朝ここの入口を通るときの安心感ときたら」

「な、だから絶対に訓練だって」。唐突にこのふたりは手を取り合って震える。発表者がついにパワーポイントを止める。誰かが大声で泣きわめいているせいだ。「訓練じゃない、これは訓練じゃない」。そしてそれが正しいことに全員が薄々気づいている。

次の瞬間、私たちはぱっと敏速に動きだす。いよいよ来たぞ、諸君。所持品をかき集めながらたがいに手順《プロトコル》を確認する。プロフェッショナルであれ。集中せよ。必要な物だけ持て。足を捕まえられているときにくだらない傘のことは気にするな。重役椅子が回転し、その背もたれからセーター、ハンドバッグ、スーツの上着をひっつかみ、私たちは役員会議室からいっせいに出ていく。

非常口はちょうど閉まるところだ。フロア全体がすでに避難ずみで、最後に出た誰かがつけていた子供っぽい香水のにおいが強烈に残っている。なだれを打ってコンクリートの階段を駆け下りる足音が響き、私たちもあとに続こうと非常ドアを勢いよく開けるが、そのとき階段吹き抜けのずっと下からパニックに陥った悲鳴が聞こえてくる。悲鳴はグチャグチャという湿ったおそろしい音に変わり、足音は一転して階段を駆け上がってくるが、その数は大幅に減っている。

私たちはドアから逃げ出し、研修中の新入社員が集められた会議室の前を通り過ぎる。新人たちは楕円形の長テーブルの下にうずくまっている。まだ社内緊急時プロトコルを知らないのだ。マニュアルの一四〇ページに載っているが、けさの段階でそこまで進んでいるはずもない。研修担当のトムスンは上座のテーブルの下でがたがた震えている。きっと大して研修の準備はしてこなかっただろうし、プロトコルも再読してはいまい。彼は攻めのタイプで、備えるタイプではない。それはときとして有利に働き、ときとして不利に働く。目下、それは不利に働き、会議室はリーダー不在で取り残されている。私たちはおっととかがんばれとかついてくるなよと言わんばかりに、肩をすくめて走り去る。

会議室を過ぎると、私たちは新人たちに聞こえないようにひときわ声をひそめて**パラシュート**とささやき合う。そして窓のあるオフィスに駆け込む。金庫には緊急用パラシュートが保管されている。それは秘密の重役特権だ。だがパラシュートは消えている。パラシュートのことを知っているのは金庫と一緒に注文し、そこに隠し、暗証番号を私たちに教えた秘書だけだ。どうやら秘書たちもこれを取りにきたらしい。そして結果はこのとおり。輝く白いパラシュートが窓の外を降下していき、風で秘書のスカートは顔までめくれ上がっている。彼女らは信頼できると思っていたのに。

ここで慌てふためくのが普通だが、私たちはむしろ冷静に額を集めて話し合う。**次はどうする？**と問う。「こっちだ」と誰かが叫び、来た方向とは逆の廊下を指し示す。全員が走る。

廊下の突き当たりで私たちは選択を迫られる。右へ行けば、廊下の先に休憩室がある。左へ行けば、廊下の先にトイレがある。あまりに大勢で狭苦しい廊下を進んでいるので、誰かが怒鳴る。「ふた手に分かれよう！」それは名案に思え、休憩室へ向かう組とトイレへ向かう組に分かれる。

男子トイレと女子トイレの前でためらいが生じる。私たちは男女入り交じっている。ここでまた分かれるべきか、あるいは社のルールを破って性別の該当しないトイレに入るべきか？　社内パーティーで酔っぱらったときでさえ、誰もこのルールを破りはしない。これは絶対に守らなくてはならないルールなのだ。しかし分かれた結果、片方が弱くなってしまったら。女子トイレに隠れた女性だけが襲われたらと思うとぞっとする。男子トイレに隠れた男性が襲われたとしても同じく悔やまれる。こんなことなら全員一緒に左へ来たほうがずっとよかった。たくさんの男女がいればこのような心配をせずにすんだはずだ。

だが休憩室のほうでも問題が起こっている。右へ行った人数が多すぎた。押し合いへし合い廊下を進みながらこっち、多すぎ！　と私たちは怒鳴ったが、誰も引き返そうとはしなかった。あのひらけたT字路で攻撃されたら一巻の終わりだ。またあそこを通った瞬間、飛びかかられ、グロテスクな腕に捕まったらどうする？　休憩室はぎゅう詰めで、みんなドアから離れた場所を取ろうともみ合っているが、そんな場所は限られており、何人かは部屋に入ることさえできずに入口でもがいている。私たちは誤りを認める。いかなるときも誤りを認めることは大切だ。「これじゃだめだ！」と絶叫する。

一方、トイレの外では誰かがわめいている。「女子トイレのほうには来ないいんじゃないか」。なぜ？　理由は不明だが、その理屈に全員が賛同して転がり込む。

女子トイレの快適さときたら信じがたい。いいにおいがするし、すごく清潔だ。私たちはドアから離れて身を寄せ合い、障害者用個室に体を押し込む。そこへ休憩室組が飛び込んできて、あっちはだめだと言い張る。ふたたび合流できたのは喜ばしい。だがそれもグロリアが抑えた声で泣き言をこぼしはじめるまでだ。どうも休憩室に残って弁当を食べたかったらしい。「昨日の残りのヌードルを持ってきたの。楽しみにしてたのに」。私たちは耳を傾けるが、こんなときに空腹を覚えることが理解できない。するとグロリアは涙ぐむ。「ゆうべデートした人と食べたの。すごくうまくいった。ほら、これまでずっと大変だったから」。たしかに。私たちはうなずく。「ほんとにいい人だった。ヌードルを食べながら彼のことを思うつもりだったのに」とわめき立てる。何人かがグロリアをうまく黙らせて、彼女は気の抜けた笑みを浮かべる。私たちはグロリアのデート相手を想像する。どんな見た目の男だろう。ふたりはどんなヌードルを食べたのだろう。デートはグロリアの言うとおりうまくいったのだろうか。というのもグロリアは話に尾ひれをつけるので有名だからだ。私たちは自分の昼食を思い返す。もし本当にこれで終わりなら、どうして私たちの弁当には最後にもう一度喜びを味わえるものが入っていないのだろう。私たちは愛する人に——もしいるならば——思いを馳せる。体を寄せ合う。やつが来ないか耳を澄ます。

　スタンはスーザンの真横にいて、床に目を据え、片手をポケットに突っ込んでいる。スタンがスーザンのスカートのなかをのぞいていることに私たちはすぐ気づく。ぴかぴかに磨かれた大理石の床に、スーザンのやわらかそうな太ももと花柄の下着が映っているのだ。おまけにスタンは徐々に硬くなっており、スーザンもそれに気づく。

　すでに静かだったトイレがますます静まり返っているのをスタンは察し、自分の行為がばれていたことに気づく。ばつが悪そうに顔を上げ、小刻みな動作が遅くなる。ポケットから手を出し、大きなめがねをかけた顔を赤くする。

　私たちは批判の声をあげようとする。**スタン、それはプロフェッショナルにあるまじき行為だ**、と。ところがスーザンは全員の顔を見回すと、われわれの業界で人気のひらめきの瞬間《アハモーメント》を得た顔つきになり、スタンの手をつかんでスカートのなかに入れる。ごく短い驚きの間ののち、みなの目の前でスタンはスーザンを指でファックし、スーザンの太ももが汗ばんでつやつや光り、その絶頂のあえぎで私たちは居所が知られてはならじと、スーザンの口を押さえなくてはならない。当然ながらスーザンは激しく嚙みついてきて、私たちの指は痛み、ベチョベチョだ。そしてスタンは、これ以上ないほどにやつき、めがねをずり落としそうになりながら、しっかり大きく勃起するが、やがてやわらかい綾織りのパンツの下で果て、枕カバーについたよだれみたいな染みを作る。おそらくわれわれの人生最後になるであろう日に女子トイレでスーザンを絶頂に導いただけで。私たちは非常に羨ましくそれを眺めるが、よもや同じことができるわけもない。

スーザンがスタンの腕に倒れ込み、甲高い声を漏らしあえいでいると、人間の手足をポキポキと折り、体を引き裂くかすかな音が聞こえてくる。死に際に発せられる、しゃっくりみたいに耳障りな音も。新人が見つかったのだ。「行こう」と誰かが言い、私たちはトイレを放棄する。

非常階段は折り重なる死体で塞がっている。会議室のドアの下から血まみれの腸が廊下に滑り出る。室内からは四十頭のトラが取っ組み合っているような音が聞こえる。次の手を考えねば。どう動くのがベストかはわかっているが、認めたくない。苦渋の決断を迫られる際の重々しい表情で、顔を見合わせる。役員としては見慣れた表情だ。**逃げ道は上しかない**、と言おうとしたそのとき、寄り集まった私たちの左から、男女が小さく笑う声が聞こえる。

いつのまにかスタンがスーザンのブラウスの前を引きちぎっており、糸が切れてボタンが飛んでいる。スタンが指先でつまんだ大きな紫がかった乳首にしわが寄る。スーザンがまたもやよがり声をあげはじめる。**おいおい、よしてくれ**、と私たちは小声で非難する。**それはプロフェッショナルにあるまじき行為だ**。だがふたりは意に介さない。今やスタンは靴を脱ぎ、パンツを下ろしている。意外にも硬い縄のような脚の上にマシュマロの胴が乗っている。スーザンがなでるペニスはひょこひょこ揺れて、まるでイエスとうなずいているようだ。スーザンは完全に裸だが、その胸は私たちが思っていたよりずっと垂れている。胸は大きい——それは誰もが知っていた——だけでなく重たいが、突き出た腹がどうやら支えになっているらしい。そしてそれがセクシーでないわけでもなく、それもまた意外である。裸の体は着衣の状態とはまったく違って見えることに私たちは驚嘆する。**いったいいつになったら学ぶんだ?** と自分で自分をたしなめ、同僚や愛する人や自分自身を賛美する時間をもっと持っていればと悔やむ。

会議室から四十匹のワニが沼で取っ組み合っているような音が聞こえ、血が潮のようにドアの下からどくどくと流れ出る。

スタンとスーザンは床で騒々しく音をたて、手足を突き出して絡み合っている。私たちは大いに当惑する。

「ほっとけ」と誰かが怒鳴る。そして私たちは走る。

ここは私たちのビルなので、通常の階段――死体で埋めつくされている――の先に〈立入禁止〉のドアがあり、その向こうに短い階段が続くことはわかっている。危険はないが、まだ完成していない。社内パーティーで誰かを連れ出すとしたら、おそらくここで、下級の事務員、孤独な新入社員、抜け目のない秘書といった面々が使っていたはずだ。前屈みになったときつかむ手すりや、体を押しつけるための壁がないかと、とうに忘れられた内壁用石膏ボードや使われていない配管パイプを手探りして。

ドアを塞ぐ皮を剝がれた死体の山を私たちはよじ登り、足を滑らせる。皮膚の下の中身はぬめり、露出した青紫色の筋肉はぴくぴく動いているように見える。点滅する明かりによる目の錯覚と思いたい。下り階段は死体の分厚い壁が延々と続いている。予想どおりだ。これだけ多くの元社員たちのばらばらになった体を押し分けていくなんてできそうにない。

向かうのは上だ。

ちかちかと光る作業用照明がそこかしこにぶら下がり、摩耗した電気モーターのにおいを放っている。薄暗い明かりが影を落とす階段は足元がはっきりしない。壁や手すりに沿って手探りで進む。さらに上ると、そこらじゅうで明かりがまぶしく輝き、思わず目を覆う。作業員は警報が鳴ったとたん工事を投げ出したにちがいない。ひょっとしたら彼らも死体の壁の一部になっているかもしれないが。

さあここからだ。

と、「待って」という声が聞こえ、スタンとスーザンが下から現れる。裸のまま足を引きずっており、ふたりのすぐ後ろでやつの飛びはねる音がする。スタンの怯えた小さなペニスが脚のあいだで揺れ、うろたえたスーザンの胸が一歩進むごとに打ち合わさる。手をつなぎ親密に指を絡ませるふたりは、あたかもこれまで人生をともに歩み、支え合ってきたかのようだ。そして本物の恐怖がふたりの目に浮かぶのを私たちは目撃する。なぜならふたりは自分だけでなく相手も一緒に生き延びてほしいと願っているからだ。血に汚れた足を前に進めようとあがき、滑り、たがいの体を引っぱり、キスをして抱き合おうとして、泣きに泣く。

ふたりのにおいをやつが嗅ぎつける。

そして、ああ、次に見たことについてはとても口にできない。あまりにすさまじく、悲しい。だがおかげで時間を稼ぐことができて私たちは屋上へ逃れられる。

屋上の重いドアを開けると、絶好の隠れ家を見つけて安心していた無数のハトが四方八方に飛んでいく。ハトたちよ、ほかを当たってくれ。やつの進攻を遅らせるため、屋上にあったがらくたをドアの前に積み上げる。

街じゅうで警報が鳴り響いている。屋上の端から見える、通りにどっと押し寄せた群衆は、通りから広い大通りへ流れ、大通りから多車線の公道に入るが、そこは立ち往生した車でごった返しており、運転手は車を捨ててすみやかにこの大脱出に加わる。そうしてできあがった人の渦は州道へあふれだし、やがて州道は狭まって小さな町を抜ける田舎道になり、それからあたり一帯あちこちに伸びる小道になり、干し草畑へ消えていく。その秋らしいくすんだ黄色のなかへ人々は散らばり、その先の森にたどり着く。気の毒な木の幹にぶつかり森の地面を塞ぐ人々の動向は、揺れるこずえが伝えている。さながら緑の波が大きくうねっているかのようで、本物の海辺まで人々を運んでいきそうだ。そしてそれから先はどうなるのだろう。混乱して海へ入る？　あるいは勢いに逆らって後退し、森や山に四散し、自分たちには隠れ家で生きる天賦の才があるのだとまことしやかに考える？　答えがあるならぜひ知りたかったし、その気になればわかるはずだった。何しろこのビルは高く――人によってはこのへんで一番高いと言う――ここからすべてが見渡せるのだから。だがちょうどそのとき警報が鳴りやむ。街はがらんとして私たちのほかに誰もいない。そして磨き上げた靴の下から、ゴロゴロという地鳴りのような音がリズミカルに聞こえてくる。スタンとスーザンを片づけて、やつは私たちに向かってきている。

生きたまま捕まるのだけはやめよう、と私たちはたがいに誓い合う。恐怖にすくみ上がってやられるのを待つなんてだめだ。ここまで戦ってきたのだ。やつが屋上のドアをこじ開けたら飛び降りよう。三つ数えたらいっせいに飛び降りる。私たちは重役で、あいにくここは私たちのビルで、私たちの会社だ。廊下や階段に積み上がった死体の山は私たちのもので、彼らは私たちの社員だ。

屋上の縁で風にあおられて立つ。太陽は不気味な雲の陰で縮こまっている。「私はまっすぐやつの目をみてやる」と誰かが涙ながらに決意する。私たちは歯を食いしばる。

ドアがごくわずかに、この最後の瞬間を楽しむかのように、ゆっくりとひらく。バリケードに積んでいたがらくたが崩れる。「いいか、三つ数えたらだぞ」と誰かが声を詰まらせる。

そのときロジャーが口をひらく。「待て。いい考えがある」。縁から降りて私たちを正面から見る。

「イメージするんだ」と、両手を伸ばして絵画を設置するようなポーズをとる。ロジャーのアイデアを表した絵だ。

私たちは震えている。失禁している。それでも耳を傾ける。

「心に問いかけてみろ。やつは本当に私たちを殺したいのか?」

ドアがさらにひらき、階段からきついオレンジの光が灰色の空に漏れ出る。おそらくやつはすぐその影に隠れて、身構えている。

階段を見たでしょ?

今じゃ新人はただの液体だ。

ロジャーは片手を上げて私たちを黙らせる。「ああ、わかってる。しかし私たちはトップの人間だ。ここまでのぼりつめた」と頭の上に手をかざす。「役員なんだ」

スタンとスーザンもね。

ロジャーは首を横に振る。「あいつらは集中を切らした。リーダーシップに欠けていた。だからあのざまだ」と言う。「信じてくれ。私たちはやつにとって利用価値のある何かを持っている。私たちは特別だ」。それからへつらうように肩をすぼめ、次の言葉をのみ込む。**まあ実際どうだか知らないが。**これこそがロジャーだ。みずから誘発した異議のざわめきに聞き入っている。ほほえみながら、ウイングチップの靴をぶらぶら揺らしている。議論が大好きなのだ。

誰かがカウントし始める。

「一」

私たちは手をつなぐ。何人かはぎゅっと目をつぶる。

「待て。ロジャーの言ったことを考えよう」と誰かが訴える。

誰もいない街を見下ろすこの屋上は静かだ。聞こえる音は、引き裂かれようとしているドアの向こうの荒い息。人という重荷が減ったぶん軽くなり、今や風が吹けば揺れる街の建物のきしみ。そしてロジャーの口笛だけだ。

誰かが言うのが聞こえる。「――」

ちょっと待って。

確証がないと。

黒光りする鉤爪がドアにかかる。だがロジャーのおかげで、何人かの目には友好的な鉤爪として、潜在的ビジネスパートナーの鉤爪として映る。耳のなかで心臓がファゴットのごとき低音を響かせる。縁の上で動きがある。恐慌をきたしてつないだ手を離す者もいれば、必死に手をつなごうとする者もいる。私たちの吐く息は重苦しく、風をかき立てる。そのうちに協議が始まる。体がコンクリートにぶつかる前に秘めた本能か何かが目覚めるだろうか？　そう願いたいが、保証はない。では仮に飛び降りて助かったとして、この新しい世界に生きる価値はあるのだろうか？　判断しがたい。世論調査が必要だ。しかしここに留まればやつにとって最後の肉料理になるだけでは？　そのリスクはつねにある。ロジャーの言うことは正しいのか？「正しい」とロジャーは言う。では私たちの取るべき行動は？

それで？

やつが来る。

考えさせて。

スタンとスーザンが今もここにいてくれたら、と願う自分に私たちは驚く。リーダーシップに欠けていたとロジャーは責めるが、ふたりは意志に従って行動した。リスクを取った。心からの望みを最後まで追求した。あのふたりはヌードルを食べたんだ、と私たちははっきり理解し、そう気づけたことに満足する。むろん、ふたりは悲惨な最期を迎えたが、あの血だまりと涙の下には、私たちが知りもしなかった安らぎがたしかにあったのだ。私たちもあのような安らぎを感じたかった。だが見よ、すでにドアはひらいており、一瞬にしてやつが来る。

気象学者デイヴ・サンタナ

Meteorologist Dave Santana

デイヴ・サンタナが地元の天気予報を伝えるとき、ジャネットは一度ならず下着のなかに手を入れた。新しい天気情報スクリーンのお披露目の日には――それまでのようにハッピーな太陽やいたずらっぽい表情をしたふわふわ雲の絵を動かしてマジックテープで留めるのではなく、デイヴはスクリーン上でなめらかに手を動かし、西から雲を持ってきたり南から大雨を連れてきたりした――そのスクリーンは彼女自身だとジャネットは想像し、ソファのひじかけにまたがってはねた。

しかしこの冬最初の北東の嵐《ノーイースター》が到来すると、デイヴ・サンタナは五日間テレビに出ずっぱりで、一時間ごとに最新情報を伝え、通常のニュースの時間にも長い解説を行った。すると必然的に、またとない恩恵を享受するため、ジャネットの細長いバイブレーターはバスローブのポケットかショーツのゴムの下で待機状態となり、まるで腕がもう一本増えたかのように、すぐに使える構えを取ることとなった。

デイヴはその嵐を乗りきった。最初の気象観測から下調べ、嵐本体とその悲しい余波に至るまで。悲しいのは人々が家をなくし、ときには命までも失ったからだが、デイヴが悲しそうなのはこれが終わるからではないかとジャネットは思った。この痛ましい数日の出来事をまとめて解説しながら、デイヴの心はすでにここにはないように見えた。車に乗りこみ、気象学者の給料で買った自宅――家族で暮らすのに十分な広さだが彼は独身だ――へ戻り、マカロニ・アンド・チーズを作り、テレビの再放送を観ながら眠りこむ。そんな自分を思い描いているかのようだ。デイヴが采配を振っていた重大な瞬間は、彼に非はないが終わりを迎えた。ジャネットには彼の気持ちがよくわかる。ジャネットは教え子の指導に熱心で、生徒の母親たちがわが子を落胆させてきた領域、すなわち、なにもかも手に入れるにはどうすればいいかという点において手本になろうとしてきた。だがジャネットが教えられることはそう多くない。最上級生になるまでにかならず何人か妊娠するのは、自分が殴られるくらいショックだった。彼女とデイヴが共有するこの失望――この共時性《シンクロニシティ》――がジャネットを刺激した。

デイヴは典型的な冴えない容貌――背は低く頭ははげかけていて、色の薄い肌と毛はほとんど見分けがつかず、まゆは存在しないも同然――ではあったが、なんといってもニューイングランド地方出身だった。ジャネットは北東部の男の気質を高く評価していた。北東部の男には、広すぎる空で迷子になった大平原《グレートプレーンズ》の男のように夢見がちなところはない。あるいは雨で脳みそが腐った北西部の男のようにけだるげでもない。あるいはがさつで冷淡であろうと励んできた南西部の男とも違う。ジャネットはそれらすべての地域の男とつきあったことがあった。北東部の男は現実的で、なんでもそつなくこなせる。どこより厳しい冬、どこより暑い夏、そしてどこより美しい秋を生き抜いてきたからだ。ニューイングランドの男はどんなことにも耐える。気象学者デイヴ・サンタナがその口から意図と警告をたっぷりこめて、舌先で転がすように「ノーイースター」という言葉を発するときほどジャネットが興奮することはなかった。そのうえ、デイヴはジャネットの隣人だった。

嵐が去り、風が落ち着き、空はもはや解説を必要としなくなった。ジャネットは拷問かと思えるほど近くのタウンハウスにデイヴが帰るのを待った。終わりがもたらす失望をデイヴがまだ抱えていることを願った。自分なら彼の気分をよくしてあげられる。

デイヴ・サンタナが帰宅すると、ジャネットはバスローブをさっとはおり、玄関ドアを開けて凍てつくような外に出た。そして青い小型車から荷物を出しているデイヴを眺め、咳ばらいをした。

デイヴはびくりとした。それからジャネットを目にすると、なんとも言えない表情を顔に浮かべた——それはおだやかなよろこびの表情だと彼女は思いたかったが、そうでないのはわかっていた。それはおだやかな別の表情だ。この一年、ジャネットは何度も戸口に立っては飲みにこないかとデイヴを誘い、電球を換えてくれないか、ノネズミを駆除してくれないかと頼んできた。そしてたいてい彼に襲いかかろうとしては拒絶された。「ジャネット、疲れてるんだ」。もしくは「明日早いんだ、漁師向け天気予報があるから」。一度など、デイヴは怒ってジャネットの手首をつかみ、こう言った。「ぼくは気象学者だ」。まるでそれだけ言えばなんらかの信条が伝わるとでもいわんばかりに。彼はジャネットにはいい人すぎる、もしくは控えめすぎるのだろうか？　けれど最後に会ったときは、何本か酒を空けたあと、いつもより進展があった。デイヴ・サンタナはなにかを決意するかのように、初めはおずおずと、次に長々と、彼女の体をなでまわしてキスをしたのだ。それから顔をひどくしかめて帰った。その後数週間、ジャネットは誘うのをやめて、自分はそんなに哀れではないと心に言い聞かせ、隣町のお気に入りのバーで適当な相手を見つけて遊んだ。だが今回のノーイースターでデイヴの堂々とした姿が連日連夜テレビに映ると、また彼のことしか考えられなくなった。ジャネットはバスローブの首元を引っぱって大きくはだけさせた。

「ジャネット」とデイヴは言った。「スリッパじゃちょっと寒いだろ」

「平気――わたし、暑がりだから」とジャネットは言いながら、ドアの上方に手をかけ、ゆっくり腰を突き出した。デイヴの表情に変化はなく、くちびるすらまるで動かない。「ねえ、このあいだの突風のこと、どうしてもききたいんだ。速度だけでも教えてくれない?」ジャネットはできるだけ色っぽい声でたずねた。突風、と言ったとき、彼がかすかにほほえむのが見えた。

「それにやっぱりこわいんだけど? わたしがこわがりなの知ってるでしょ」とジャネットは言った。肩が出るまでバスローブをずらし、また引き戻して、腰が揺れるように身震いしてみせた。彼女がどれだけ無防備になれるのかデイヴに気づいてほしかった。そうすれば彼はジャネットを守るのか性交するのか決められる。守られるのは悪くないし、性交はもっといいが、両方なら最高だ。

「ジャネット」とデイヴは繰り返したが、声のとげとげしさは和らいでいた。「きみがこわがりなのは知ってるよ」。そして話しながら室内に入ってきた。「でも天気をこわがることはないんだ。たとえ今回みたいな嵐でも」。デイヴは差し出されたジンを受け取った。ジャネットの期待が高まった。

コースターを落とし、デイヴに向かってかがんで拾うと、バスローブはまた少しはだけた。デイヴの緊張はほぐれたようだ。ジャネットは彼の視線を感じたし、風速の測定法を説明する声がのどに詰まるのもわかった。こうした機会のためにとっておいた大西洋の海流に関する記事の載った雑誌を取るため、デイヴにかぶさるように腕を伸ばすと、彼はさりげなく体に触れてきた。ここだ、とジャネットは深く息を吸い、これが今夜の終わりか始まりになると覚悟して、いちかばちか行動に出た。大気圧について詳細なレクチャーを受けながら――**空気には重さがある、人と同じでね、その重みがつねにぼくたちを押しているんだよ、今だって**――彼の股間に手を滑らせると、デイヴは驚いた顔になり、ジャネットのバスローブを引き開けた。そしていかにも科学者らしく隅から隅まで彼女を調べた。

ジャネットは横たわり、指で彼女自身をなぞり、その指が消えた場所をデイヴが目で追うのを見守った。あのかすかなほほえみがまた彼の口元に浮かぶのを見た気がした。デイヴはすばやくベルトをはずし、ベージュのパンツを脱ぎ捨てると、ジャネットに抱きついた。ふたりは床にぶつかり、コーヒーテーブルを押しのけ、しばらくじたばたしていたが、じきにデイヴがジャネットの脚を乱暴に広げて入った。

ジャネットは動く必要もなく、いい具合だった。それでもできるだけ声は大きく、息は荒く、動きは激しくして、確実にデイヴにメッセージを伝えようとした。**あなたはわたしにとって大切な人。嵐が去っても、わたしはあなたを必要としてる。**

ふたりはつづけて寝室でもした。そしてとうとうデイヴが眠りに落ちると、ジャネットは彼の胸と背中の毛をなでた。「すごく情熱的」とささやいた。

朝になり、足音を忍ばせて部屋を出るデイヴをジャネットは見送った。彼は寝室のドアは静かに閉めたが、玄関に着くころには気持ちがよそへ行っていたのか、バタンと大きな音をたてた。もしジャネットが眠っていたら飛び起きて、なにが起こったのかと困惑しただろう。けれどこうなるのは予想どおりだ。体に小さな震えが走った。

ジャネットはどうにかしてデイヴとまた顔を合わせて、家に連れこもうとした。しかしジャネットがドアを叩いてもデイヴはまったく出てこなかった。ドアや車のフロントガラスにテープで貼ったメモにも返事はなかった。ときどき、家に入るデイヴの背中や、車に乗りこむ靴や、窓を照らす朝のまぶしい光にかすむ顔がちらりと見えた。なんだかデイヴなど初めから存在していなかったような気がしてきた。それでも夜に姿が見えると、体にのしかかった彼の重みを思い出した。

ある朝、女がひとりデイヴのタウンハウスから出ていくのにジャネットは気づいた。その後も同じ女を朝に何度か見かけた。ぱっとしない女だった。ハリのない茶色の髪をうしろに垂らすか、ぼさぼさで貧弱なポニーテールにまとめていた。帰るのはきまって早朝なので、自宅に戻って仕事前に身じたくを整えているにちがいない。つまりデイヴの家に私物を置くほど真剣な仲ではないということだ、とジャネットは判断した。


そして季節は春になった。

ジャネットはまた教員賞をもらった。五年連続〈年間最優秀教師〉だ。それはジャネットを慕う女子生徒たちからの、いわば学年末の完璧な別れのあいさつだった。別に圧勝ってわけじゃないし、女子のほうが男子より数が多いっていうのがあるけど、まあ、女子はわたしが大好きだからね、とジャネットは同僚教師がおざなりに祝いの言葉をかけてくると言った。教師全員がジャネットを嫌っているのはまちがいなかった。ジャネットはおっかない、というのが教師たちの意見だ。それは自分より優れた人間を評する言葉だ。すべてにおいて、これまでずっと、ジャネットは彼らより優れていた。謙遜してみせるのは数年前にやめたので、同僚はみな彼女を避けていた。秘めた恥、罪の意識、トラウマ、自己嫌悪のいっさいない人間とどうかかわればよいか彼らにはわからないのだ。

一方、女子生徒たちは畏敬の念を覚えた。ジャネットのような人間をこわがるという発想がまだないからだ。彼女たちはジャネットを見てこう思った——きれい！　頭いい！　頼もしい！　わたしもこんなふうになれたら。大人になるまでもう一歩のところにいる生徒たちはあと押しを求めており、ジャネットはよろこんでその役を引き受けた。生徒たちに知恵を授け、面倒に巻きこまれないようにした。放課後には女子限定で性教育の特別授業まで行い、生徒たちは大いに感謝した。非の打ちどころのないオーラルセックスを教えれば挿入は絶対必要ではなくなるし、創意工夫に富むコンドームのつけかたを教えればつけるのが楽しくなるのでは？　ジャネットはいくつかこつを知っている。魔性の女になる方法のヒントを与えれば行為をコントロールできるのでは？　魔性の女はジャネットのふたつ名だ。避妊対策したいから親のかわりにサインしてほしいって？　いいですとも。女子生徒はみんな自分の娘だとジャネットは思っていた。

これまでつきあった男たちは、ジャネットはベッドでやけに偉そうだと文句を言った。ジャネットはいつも位置を変えるし、相手がまちがえると大きくため息をつく——そこ。違う。そこだってば。けれど実際、女をよろこばせるのがどれだけ大変か。男たちは本気で取り組んだことがあるのか？ジャネットにはある。たしかにそう簡単ではなかった。そして愛に飢え、過剰にありがたがる女たちはあまりに多かった。特に母親たち。保護者面談で出会ったミセス・ハワードのように。あのやるせない目。いいですとも、とジャネットは思った。あれはミセス・ハワードにとって初めてのオーガズムか、初めて満足した経験にちがいない。終わると、彼女はジャネットの体にからみついて甘えてきたが、最終的にジャネットはできるだけやさしく——けっして冷たくしたわけではない——「もうおしまい」と言って服を着はじめた。ミセス・ハワードの顔に浮かんだあの表情。まるで幽霊を二体ほど見たような顔だった。その後ジャネットは彼女からの電話を避けた。電話はほんの数回で途絶えた。

何年か前、ジャネットはある男にかなり期待を寄せた。彼も教師で、ネクタイなしのブレザー姿があかぬけていてセクシーだった。シャツはつねにボタンをひとつはずし、男らしく広がる胸毛を見せていた。ベッドでのジャネットに不満をこぼさず、反応もよかった。ジャネットが脚で彼の横っ面を打って「もっと早く！」と叫ぶと活気づいた。「もっと深く」と求めれば激しくなったし、その際には「はい、奥様」と言わんばかりに「はい、ジャネット」と言った。そして山の頂上をめざすかのように息を切らしうめきながら体を弾ませ、要求に応えた。ジャネットの腰を高く上げて引き寄せる腕の筋肉は固く引き締まっていた。彼はふたりのあいだに存在するどんな障壁も突き破るのではないか、ジャネットの腸にまで突入して引っかきまわすのではないか。そんな突拍子もない不安がジャネットの心に湧き上がった。その時点では、それはジャネットが経験したなかで最高のセックスだった。しかしじきに彼は人生への失望を漏らすようになった。彼の頭のなかにはずっと、自分はいずれ政治に携わり、大統領と晩餐会に出席したり、上院議員になって賄賂を受け取ったりするのだという考えがあった。沿岸部に近いとはいえ、およそ都会とは言えない小さな町で教師をつづける未来なんて想像していなかった。彼はむっつりふさぎこみ、ジャネットに慰めの言葉を期待していた。あなたは特別だとか、なんだってできるとか――なんであれ、人生では大きなことが待っていると言い聞かされてきた男に女がかけるべきとされる言葉を。たいていの男は大きなことが単に安定した職、ほどほどの幸福、〝いつもはまあまあでたまに最高のセックス〟を意味するとは考えない。ジャネットはなにかが待っているなんて一度も言われたことはなかったので、ただ自分のしたいことをして、生徒たちにもそうすることを教えた。ジャネットが教員賞を得たのは好きなことをうまくやったからで、見返りを期待したからではない。デイヴ・サンタナが重要なのは彼が自分をそうみなしているからではなく、重要な仕事をしているからだ。そしてそのことを本人もわかっている。それもまたふたりの共通点だった。

ジャネットは教師の男と別れた。のちに彼は州議会下院議員になった。どこかの家の芝生に据えられた彼の選挙ポスターをジャネットは見かけた。なかなかよい写りだった。目鼻立ちはさらに整って見えたし、ネクタイも締めていた。ジャネットは彼にネクタイを勧めようと思ったことは一度もなかった。ネクタイをしていない姿が一番いいと確信していたからだ。彼は妻とふたりの子とポーズをとっていた。妻子の話を彼から聞いたことはなかった。妻は長らく苦労してきたのか面やつれしており、初々しくさわやかなところはなく、子どもたちは高校生くらいに見えたが、ジャネットが彼とつきあっていたのは四年ほど前だった。長く見積もって、五年前。つまり、ジャネットは電話一本で大惨事を引き起こすことができるのだ。だがそれは彼女の流儀ではなかった。それにむしろ、そのような秘密を隠していたと知って、前より彼に興味が湧いた。

その年、春の嵐は厳しかった。ジャネットは淡々と天気予報を伝えるデイヴを観て、自分は実際の彼を知っているのだと思い、ますます興奮した。例年にない天候ですが心配する必要はありません、とデイヴがこの地域に向けて言うと、ジャネットはまるで彼が自分だけに語りかけているように感じた。

ぱっとしない女は朝に帰るのをやめた。今では昼夜を問わず出入りし、彼女の車は来訪者用駐車区画に駐めてあった。区画にはいつのまにか〈来訪者〉のかわりに番号が記されている。春から夏に変わり、上着を着なくなると、女が太ったのを見てとってジャネットはうれしくなった。そのうちデイヴは彼女を捨てるはずだと思ったが、やがて女は太ったわけでなく、妊娠しているのだと気がついた。

夏の最後の日、裏庭で日光浴をしていたジャネットは煙のにおいを嗅ぎつけた。起き上がり、鼻をクンクンさせて伸びをすると、隣の庭を歩きながらせわしなく煙草を吸うデイヴの姿が目に入った。ジャネットは急いで木の柵に近づき、下の横板につま先立ちで乗って胸が見えるようにし、柵の上にさりげなく腕を置いた。

「煙草吸うんだ」と声をかけた。デイヴは熱した串で突かれたように飛び上がった。ジャネットに目を向け、次にきまり悪そうに煙草を見た。

「いや」

ジャネットはビキニのトップのひもを無造作に引っぱり、胸を揺すった。デイヴは見ていない。

「それじゃあ、その煙草は？」

「ジャネット」とデイヴは言った。今はだめだ、と言うように。

でも違う、今だ、とジャネットは思った。体がうずきだす。ひと呼吸置いた。「相談ならいつでも乗るよ」

デイヴは首を横に振った。「情けない話だから」

ジャネットはにっこり笑った。「情けない話なら慣れてる」

デイヴは疑わしげに、それから恥ずかしそうにジャネットを見つめた。ため息を漏らした。「妻が身重で。できないんだ。あれが」

妻？　いつのまに？　ジャネットはたじろいだが、すぐに気を取り直した。

鼻先でふんと笑った。「そんなの、がんばりが足りないだけじゃない。クリエイティブにやらなきゃ」

「いや」とデイヴは鋭く否定し、次に気の抜けた声で言った。「がんばってるよ。ほんとに。それでもだめなんだ」

ジャネットはうなずいた。自分なら対応できるのに。あの小柄でみっともないデイヴの妻がベッドにだらりと横たわり、大草原の丘みたいに腹を突き出しているさまを思い浮かべた。胸がむかついた。ジャネットでもあの女とは無理だ。追いつめられたデイヴをジャネットは想像した。猛然としごいてもやわらかいままで、突き出た小山をいとわしげに見ている。「力になれるかも」

「力?」とデイヴはぶっきらぼうに言い返したが、そのとき、風がジャネットの香りを運びでもしたのか、唐突に彼女に目を向けた。日光浴用のビキニ、きらめく肌、わざとルーズに結んだ髪、サングラスに覆われた無名性。デイヴが望むどんな女にもなれる。そして今、ジャネットはまさにそういう女だった。デイヴはふらふらと柵に近づいて横板に乗り、ジャネットと向き合った。デイヴの目はうるんでいた。ジャネットは胸を手のひらですくった。

デイヴが言った。「なるほど」


数分後にデイヴはやってきた。夏向きの野球帽を腰の前に持ち、気が引けたようすで、その凡人らしさがたまらなく愛らしかった。ジャネットはすでにベッドに寝転んでひじをつき、雑誌をめくっていた。サンオイルで濡れた肌がマットレスにくっつく。ジャネットは足を振って横向きになり、芝居がかった動きで腰を引き上げた。

「いいの?」とデイヴは訊いて押し黙った。

「いいってなにが?」

デイヴはいつまでも戸口でぐずぐずして、ベッドにごろりと寝そべるジャネットを眺めていた。もしゃこのまま動かないつもりだろうか。倦怠感が全身に走った。ジャネットは伸びをして背を弓なりにそらし、小さなビキニの隠れ家から胸をはみ出させて命じた。「こっちに来て」

一回目の最中、デイヴが哀れっぽくよろこびの声をあげるのにジャネットはうんざりした。自分の上に乗っている男が怒鳴りもしなければ卑猥なことを言いもしないのにうんざりした。そしてデイヴ・サンタナはジャネットのために身を滅ぼすようなことをやりかねないと思うのにもうんざりした。彼は迷っているように見えた。ジャネットは迷うのがきらいだった。

「名前を言って」

「え?」とデイヴは訊き返し、動きをゆるめた。

「あなたの名前を言って」

デイヴはわずかに体を上げてジャネットの顔を見た。「デイヴ?」

「フルネームで言って」とジャネットは叫び、デイヴの腰を引き寄せてつづけさせた。

「デイヴ・サンタナ」と彼はためらいがちに言った。

「違う、デイヴ。全部言って。『ぼくは気象学者デイヴ・サンタナ』って」とジャネットは求め、くちびるを吸った。

ぼうっと混乱したまま、デイヴは小さな声でそれを言った。それからもう一度言った。三度目には、声が一気に大きくなり、彼はジャネットの腰を荒々しく持ち上げ、ひとこと叫ぶごとにより深く突き動かした。「ぼくは気象学者デイヴ・サンタナ！　気象学者デイヴ・サンタナ！　気象学者デイヴ・サンタナ！」まるで急ブレーキを踏むバスの運転手のように、デイヴは硬く張りつめた。その甘美な騒ぎのまっただなかでジャネットは快楽に捕えられた。満ち足りた気持ちで、頭のなかでこう繰り返した。あなたはわたしの運命の人、わたしにふさわしい人。

六回目が終わるとジャネットはひりひりする痛みと疲れを感じながら、うっとりと横たわった。「いつもこんなふう?」と、ふたりともこんなに濡れていることがうれしくてたずねた。

「ハ! まさか。こんなの初めてだ」とデイヴはまだ息を切らせて言った。「こいつがきみをほんとに気に入ったんだな」と、ぐったりしたペニスを親指と中指ではさんで振った。

自分のペニスを人のように語る男がジャネットは大きらいだったが、無理して小さく笑った。

「うん、いつもはこんなんじゃない」とデイヴはベッドで手足を広げ、夢見るような声でつづけた。「ぼくらは愛し合ってるから」。そしてあわてて言い添えた。「ぼくと妻がね」

「でしょうね」。ジャネットは柄にもなく気まずさを感じた。わたしのことを言ってるんじゃないことくらいわかってる、と腹立たしく思った。

ともに野原を駆けていく子どものように、デイヴはジャネットの手を取って強く握りしめた。「きみは面白い人だな、ジャネット」と半笑いを浮かべて言った。それは誘っているような挑発的な態度で、ジャネットの呼吸が早まった。

「わたしの知らないことを教えて」とジャネットは挑発し返した。そのつもりだった。聞きたいのは本当のこと、デイヴだけが言えることだった。彼女はどんな味がしたかというような、くだらないことでも。彼女とのセックスはどうだったかというような、彼の本心にかかわることでも。

デイヴの半笑いは消えて、それから考えこむようにまゆをひそめた。もつれたシーツの下からデイヴの腕時計がカチカチと鳴る音がかすかに聞こえた。

結局、デイヴは弱々しく咳ばらいをした。「そろそろ行かないと」。うしろめたさが声ににじみ出た。

「もうすぐメレディスが帰ってくる。母親学級から」

メレディスというのか、とジャネットは思った。あくびをするふりをして心にひらいた小さな傷口をかばった。「いつでも戻ってきて」と歌うように、誘惑的だが屈託のない作り声で言った。

「たぶんこれで乗り越えられるよ。薬を飲んだようなもんだ」

「六回分の薬だね」とジャネットはからかったが、むなしく思えた。

デイヴはかろうじて含み笑いをして、それから無言で服を着た。

沈みかけた太陽がオレンジ色を窓から注ぎこんだ。部屋はその色であふれんばかりに満たされた。デイヴはベッドまで来た。「ありがとう」と言い、握手をしようと手を伸ばした。ジャネットがその手をじっと見ると、デイヴは手を引っこめて自分のパンツで拭いた。

「ジャネット」と言う声には失望がまじり、あたかもジャネットが今回のことをだいなしにしているといわんばかりだった。今やデイヴはどう去るべきか決めかねていた。

ジャネットはいつもの癖でベッドの上でなまめかしいポーズをとったが、どう思えばいいかわからなかった。

「まあ、わたしはいつもここにいるから」と言った。

「そうだね。きみはいつもここにいる」とデイヴは嘆息した。「きみを無視するのは難しい」

その意見はうれしいはずだが、デイヴの口から出るとまるで責められているように聞こえた。ジャネットが強固な欲望を示すことが、どうも不公平だと思われているような。彼女はいつだってそこにいた。デイヴがだれのものだとしてもこの種の好意を無視するのは難しいだろう、とジャネットは思ってきた。そしてその推測は正しかった。ただし追いかけられるのは楽ではない。そこが問題だった。

すべてうまくいけば、当惑は欲望に、そして要求へと移行する。それらはジャネットが最も得意とするたぐいの誘惑の流れだ。デイヴはなぜ彼女のもとに来たのかわからないはずだし、論理の分析も、選択の検討も、意見を持つことすらできないはずだった。彼はただ来るだけでよかった。けれどデイヴは過ちを犯したという結論に至ったのが彼女には見てとれた。デイヴは騙されたと感じている。ジャネットはへまをした下手くそなマジシャンになった気分だった。観客はタネも手さばきも目撃して、けっして忘れない。

ジャネットはあおむけになり、乳房を胸のまんなかに寄せてから、手を離してわきのほうに戻した。男の前でこれほどセクシーでない行為をするのは初めてだ。デイヴ・サンタナは目をそらした。

弟のジョンとその妻グロリアは第一子が生まれてからというもの、月一回、日曜のブランチはジャネットと一緒にとるのだと言ってきかなかった。「普通の家庭にしたいんだよ」とジョンは言った。ジャネットは弟をうっとうしく思うようになっていた。グロリアのあまりに主婦らしすぎる点も鼻についた。このふたりの結婚は偶然の出来事のように見えたし、子どもについてもそうだった。ふたりはただ州立カレッジから迷い出て、手をつないで一緒に漂いつづけているだけだ。どうしてそれが価値のあることだと思えるのだろう？　情熱、苦悶、攻撃重視《パワープレイ》の姿勢はどこへ？　ジョンは姉からなにも学ばなかったのか？

「それで姉さんのいい人はいつ見つかるの？」と、訪問して十分もすると弟はたずねた。ジャネットはいつもその質問をいやがったが、弟はいつも訊いてきた。

「さあね、ジョン。そっちこそ、いついい人が見つかるの？」とジャネットは言い返し、紅茶を注ぐグロリアをにらんだ。グロリアはつかのま困惑顔になり、口をひらいて説明しようとした――弟さんはとっくに見つけましたよ、わたしっていういい人を――が、ジャネットの返事にこめられた悪意に気づいた。グロリアは目を大きく見ひらき、ちょっと失礼と言ってキッチンへ引っこみ、手伝ってほしいとジョンを呼んだ。ジョンはすぐに立ち上がり、赤ん坊をジャネットに差し出した。ジャネットは組んでいた腕をほどこうともしなかった。

「おいおい。抱っこしたくないなんて言うなよ」。ジョンは腕を垂らし、赤ん坊はまっさかさまに落ちるかと思えたが、ふいに止まってジョンのひざのあたりでぶらぶら揺れた。ジョンが赤ん坊の頭を大理石のコーヒーテーブルにぶつけそうに見えて、ジャネットは身をすくめた。「そろそろ落ち着いたら？」と弟は言った。話題を変えたようで、言っていることはまったく同じだ。

ジャネットは言った。「落ち着いてるよ、今は」

「へえ？」とジョンは座り直した。「つきあってるやつがいるの？」

「そう。相手は気象学者」

「ジャネット」とジョンはお手上げとばかりに目玉を上に向けた。「そいつにはきっと単なる追っかけだと思われてるよ」

「はいはい」

「自分でもわかってるだろ」

「言っときますけど」とジャネットは言った。「わたしたち、けっこう長いつきあいなんだから」。それはまったくの嘘ではない。ジャネットにとってはそんな感じだ。普通は二年で二度の訪問をそのようには言わないとしても。最後に会ったときの別れかたにもかかわらず、ジャネットはデイヴが恋しかった。また家に来てほしかったが音沙汰はなく、気落ちしていたところだった。弟の前で戯《たわむ》れにデイヴと会っているふりをするのは楽しかった。

ジャネットはいくつか細かい話をこしらえ、ゴシップのように盛りつけて出した。話をすればするほど、弟は信じた。デイヴはジャネットを高級レストランへ連れていく。みんながサインを求め、彼は感じよく応対する。天気予報を通じてジャネットに秘密のメッセージを送る。「彼が『突風』って言うときは、わたしを愛してるっていう意味なんだ」

「すごいな」とジョンは心から感嘆して言った。

ジャネットは調子づいた。「彼はね、わたしみたいな女をずっと待ってたんだって。それに信じられる――わたしたち隣同士だったの。彼はずっとすぐそばにいた。なんかの歌みたいだよね」

グロリアがキッチンからずっとジョンを呼んでいたが、彼は話に夢中になっていた。「わかってたよ、姉さんがその気になれば大丈夫だって」と言い、目をきらきらさせている。そしてジャネットの腕に触れた。

ジャネットは不思議な気分になっていた。どうしてジョンはわたしのためにそんなによろこぶんだろう? なんにせよ、この勝負には勝てそうだ――彼女の人生や愛を見つける能力に関するジョンの誤解を正すために、ジャネットはどんなことでも言っていた。ところがジョンとのやりとりで、彼女のなかでなにかが崩れ、感情や信念は変わっていった。そして自分でもそれを信じるようになった。可能性を信じこんだ。きっとうまくいく。わたしがその気になれば大丈夫。

ついにグロリアが出てきて、腰に両手を当てて怒鳴った。「耳が聞こえないの? こっちに来いって言ってんの」。ジョンは飛び上がり、赤ん坊をジャネットのひざに下ろした。そしてジャネットも、いくらなんでもそんなふうに怒るとは思っていなかったグロリアの爆発に驚き、反射的にその温かくうごめく塊を、第二の天性に従うがごとく抱きしめた。赤ん坊の頭はだれもほしがらない古い家具のにおいがした。「あなたはなんのためにいるの？」とジャネットは訊き、まっすぐ赤ん坊の目を見た。赤ん坊は恍惚状態に陥った人のように、頭をぶんぶん振った。

　デイヴのタウンハウスの正面窓まわりに敷かれたマルチング材には、スプリンクラーの水がかかりすぎていた。ジャネットのスリッパに腐敗したマルチング材がくっついた。ずっと目を光らせているというのに、あいかわらずジャネットはデイヴの姿を見ていなかった。彼をとりこにしたいなら、もっと積極的にならないと。言うつもりのせりふは考えてきた。「天気をこわがることはないって言ってたよね。そしたらどうしてあらゆるものが死んでいくの？」妻がいた場合に備えて、計量カップまで持ってきた。隣人同士はまだそういうことをするはずだ、たぶん。さほど気にしてないとはいえ、人に疑いの目で見られることにジャネットは疲弊しきっていた。学校ではまた賞を取り、ジャネットは不正を働いているとほかの教師たちが文句をつけた。勘弁してよ、とジャネットは思った。校内投票を操作するほどこっちは暇じゃない。教師に優劣をつけるなってお達しでもあればいいのにね、とジャネットは性教育クラスで女子生徒たちに言った。生徒たちは拍手喝采し、来年は投票しないようにジャネットは頼んだが聞かなかった。生徒たちの強い意志にジャネットは感服した。

　水の滴るイチジクの木の横を通り、窓をのぞきこんだ。ブラインドは下ろされ、なかは見えなかった。たしかデイヴの妻はまだ妊娠中のはずだ。最後に会ってからどれくらいたっただろう？　あれはつい先週のことのように思えた。デイヴの海水のような塩辛さはまだ口に残っている。ジャネットは空想にふけった。ひょっとしたら、妻も賛成するかもしれない――ついてこいとジャネットを手招きして家に入れ、「お願いこの人を連れてって。わたしはもう限界」と言い、バスルームのドアを開けて、濡れてうなりながら便器に向かって自慰をしているデイヴを見せる。デイヴはジャネットを見て絶叫する。「助かった、きみか！」ジャネットはデイヴを家へ連れて帰り、彼は彼女のなかで爆発し、それからあとはおしゃべりでもするかもしれない。つねに彼の問題を解決してくれるジャネットのほうがすぐれた女だとデイヴは気づくだろう。ひょっとしたら二度と家へは帰らないかもしれない。ひょっとしたらジャネットのタウンハウスからわが子に会いにいくかもしれない。実際、すぐ隣なんて、これ以上便利な状況はないではないか。

ジャネットはドアをノックし、計量カップを構えて待った。ふたたびノックした。そんなに遅い時刻ではない。ふたりとも出かけている？　デイヴの車はなかった。妻の車はどうだっただろう。試してみると、ドアはひらいた。

リビングルームはもぬけの殻で、悪趣味な薄紫色の絨毯のまんなかにダイヤル式電話だけがぽつんと残されていた。電話のコードが壁に這わせてある。どのドアを開けても、部屋にデイヴのものはなにひとつ残っていなかった。食べものと汗とデイヴのオーデコロンのにおいが表面にしみついていた。戸口を吹き抜ける風がそれらのにおいをまぜ返し、ジャネットのもとへ運んだ。

キッチンカウンターで販売用のバインダーを見つけたが、デイヴが引っ越したのはどのみち明らかだった。こっそり引っ越したのだ。ジャネットは驚愕し、怒りと好奇心の両方を感じた。気づかないはずだ。ジャネットに合わせる顔がなかったから？　自分の行為を恥じていたから？　ジャネットを傷つけたくなかったから？　それともむしろ傷つけたかったから？　どの可能性も彼女の気持ちを高ぶらせた。

管理組合の事務所で問い合わせると、職員はジャネットのぐしょ濡れのスリッパをじろじろ見た。

「二週間前に引っ越されましたよ。パーティーに行かなかったんですか?」と職員はなに食わぬ顔でたずねた。ジェレミーという名札をつけたこの男は、ジャネットをいやがっているのがわかった。

「どんなパーティー?」

「引っ越しパーティーですよ。たしか二週間前に。ご自宅の庭で」

おそらくジャネットが弟の家にいた日だ。「あの野郎」とジャネットは両方の男に向けてつぶやき、管理組合推薦の庭師の名刺をびりびりに破った。

ジェレミーは目を細めた。「こちらにお住まいですか」とたずねた。住人ならパーティーに出ないどころか、知らなかったなんてありえないと言いたいようだ。

「ええ、住んでますよ」とジャネットはすかさず言い返した。「ここができたときから住んでるの。あなたが来るより前からね」

ジェレミーはどうでもよさそうにバインダーをめくった。「そういえば、あそこの女の子はかわいいですよね。おでこの金色の巻き毛が愛らしくて。完璧です。絵に描いた赤ちゃんって感じで。でも本物の赤ちゃんなんですから」

ジャネットは自宅の鍵をカウンターに放り投げた。「わたしも家を売りに出したいんだけど」と冷静に言おうとしたが、失敗した。

「そうなんですか?」とジェレミーはうれしそうに顔を輝かせた。

「ええ、前にもここに来たんだけどね」

「そうですか」とジェレミーは笑みを浮かべてうなずいた。「そうでしたね」。その笑みはのっぺりして、顔についたしみのようだった。「でしたらご存じでしょうが、管理組合の代理人を通すか、ご自身で仲介業者を探していただいても結構です」。ジェレミーはパンフレットを数部ジャネットに押しつけた。「買主が最初に来ることになっています。窓や芝生に看板は出さないでください。見苦しいですから。罰金が発生します」。つまりデイヴは隠していたわけではなく、規約に従っただけだ。ジャネットから逃げたのではない。ただ新しい家に引っ越して、新しい生活を始めて、ジャネットに伝えようと思わなかったということだ。ジェレミーの頭上のコルクボードには四枚の広告がぶら下がり、ほぼ同一のタウンハウスが四軒紹介されていた。デイヴの家は風見鶏が取りつけられているので、ジャネットにはどれかわかった。前はチャーミングだと思っていたその風見鶏も、今となってはばかげて見える。あのなにもない部屋に敷かれた薄紫色の絨毯が脳裏によみがえった。

「うちは絨毯を全部引きはがして本物の木の床材を入れたから、あっというまに売れるんじゃない。こういうクズハウスよりずっと早く」とジャネットはボードを指して言った。

「そう思いますよ」とジェレミーは同意した。その目つきは物柔らかだが警戒もしており、森で見知らぬ犬と遭遇したような態度だった。「今、木の床板には時代を超越した価値がありますから」

「わたしたち、よく一緒に寝てたの」とジャネットはその言葉を、まるで油まみれのチキンのように滑り落とした。

「はい？」

「デイヴとわたし。彼が結婚する前にね。結婚したあともか。奥さんの妊娠中にね」とジャネットはほほえんだ。「つきあってたの。何回もしたんだから。あ、何回もいったってことね」。そこで口ごもった。いったいなにを厳密に説明しているんだろう？　「要するに、あの人のことはよく知ってるってこと。わたしはあの人を知ってるの」

ジャネットは口を閉じた。別にジェレミーに自己弁護する必要はないのだ。

「わかりました」とジェレミーはため息まじりに言った。「決まりましたら、事務所のだれかに知らせてください」。そしてジャネットに背を向けた。「それから靴は履かれたほうが」とカーテンの向こうに去りながらつけ加えた。「もうすぐ冬ですし」


どこかの家族がデイヴの家に越してきた。ゴミ収集容器に古い絨毯の切れ端が捨てられており、新しい住人は堅木張りの床にしたのがわかった。デイヴの趣味は悪かったとジャネットは結論づけ、どんどん長くなっている彼の欠点リストに追加した。そして春植えの植物ガイドかなにかを片手に庭を仕切っている、隣の夫を柵越しに眺めた。誘惑してみようかと考えたが、体つきはたるんでいたし、もっといただけないことに、明らかに妻の尻に敷かれていた。隣の夫がどうにか勃起して、ジャネットのベッドサイドでにたにた笑っている姿が目に浮かんだ。

結局家を売りには出さなかった。

それでもデイヴの天気予報は視聴しつづけ、バイブレーターのなじみ深い振動音はデイヴの熟達した声とまざり合った。デイヴは忍び笑いのような表情をするようになり、初めジャネットは困惑したが、やがてそれは笑顔なのだと気づいた。本物の、なおざりではない、いつまでもつづく笑顔。それは幸福なデイヴだった。ジャネットはそんなものを見たくなかったし、泣きたくなった。怒りに震えながら自慰をした。

そして初春のある日、いまだ地面は凍り夕方五時になれば日が暮れる時分、天気を伝えるのはタイトなペンシルスカートに身を包み、はじけそうな胸の谷間をあらわにした金髪女に替わった。ジャネットはブラにスウェットパンツという格好で箱からクッキーを食べている最中で、バイブレーターは腰のゴムにはさんで準備してあった。

放送を観てジャネットはわけがわからなくなった。金髪女は「気象学者デイヴ・サンタナの代理を務めます」とは言わなかった。お天気キャスターと名乗った。ジャネットは彼女で試してみたが、その高い声ではそそられなかったし、知らないにおいを想像してみてもだめだった。

その朝、新聞がテレビ局の人事の大刷新を報じていた。天気予報を観るのは漁師だけで、漁師はお天気キャスターを観たがったのだ。

そしてそのようにして、気象学者デイヴ・サンタナは消えてしまった。

その年、ジャネットはこれといった美点がなにもない男たちを楽しませた。ジャネットの隣で目覚めた男たちは、なにかしらの欠点を誇らしげに告白した。弱さは新しい流行とでもいわんばかりに。ジャネットはなにより彼らの不安が大きらいだった。「不安なんだ、本当のおれを愛してくれる人は一生見つけられないんじゃないかって」と庭師は言った。地元の一九七〇年代音楽コピーバンドでギターを弾いている男だ。十中八九見つからないでしょうね、とジャネットはべたべたくっついてくる男に対して思った。しかし実のところジャネットは以前より柔和になっており、たいていは口出ししなかったし、反応をするにしても、あからさまにため息をつくくらいだった。デイヴ後の男たちにジャネットは山ほどため息をついた。

それより悪いのは、メレディス・サンタナをあちこちで見かける気がするようになったことだ。ガソリンスタンドで、赤ん坊を車に乗せて給油している。スーパーマーケットで、赤ん坊をひもでおぶっている。ジャネットが遊び相手を引っかけるバーのすり切れたボックス席で、赤ん坊をひざに弾ませてあやしている。ジャネットが観た成人映画の背景から、視線を送ってくる。その女は亡霊の子どもを連れて歩く亡霊だった。メレディスがどんな顔だったかさえジャネットはよく思い出せなかった。記憶にあるのは妊娠中のメレディスだけなので、メレディスが元来ジャネットと同じくらいやせていたのかも覚えていなかったし、そもそも知らないかもしれなかった。

そういうわけでメレディス・サンタナが教員用ラウンジに入ってきたとき——産休を取る養護教諭の代理として——ジャネットには驚きの気持ちがほとんど湧いてこなかった。

メレディスは記憶していた姿とまるで違った。彼女はすてきだった。明るい茶色の髪はスタイリッシュな切りっぱなしのスタイルで、筋肉質の体は明らかに元からやせている。その魅力は一時《いっとき》のものではなく、いつでも人を引きつけるだろう。二年ほど前の朝に立ち去る姿を目撃したのと同じ女だとは信じられない。もしかしたらデイヴの愛の力で変身したのかもしれない。メレディスが握手を求めると、ジャネットは気まずくなるほど長く握り、それから腕を伸ばしてメレディスの腕をつまみ、本物の肉体かどうか確かめた。メレディスは手を引き離してジャネットを見つめたが、すぐに笑った。おおらかな性格で、どこにでもなじんで簡単に溶けこめるタイプだ。

その後、ジャネットはメレディスと話すのを避けた。けれどラウンジで一緒になると、情報を心に留めずにはいられなかった。だれが話していてもメレディスの声に耳を澄ましたし、うわさ話で彼女の名前が出ると聞き入った。気づけば保健室の前をこそこそ歩いていた。メレディスの車からふたつ先に駐車して、一日二回彼女の車の前をわざわざ通った。メレディスがパスタを選べばパスタを選んだし、ミートローフ、ピザ、ハムのサラダも同様に選んだ。学校の薄暗い小さなフィットネスルームでは、階段マシンに勤《いそ》しむメレディスを眺め、上下に動くリンゴのような尻に目を奪われ、恥ずかしげもなく口をぽかんと開けた。

ある日メレディスは授業の空き時間にジャネットの教室にやってきて、いつもは一番始末に負えない、おとなしいフルート奏者の生徒が座る最前列の席に滑りこんだ。

「わたしのことつけまわしてる気がするんだけど」とメレディスは猫のように超然と言った。ばかな、とジャネットは思った。どう話せばいいかわからなかった。黙って口をぱくぱくさせるだけで精一杯だった。「そんなことない」とようやく声を絞り出した。

「あのね」とメレディスはやさしいが断固とした声で言った。「いろいろ耳に入ってきただけだから、勘ちがいだったら許してね。でもわたし、結婚してるの」。そして言い添えた。「男の人と」

そのときもし泣きそうになっていなければ、ジャネットは笑いだしていただろう。メレディスに執着する理由は、デイヴが本当に望むものはなにか、なぜそれが自分ではないのか知りたいからだとは説明できなかった。なにかヒントがあるにちがいないと思っていたことも。

ジャネットは少し調子を取り戻した。「結婚してるのは知ってる。彼のことはよく知ってるから」

「そうなの?」とメレディスはほがらかに言い、背筋を伸ばした。「どうしてデイヴを知ってるの?」

ジャネットは修羅場を覚悟したが、メレディスのさわやかな笑みのせいで身動きが取れなくなってしまった。**彼女は人を疑うことを知ったほうがいい。わたしは災いをもたらす者になるんだ。**ジャネットは自分が無力に思えた。小さく息をのんだ。無理だ。そして自分には無理だということがジャネットには信じられなかった。

メレディスがジャネットに助け舟を出した。「前はお天気キャスターだったから――それかな」

「気象学者でしょ」とジャネットはとがめるように言った。自分なら絶対にそんな言いまちがいはしない。

「やだ恥ずかしい。そうそう、気象学者だった」。メレディスはあっさり笑い飛ばした。「今は自己啓発セミナーをやってるんだ」と晴れやかにほほえんだ。地元で有名な夫について教師たちが延々とうわさしていることなど知りもしないかのように。実際、知らないのだろう。彼女のようなある種恵まれた人間にとって、愛、幸福、家族、安全、自信、美というのは、昔ながらのごく普通の生活を送っていれば自然についてくるものなのだ。おそらく、そのすべてが未来で待っていると言い聞かされてきたのだろう。

「前に彼が啓発するとこなら見たよ」。ジャネットは自分だけがわかる遠回しな言いかたをした。それで限界だった。机の下に小さく隠れてしまいたかった。

するとメレディスは内緒話をするように身を乗り出した。「もちろん映画スターとは全然違うんだけど、デイヴにもファンがいたの。女のファンから手紙が来たり。テレビ局の外で出待ちされたり。隣に住んでた人もいてね。聞いたんだけど――あ、いけない」とメレディスは言い、クスクス笑ってうやむやにした。

デイヴはメレディスにジャネットのことを話していたのだ。でもどこまで？　まだ別れていないのだから、全部ではない。たぶん。全部話していたら、メレディスが笑っていられるわけがない。たぶん。夫婦というのはどこまで話をするものなのだろう？

メレディスは手を振った。「でも気持ちはすごくわかる。だってわたしもあの人を追いまわしてたんだから！」メレディスは熱をこめてうなずき、おしゃべりな少女のように目を丸くした。「そうなの！」と甲高い声で言った。「デイヴが出るパーティーの招待状をずるして手に入れてね。ほかの女とはしゃべらせなかったんだ。そう、わたしから言い寄ったの！　もうなりふりかまわずに」とメレディスは強調した。「あのときのみんなの目ったら」。そしてふたりは結婚し、今ではかわいい娘がいる。「それとね」と言い、メレディスは平べったい腹をさすった。「もうひとり生まれる予定」。指を立ててくちびるに当てた。「シーッ。秘密ね」

ジャネットは狼狽した。執着がまさに実を結んだのだ。ただそれを成し遂げたのはジャネットではなかった。メレディスこそマジシャンだった。ジャネットはうなだれた。「あなたのことつけまわしてないから」と陰気な声で嘘をついた。

メレディスは手を振った。「やだ、ばかみたい。どうしてそんなこと思ったんだろ。ラウンジのくだらないうわさ話をうのみにするなんて」

どんな話を聞いたのだろう？　話のネタならいくらでもある。ジャネットは顔を引きつらせた。いつからメレディスは気にしていたのだろう。

「ほら」とメレディスは言った。「ここの先生たちってすごく堅苦しいから。こんな話できなくて。でもたぶんわたしたち、同類じゃないかな」。メレディスは偽りのない笑顔をジャネットに向けた。あけっぴろげな態度で、あなたみたいな人に出会えて少しどきどきしていると言わんばかりに。「仲よくしましょうね」

ジャネットは立ち上がり、旋風のように机の上のものを動かしてひとまとめにした。メレディス・サンタナと家へ行くのもいいかもしれない。ワイン片手にソファでくつろぎ、大の親友みたいに笑い転げ、そこにデイヴが帰ってくる。ジャネットは部屋を横切ってデイヴに近づき、仰天する彼の手をきつく握って言う。「番組楽しく拝見してました」とか「気象予報はやっぱりあなたじゃないと」。そしていかにも厚かましい視聴者が言いそうなことをとぼけて言って、メレディスにウインクして笑わせ、自分の味方にする。メレディスに愛されるように仕向けて、デイヴの神経を参らせたっていい。ジャネットは自分ならできるとわかっていた。心が叫んだ。やってしまえ！　ぶっ壊せ！　なにもかもめちゃめちゃにしてやれ！　口のなかで胆汁の味がした。「急がなきゃ」と早口で言い、ステープラーをバッグに放りこんだ。

メレディスはちらっと学校の時計を見た。まだ次の時限まで三十分ある。「なにかあるの？」

ジャネットは首を横に振った。「とにかく急がなきゃ」。そして教室を出た。

タウンハウスの前に停めた車のなかで、ジャネットは自分を叱った。せっかくの機会を逃してしまった。いつのまに自分の望みをかなえる気がなくなったのだろう？　涙があふれた。この感傷的で脆弱な新時代にジャネットは屈してしまった。そこでは可能性は死んで埋もれ、なにか手が残っていたとしても自分に実行する気はもうないのだ。

メレディスは臨時の代用で、夏が終わればおそらく戻ってこないのはわかっていたが、ジャネットは隣の町のハイスクールに転任する手はずを整えた。数々の受賞歴が物を言い、教員の席をひとつ空けてもらうのはたやすかった。女子生徒たちは泣いて悲しんだ。転校すると言い張る生徒もいた。だがジャネットは言った。「ここに留まって、いい成績を取りなさい。妊娠なんかしないでよ、約束だからね」。ラウンジで教師たちは心配を装った質問をジャネットに浴びせかけた。すべて順調？　家庭の事情？　言えない秘密？　失礼な同僚への最後の意趣返しとして、ジャネットはにこやかな表情で自分にとってよりよい道を選びたいのだと言った。それでも、教師たちはこれまでより快くクッキーを勧めてきた。メレディスは、なにも気にせず、心からジャネットの幸運を祈ったが、片手は気もそぞろにサンタナ家の赤子が成長中の腹を守っていた。

新しい学校で、ジャネットは独身から既婚まで何人かの男とつきあい、最終的に体つきのがっしりした体育教師に落ち着いた。彼はもっと努力すればよかったというような後悔をまるでしないタイプだった。ちらほらと生えてきたジャネットの白髪も気にしなかった。年齢を重ねた彼女の胸は昔ほど引き締まっていなかったが、それでも彼は、ジャネットがまたがってはねればセクシーだと思った。そして彼のそうした態度はジャネットに影響して、おそろしいほどの感謝の気持ちで胸がいっぱいになった。体育教師は正式な恋人になり、ジャネットは少しずつ彼のレベルに下がっていった。セックスは最高からまあまあに変わり、荒々しさやすさまじさよりやさしさの比重が増した。デイヴ・サンタナとはまるで違ったが、あのような情事はあまりに短い期間であるがゆえに起こるのだろう。ジャネットが最も輝くのは男を興奮させるときだった。

ジャネットと体育教師は意外にも複数の相手と関係を持たない一対一の仲になったが、結婚はしないままだった。そのうちに学校で関係を隠したい理由がわからなくなり、時機を見て昼食を同じテーブルでとるようになった、たがいの家で夜を過ごし、相手のたんすの引き出しの空いた場所にそれぞれの私物をしまった。ジャネットは彼のおばに会った。恋人のおばに会うなんて初めてだった。ときおりふたりは車に同乗して学校へ行った。しかしどちらもそれ以上を求めることは言わなかった。ジャネットはそうした会話になるのをおそれたが、一度も話が出ないのはなぜだろうとも思った。

ダイナーで小さな女の子が男に向かって金切り声をあげた。子どもには珍しくないショックを受けた表情で、小さな問題に大きな涙を流している。ジャネットはこれみよがしに両手で耳を塞ぎ、女の子に向かって苦い顔をした。だがそのとき、男の丸めた背中、ずんぐりした首、薄茶色の髪が目に入り、顔を見るまでもなくそこにいるのはデイヴだとわかった。そしてたとえ疑問の余地があったとしても、デイヴの残念な特徴はその女の子に引き継がれていた。女の子は亜麻色の長い巻き毛をおさげにしており、その激しいかんしゃくの先にはデイヴと同じ空白が広がっていた。ジャネットの胃がひっくり返った。

ジャネットはボックス席を出て、デイヴとその娘に忍び寄った。

娘は警戒してじっと見てきたが、ジャネットはデイヴの背中に指で線を引き、いたずらっぽく声をかけた。「お久しぶり」

デイヴはとっさに背をそらして指から離れた。そして振り向いたが、一瞬その目に浮かんだ表情は、ジャネットがだれだかわかっていなかった。

「髪のせいかな」とジャネットは言い、若干うろたえながら、今では短く切ったボブヘアの先を軽く持ち上げた。娘は大きな目を険しく狭めて、ジャネットからデイヴ、またジャネットへと視線を動かした。デイヴも記憶をたどるように目を細くした。

「ジャネット」。デイヴはウインドブレーカーのよれを直した。「やあ」とそっけなく言った。

「テレビで観れないからさびしくて」とジャネットは低い声で言った。デイヴの神妙な態度がジャネットの捕食本能に火をつけた。ひざをついて、ダイナーの客全員の前で彼をしゃぶりたくなった。

「ああ、テレビはしばらく出てないんだよ、ジャネット」。体育教師とのつきあいで、ジャネットは一定の水準に達した男性の体つきに見慣れて、デイヴとはまったく違うと思っていた。ところが今、最後に見たときよりデイヴはやせて、少しばかりたくましくなっており――あれは日焼け？――なにがあってもすぐ動きだせるように見えた。

「元気そうじゃない」とジャネットは誘うように言い、デイヴも同じように返してくれるのを待った。返事はなかった。

「ねえ、デイヴ、いなくなってさびしい」

デイヴはかがんで娘のリュックサックをいじった。娘は身をくねらせて逃げた。

ジャネットは別の作戦に出た。「そういえば二年くらい前に会ったんだ、あなたの妻に」

「いや、ないだろ」とデイヴは怒って言った。ふたつの世界は引き離してきたと確信しきっている。

ジャネットは人にとっての秘密であることをずっと好んできたが、知られることのほうが力を持つのは明らかだった。「それが、会ったの。わたしの学校で養護教諭をしてた」

デイヴの顔が不安そうに醜くこわばった。よくこんな顔をしたときがあった、とジャネットは思い出した。うららかで気持ちのよい天気を伝えるとき、あるいはあのノーイースターが到来したとき。誘惑されているとき、射精したとき。ジャネットは妻に懺悔する瞬間のデイヴの顔を思い描いた。だが違う。デイヴは絶対懺悔なんてしない。そうだろう？

「心配しないで」と引き下がる自分をいやになりながら、ジャネットは言った。

レジ係がデイヴの名を呼んだ。「そこにいて、ハナ」とデイヴは大声で言った。

「ハナ」とジャネットはやさしい声で言った。「いい子の名前だね。あなたはいい子？」

ハナは首を横に振り、口をとがらせた。

「あのね、ハナ、最後に会ったとき、あなたはママのおなかにいたんだよ。歳はいくつ？」

「いつつ」とハナは言った。目が大きくて濡れている。

ジャネットはうなずき、その情報にげんなりして、自分の髪をなでつけ、片手を下げて腰に当て、デイヴが目を留めないかと期待した。けれどその動きを見ていたのはハナだった。ハナはジャネットのしぐさをまねした。

なんてかわいらしいんだろう。ジャネットは腕を伸ばしてハナのおさげをなでた。犬の耳みたいにすべすべしている。おさげを指に巻きつけてぐいと引っぱった。ハナは顔をゆがめ、それから謎めいた笑みを浮かべてジャネットを見つめた。わたしが男なら親子鑑定を要求するのに、とジャネットは感じ入った。

「あなたってわたしに似てる」とジャネットはハナにささやいた。

ハナはひざを曲げておじぎして言った。「あなたってブス」

ジャネットは手を叩いてよろこんだ。両方のおさげを引っぱったが、ハナはされるがままで、頭皮を引っぱられて気持ちよさそうにした。ジャネットは啞然とした。

デイヴが戻ってきて、ジャネットの手を払った。「うちの娘の髪に触らないでくれ」

「どうしてもっていうなら」とジャネットは言い、かわりにデイヴの髪に手を伸ばした。

「ジャネット、やめてくれ」。デイヴは手をかわした。「今はまずい」とつぶやき、娘を連れて店の出口に向かった。
それはどういう意味だろう？　ジャネットは頭がくらくらした。デイヴはなにか困っている？

「わたしはいつもあそこにいるから。どこに行けば会えるか知ってるよね」と呼びかけると、デイヴはほんの一瞬、立ち止まった。緊張――いい種類の緊張だ、とジャネットは思った――がデイヴの背に走るのがわかった。ぎくしゃくと歩を進める彼を見て、ジャネットは胸を躍らせながらすべてが崩壊するのを待った。またデイヴに叱ってほしかった。好きだったあの半笑いがまた見たい。そしてジャネットは知るのだ。自分が彼にとりつかれているのと同じように、デイヴも彼女にとりつかれており、忘れられないことを。もしかすると彼は本当にほしいものをもう手に入れたのかもしれない。だがこれまでにもジャネットは何度か状況を混乱させてきた。そして彼女ならまた同じことができるというか、たった今そうした。デイヴは今夜ジャネットを思い出すだろう。彼女にはそれがわかった。するると不思議にも、恥ずかしさが募り、すべてなかったことにしたくなった。自分の申し出はまちがいだと思った。けれどすでに口にしてしまった。それが彼女の本当にほしいものなのだろうか？　それでは足りない？　それとも新しいなにかを求めている？　こうした実りのない思考のすべてがジャネットはいやでたまらなかった。放心状態で、のろのろと窓辺に近づいた。

デイヴが車のロックを解除すると、ハナは後部座席のドアノブに手をかけて力いっぱい引き開けた。そしてシートによじ登り、デイヴがハナのシートベルトを締めた。愛情に満ちた、親子ふたりの光景だ。

ハナのような子だったら、子どもを持つのもそれほど悪くないかもしれない。そこはジャネットの知ることを――すべてを――注ぎこむ場所になるはずだ。それに子どもはほかにも思いがけないものをもたらす。確実な特典。ひょっとするとメレディスとデイヴはすぐに恋に落ちたわけではなく、性欲から子どもをもうけ、家族を始めたのかもしれない。ジャネットは避妊をやめてデイヴの関心を引こうと思ったことはなかった。人生のすべてにおいて妥協が必要だと考えたこともない。そして彼女にとってずっと、子どもは最大の妥協だった。しかし条件つきとはいえ悪い条件とは限らないのでは？　条件はよい暮らしを保障したかもしれない。ジャネットをデイヴに結びつけたかもしれない。もしこの点をまちがえてきたとしても、彼女ならいくらでも簡単に挽回できる。そうだろう？　いつでもいい、デイヴが彼女の家の玄関にかしこまって現れれば。彼が姿を見せれば。

あるいは。

今夜、体育教師がワインとローストチキンをスーパーで買ってきたら、ジャネットはその暮らしを守るかもしれない。

あるいはふたりでそのことについて話をするかもしれない。

心変わりはいつだって起こる、とジャネットがつらい思いで見守っていると、ハナ・サンタナが振り返ってジャネットを見た。車の窓越しに、ハナはキスするような顔を作って上下左右に動かした。ジャネットは顔を赤くして、子どもじみた投げキスを返した。ところがそのときハナが鼻をつまみ、実のところそれは親愛の表現ではまったくなかったことにジャネットは気づいた。ハナはずっと、ししわくちゃで、不機嫌で、あざけるような顔を作っていた。あなたってくさいとその表情は伝えていた。

漂流物

Flotsam

「リンダってスペイン語で『美しい』って意味なんだよ」と彼女のベッドで男がささやく。

「わたしの名前はリディア」と彼女はささやき返す。

朝、彼女のキッチンカウンターで男は座ってビールを飲み、ひざにもう一方の足首を引っかけている。ベルトのバックルはまだぶら下がったままで、口ひげはなにかわからないもので濡れて光っている。

「帰ったかと思った」とリディアは言う。

「今行くところ」。男はビールの残りを飲みほし、リディアの横を通り、尻をつねって出ていく。

洗濯物をたたんでいるとき、リディアは自分のではない小さな青い靴下を片方見つけ、男がうっかり忘れていったのが洗濯で縮んだのか、それとも男が忘れていっただけで男の足（少なくとも片足）が驚異的に小さかったのか悩む。男の足がどんなだったか思い出せない。名前はたしかラウルだった。

翌週、自分の白い服に埋もれた小さな赤いミトンをリディアは見つける。温水洗濯でウールがフェルト化している。縮んだんだ、とリディアは思い、ダグの独特な服装、つやのある縮れた髪、ももに入れたカラフルなタトゥーを思い返す。ファッションの表現とかそういうのだろうか。でも今は五月も終わりだ。ウールのミトンの季節は過ぎている。

次に乾燥機で見つかるのは小さなカボチャ色のTシャツで、小さな胸元に青い糸でビリーと刺繍されている。首まわりはすごく小さくて、リディアの頭も通らない。これも縮んだ？

「これあなたの？」とリディアは彼女のテーブルでポップタルトを食べている男にTシャツを掲げて見せる。男は椅子に座ったままTシャツをじっくり見る。

「いや」とようやく男は言う。「おれの名前はジョンだ」


ベッドの上に、ここ数週間の洗濯物から出てきた衣類をリディアは並べ、実体のない小さな子どもに見立てる。ちっちゃなビリーのオレンジのTシャツ、右側に青い靴下とミトン、左足にはピンクのフリルがついた靴下。シアーズの青いデニムのオーバーオール、Lサイズ、三歳から五歳児向け。最近見つけたコーデュロイのジャケットはディズニーワールドとライオネル鉄道模型のワッペンつきで、色の合わない糸で縫いつけられている。

サイズがばらばらなので、実体のない子どもはいびつな姿になる。

リディアはTシャツに指で触れる。その生地はすごくやわらかい。摩擦がないことにリディアはいらいらする。まるでチョークまみれの二本の指をこすり合わせているみたいだ。ジャケットを手に取る。今どき服にワッペンをつける人なんている？　鉄道模型で遊んだりする？　指で糸をいじり、服からワッペンをはがす。まっさらになったジャケットは新品に見えて、ベルベットのようになめらかだ。

今夜はたぶんフランクが泊まりにくるが、これは見せないほうがよさそうだ。

リディアは黒いゴミ袋に衣類を詰めこみ、捨てようと思うものの、結局洗濯室に最も近いキッチンの隅に置く。その夜はフランクをせきたてて寝室に直行する。「そんなにしたいのか」とフランクは彼のベルトをはずすリディアに言う。

リディアは緑がかった水色のフリルのドレスをタオルの山から取り出し、キッチンに突進する。ひらいた冷蔵庫の前にキャルが立っている。

「牛乳より強い飲み物ってない?」とキャルは訊く。

リディアはドレスをキャルに投げつけ、ドレスはふわりと彼の足元に落ちる。「これ、乾燥機に入れたでしょ」

キャルはドレスを拾い上げる。「入れないよ。おれのサイズじゃないし」。キャルは気取った笑顔で、裸の胸にドレスを当てる。そしてドレスを相手にワルツを踊りはじめる。「ラ・ダ・ディー」と口ずさむ。ドレスのすそがへそをなで、上部で隠れるのは左の胸筋だけだ。

「これは冗談じゃないの」とリディアは言い、腕組みをして窓の外を厳しい目で見つめる。なにかの映画で観た、一歩も譲りませんという態度の女みたいに。「出てって」

キャルの車が速度を上げて通りを走り去るまでリディアは待つ。それから腰を下ろし、キャルの好みに合わせてきちんと三角に切ったトーストを手に取り、ジャムをつけて最悪の気分で咀嚼《そしゃく》する。キャルはきっと戻ってこない。知り合ってまだ数週間だが、リディアはキャルが恋しくなるだろう。かじったトーストを皿に吐き出す。

しばらくのあいだリディアは洗濯物を極力少なくし、何日も同じ下着をつけて、自分のランジェリーのなかに望まぬ衣類を見つけずにすむようにする。けれど今では使ったタオル全部、身に着けたブラと靴下とジーンズとブラウス全部を毎日洗う。確認のためだ。そして毎日、洗いたての服に交じって、なんらかの小さな衣類が現れる。前面に眠そうな亀が刺繡された薄いブルーのタートルネック。袖に草のしみがついた小さなTシャツ。虹の柄のセーター。ストライプの入ったスポーツソックス。スーパーヒーローの下着。衣類に記された子どもたちの名前は、パトリック、アナ、ネッド、ステイシー、ジャック、ヘザー。

袋が破裂しそうなほどパンパンになると、リディアも目をそらしてはいられなくなる。

父親がリディアのグラスにワインのおかわりを注ぎ、彼女の顔の前でびんを振る。父親は夕食を食べにくるとき、よいワインを好んで持参する。

リディアはナプキンの端を舐めて腕を伸ばし、父親があごに垂らしたワインをうわの空で拭う。

「そのゴミ、出しといてやろうか」。リディアが見ているキッチンの隅に置いたゴミ袋に目を向け、父親は訊く。

リディアは首を横に振る。「いい」と言う。「自分でやるから」。袋を取って二階へ引きずっていき、寝室の隅の、以前は犬用ベッドを置いていた、カーテンのかかった窓と窓のあいだの居心地のよい場所に落ち着かせる。

下へ戻ると、父親はテーブル越しに腕を伸ばし、リディアのステーキを切っている。リディアが皿を父親のほうへ押すと、父親はそこから取って食べる。

「警報装置をつけようかと思って」とリディアは考えてもいなかったことを告げる。

「なんでまた」

「このへんも物騒になってきたから」

父親は窓の外を見やり、今まさに進行中の犯罪を探すかのように目を凝らす。通りの向こうの家は、夏だというのに常緑の低木にまだクリスマスのライトをつけている。父親はそれを荒廃の印とみなし、賛同してうなずく。

その夜、リディアは部屋の隅のゴミ袋を見つめる。車のヘッドライトが横切り、近所の家のちかちか光るクリスマスのライトが当たると、光沢のある黒いビニール袋はまるで身もだえしているように見える。

キャルがようすを探りに戻ってくる。終わるとキャルは毛のない胸から汗を手のひらで拭い、ふたりが寝ているシーツにその手をこすりつける。そしてゴミ袋を指さす。

「あれにはなにが入ってるんだ」

「子ども服」

「リディア」とキャルはうめく。「おれたち、ものの考えかたは同じだと思ってたよ」

「そうだね」

「じゃあきみは、子ども服を単なる趣味で集めてるの？」

「ううん」

「店でもひらくつもり？」

「そういうわけじゃ」

「ならあれはゴミ？」

「まあそうかな」

「だったら捨てなよ」

リディアはキャルに身を寄せてぬくもりを得る。ここにいてくれてうれしい。

「そうする」


翌朝早く、外はまだ暗くキャルが静かに夢にうなされているなか、リディアは袋を苦労して階段から下ろし、車の後部座席に押しこむ。思いのほか重くてかさばり、腕の筋肉がつっぱって震える。バックミラーに映る袋を見る。袋は背筋を伸ばし、うつろな表情で黄褐色のシートに鎮座している。リディアは道路を横断していた老女をあやうく轢《ひ》きかける。急ブレーキを踏むと、袋は運転席の背もたれにドンとぶつかる。

流れの速い大きな川に架かる橋で、リディアはまた袋を苦労して運ぶ。冷たい金属の手すりに袋を置くと、風が四方から支える格好で、うまくバランスがとれる。それでもリディアがほんの少しだけ袋に触れると、袋は手すりの向こうへ落ちる。

袋は着水し、川の水が押し寄せて沈めにかかる。それから袋は、空気を求めてあえぐかのように、ふたたび水面から顔を出す。陽の光が袋いっぱいに反射してキラキラ輝き、そのあまりの美しさにリディアは驚く。まるでショーウインドウに飾られている特別な品物のようだ。取っておいたほうがよかっただろうか。

袋は流れていき、数羽の鳥が追いかける。朝日に照らされた影が楽しげに旋回し、袋めがけて急降下する。鳥が袋を見つけてくれてリディアはうれしくなる。鳥ならどうすればいいかわかるはずだ。鳥たちは本能に従って朝を動いている。

おたずね者

A Wanted Man

昔ある男がいた。有名な男で――われわれは「みんなの男」と呼ぶことにする――一日五十人の女を妊娠させることができた。

彼はハイヒールを履いたダンサーを外のゴミ箱にかがみこませることができた。ウェイトレスなら注文カウンターに。教師なら教員用駐車場にとめた車のボンネットに。ここまで言えば十分だろう。彼は好きな場所で、好きな女を抱くことができた。ひとり抱いて振り返れば、次の女が待っており、その女も抱いた。われわれはみな彼の評判を耳にしていた。銀行の窓口係が行列を作り、彼がひとりずつ応対していった話を覚えているだろうか？　女たちは請い求め、呼吸を荒くし、うめき、窓口のガラスに顔を押しつけて、順番が来たら〈休止中〉の案内板を出していたという。「なんてラッキーなの！」と女たちは歓声をあげた。そのときの窓口係が全員いっせいに産休を取った話も覚えているだろうか？　ではあのエレベーターの話は？　リトルリーグの試合の話は？　独立記念日の話は？

みんなの男は人生の盛りにあり、揺るぎない地位を築いていた。彼の血を引く子は大きな成功を収めたので、だれもが彼の子をほしがった。彼は確実な存在だった――絶対に失敗しなかったし、つねに準備はできていた（普通の男にはまず言えないことだ）。女たちは彼の子を産むことを夢見た。少年たちは彼になることを夢見た。そのほかの男たちは賢明にも距離をおき、目を伏せていた。

だがみんなの男はそうしたすべてが変わりつつあると感じていた。

ありえない、とみな言うかもしれない。証拠として、あのウェイトレスの話をしよう。彼がウェイトレスをカウンターに向けて前かがみにさせていると、コックたちが急に襲いかかってきた。ウェイトレスは包丁で彼らを撃退し、ふたりは調理台で果てることになったのだが、みんなの男がウェイトレスを突くたび、彼女は包丁を突き出してコックを刺した。

コックたちの目つきにみんなの男は覚えがあった。そこにいるべきは自分だと考えている目だ。彼にはその気持ちが理解できた。みんなの男とは、一部の若い男にとっては長年抱いてきた人生の目標であり、そのほかの男にとってははだしぬけに殴りつけてくるような存在なのだ。男たちは彼の手にするものがほしくてたまらず、その気になれば自分にも手に入る、手に入れるべきだと思っている。自分がその地位にふさわしい男だと信じている。

最近若い男の集団が暗い路地で待ち伏せをして、彼を家まで尾行し、アパートに侵入して罠を仕掛けたことがあった。彼は引っ越さざるをえなかった。前までは、無防備に堂々と表を歩いていた。今では変装してこそこそ動いている。自分の写真が載った〈おたずね者《ウォンテッド》〉のビラも見かけた。

だがそうしたあらゆる変化のなかで彼が最も戸惑ったのは、あのウェイトレスにもう一度会いたいと強く思ったことだった。

あのとき彼は終わってすぐ、座ってコーヒーでも飲みながらおしゃべりしないかとウェイトレスを誘っていた。彼女と一緒にいたいという欲求が、胃に重く沈んでいた。それはとても奇妙な感じがした――同じ女を二度求めるなんて初めてだ。しかしウェイトレスはすでに伝票と鉛筆を手にしていた。「仕事中なの」とそっけなく言い、担当のテーブルに戻った。彼は顔をまっ赤にして恥じ入った。恥ずかしいと思うなんていつ以来だろう？

あの包丁と、彼女の突き刺す動作を彼は思い返した。彼女が守っていたのは授かる子どもで彼ではなかった。だがそれでも、あの行動に彼は心を動かされた。大切にされていると感じた。最後にそんな気持ちになったのは今よりはるかに若いころだった。彼はもう一度同じように感じたかった。


みんなの男はダイナーに戻り、とにかく仕事が終わったら会ってくれとウェイトレスに言おうと決めた。彼女がくつろげる別のダイナーへ行って、サンドイッチやスープをごちそうしよう。そのほうがコーヒーよりいいはずだ。

ところがウェイトレスは店にいなかった。けれどもコックたちはいて、みんなの男を薄暗い脇道まで追いかけてきた。彼はどうにか追手をまくと、息を切らしながら大型のゴミ箱に入り、危険が去るまで身をひそめた。

ダイナーの近くの大きな公園にほら穴があるのをみんなの男は知っていた。今夜はそこで過ごして明日になったら戻り、ウェイトレスが出勤しているか確かめればいい。頭からきみが離れないんだと伝えよう。なんて不思議なことが起こるのかとふたりで驚嘆するのだ。彼女ならすべて理解して自分を受け入れてくれる、そんな予感が彼にはあった。

太陽がさんさんと照り、草むらはいつにも増してむっとするにおいを発していた。公園に生息する動物がはねまわっている。みんなの男はうつむいて歩き、危ない気配の人間を見かけると、木の陰や茂みにすばやく隠れた。おそらく彼の足を狙って仕掛けたと思われる、二種類の罠をまたいでよけた。

身を隠すところがほとんどない、大きくひらけた場所に出た。自転車に乗った少年のグループが彼に気づいた。「よお」と少年たちは大声をあげた。彼の頭めがけて石を投げつけた。みんなの男は逃げ出し、少年たちは自転車で砂利道を追いかけてきた。もちろん少年たちにとってはただの遊びにすぎない――まだ子どもなのだ――が、騒ぎはほかの人々の注目を集めた。木立のどこかから矢が放たれ、みんなの男の頭をヒュッとかすめた。健康な若い男の大集団が彼を追いかけはじめた。しかしみんなの男はたいていの男より足が速かった。

急な坂を全力で駆け上がって追手を引き離したとき、甘い声が聞こえた。「ねえ」黄色のワンピースを着たひとりの女が、広大な芝生のまんなかに大きなブランケットを敷いて座っていた。女は横滑りに移動して、ブランケットの端を持ち上げた。みんなの男はその下に潜りこみ、女はブランケットを元に戻した。彼の体のふくらみを隠すため女は横になり、大いにけだるいムードを醸し出して読書を再開した。

みんなの男を追う男たちは息せききって坂を上り、なにか手がかりはないかと芝生に目を走らせた。女はわざとらしくあくびをした。男たちはだれが先頭になるかもめながら、ふたたび駆けだした。少年たちは押し飛ばされて自転車から落ち、めそめそ泣いて、いつか大人の男になる日を待ち遠しく思いながら、足を引きずって去っていった。

全員の姿が見えなくなると、女はブランケットの上からみんなの男をくすぐり、彼は笑い声を漏らした。

「シーッ、まだすぐそこにいる」と女は嘘をついた。そして彼の呼吸が速まるまで体をなでた。「うちに連れてってあげる。そこなら安全よ」

それを聞いてみんなの男はうれしくなった。これまで家に招いてくれた人はひとりもいなかった。

彼女とともに暮らし、大切にされて、そして二度と逃げる必要はなくなるのだ。

女は身を乗り出してブランケットの下をのぞきこんだ。その目はステンドグラスのようにきらめき、茶色の髪はそり返った枯葉の山のように芝生に垂れている。ウェイトレスは忘れ去られた。


みんなの男が目を覚ますと、芝生の女が写真を撮っていた。女は彼の耳のうしろに花をはさみ、ブドウを食べさせるまねをしていた。

「友だちが知ったら大騒ぎだな」と女はクスクス笑った。「ここに呼ぼうか」

「きみだけがいい」。彼は女を抱き寄せ、やさしくほほにキスをし、つづけてひたいと目にも口づけた。「結婚しよう」と彼は言った。これほど安全だと思えたのはいつが最後だっただろう。

「え、だめよ」。女は口をとがらせてみせた。「もう結婚してるもの」

「そうなの？」

女は彼から離れ、また写真を撮った。

「じゃあぼくと逃げよう」と彼は言った。「新しい家を一緒に探せばいい、だれもぼくを知らないところで」

「そんなの、だめに決まってるでしょ」

氷の塊がのどを滑り落ちていくように思えた。「ぼくのこと愛してないの」

女はケラケラ笑った。「おかしな人」と言い、脚のあいだに彼の顔を押しつけようとした。

氷の塊が心臓に達し、それから胃に落ちた。初めての感覚だ。彼は言った。「でもぼくとの子どもがほしいって」

「あなたの子どもはほしいけど、『あなたと子どもを持ちたい』わけじゃないから。そこはまちがえないでね」。女は肩をすくめた。「夫とわたしの子どもたちは出来が悪いの。軟弱だし成績もひどい」

「子どもがいるの?」彼の頭は混乱した。「どこに?」

「わたしのお母さんのところ」。女は吐息をついた。「いつまでこうしていられるかわからないから、時間をむだにしたくないの。ほら、早くして」。女は彼の準備が整うまでひざの上で体をくねらせた。

終わった直後、玄関のドアがきしんで開く音が聞こえた。かばんをテーブルに放る音、書類の入ったフォルダーをバサリと投げ出す音、出迎えがないことへのくたびれたため息がそれにつづいた。

「おーい、いないのか?」と男の呼ぶ声がした。

「夫が帰ってきちゃった」と女はうめいた。「もう一回したかったのに。すごく楽しかった」

「それなら一緒に行こう」と彼は急いで服を着ながら言った。

女はふくれっつらをした。「だめ、全部だいなしになっちゃう」

夫がアパートを歩きまわり、部屋から部屋へ移動し、冷蔵庫からなにか取り出し、グラスがカチンと鳴る音が聞こえた。

「おーい」と夫はまた呼びかけた。

女は飛び上がって寝室のドアの鍵をかけ、体で戸口を塞いだ。「夫をすごく愛してる」と言ったが、みんなの男に向けるまなざしはごちそうを前にしたときのようだった。「でもいろいろ複雑なの。ちょっとだけ静かにしてて。たぶんそのうち出かけるから」

足音が近づいてきた。「エレン?」と夫が呼んだ。「そこにいるのか?」ドアノブがガチャガチャ回された。

みんなの男は震えはじめた。「出してくれ」とささやき声で言った。夫とこれほど近くにいるのは耐えがたかった。

「おい」と夫は怒鳴った。「だれかそこにいるのか?」

みんなの男はエレンを押しのけてドアを開けはなった。

夫はかつてハンサムだった面影があったが、今では老けていた。着ている服はくすんだ茶色でみすぼらしく、肌も同様だった。髪は靴墨のようにまっ黒に染めて白髪を隠している。

夫は息をのみ、みんなの男にとって見慣れた表情を浮かべた――ずっと忘れていた夢がよみがえり、みんなの男と戦うという妄想にとりつかれた顔。ばかげた考えだ。すでに歳をとりすぎている。けれども懐旧と後悔の念は強力だ。夫は腕を伸ばした。

みんなの男はぱっと駆けだした。

「待て」と夫は叫び、どたどた追いかけてきた。「戻ってこい。取引しよう」。夫は愛想のよい声を出そうとしていたが、武器を探しまわる音も聞こえてきた。

みんなの男はアパートの部屋を飛び出し、階段を一度に半分ずつ下りた。

「くそっ」と夫はわめき、地団駄を踏んだ。そして「エレン」と哀れな声を出し、エレンがこう答えるのが聞こえた。「そんなつもりじゃなかったの」。みんなの男はあの氷の塊をふたたび感じた。

みんなの男は下を向いて通りを駆け抜けたが、だれもかれもがふいに飛びかかってくるような気がしてならなかった。彼は駐車場に逃げこみ、車と車のあいだにうずくまって泣いた。空は今にも雨が降りだしそうだ。建物も不機嫌そうにうずくまっている。窓のあかりが緑色にぎらぎら光る。行き交う人々は怒った表情をしている。だれもがなにかを探しているように見えた。探しているのはおそらく彼だ。

「あの、ちょっといい？」とおずおずとした声で話しかけられた。

みんなの男はぎょっとして、車に背を張りつけた。うかつだった。近づく音は聞こえなかった。今この瞬間、死に直面していたかもしれない。

ひとりの女が彼に手を伸ばした。「こわがらないで」

「なんの用だ」と彼は鋭い声をあげ、その冷たい響きに赤面した。なんて失礼な。親切そうな人なのに。

「これわたしの車なんだ」と女は言った。

彼はほっとして笑い声をあげた。「それはすみません」と立ち上がったが、背は丸めたまま人通りの多い歩道から離れようとした。

「大丈夫？」

「平気」と彼は両目をこすった。「大変な日で」

「みたいだね」。女は彼がもたれていたところに背を預け、バッグから煙草を取り出した。思案げに吐き出したその煙に、みんなの男はかくまってもらえる気がした。

「ありがとう」と彼は言った。彼女といると少し緊張がほどけた。

「なにが？」

「ここに一緒にいてくれて」

女はほほえんだ。「どういたしまして。そばにだれかいてほしそうだったから。わたしはジル」と手を差し出した。「あなたは？」

彼の息が止まり、舌がもつれた。彼女は彼のことを知らないのだ。

ジルはまっすぐな黒髪、小さな目、薄いくちびるという十人並みの器量だったが、ふっくらとしたバラ色のほほが全体を魅力的に見せていた。いつもの彼なら目に留めないたぐいの女だ。ジルは注目を浴びるのをいやがるタイプに見えた。彼はそういう人のそばにずっといたかった。そのうちきっと彼も十人並みになるだろう。溶け合ってなじむ。そうなったらどんなにいいだろう。彼はジルの手を取った。

「場所を変えない？」たぶんジルは自信がなくて控えめな性格だから、自分からは切り出せないはずだと彼は思った。

ジルはとてもうれしそうに顔を赤らめた。「いいけど」とびっくりしたように首をすくめ、よろこびと恥ずかしさのまじった表情を浮かべた。「信じられないな、わたしがこんなことするなんて」と、彼の腕を取って歩きだそうとした。

「きみの車で行かないの？」とドアに手をかけていた彼は訊いた。

「うん、うちはすぐそこだから」

彼はジルを見つめることに集中して、歩道でうろたえないようにした。腕にジルがくっついていると自分が普通に思えて、通行人の目さえのぞきこめそうだ。とはいえ危険は冒さなかった。

アパートの部屋はがらんとしていたが、それでもジルがマグカップを見つけるまでしばらくかかった。

「引っ越してきたばっかり？」

「うん」と今度は紅茶を探して引き出しを漁りながらジルは言った。

「どこから引っ越してきたの？」なにも置かれていないテーブルの前の木の椅子にみんなの男は腰かけた。

「えーと、中西部？」とジルは言いながら、自分でも信じられないというように顔にしわを寄せた。「正直、あっちのことは忘れたいんだ」。こみ上げる感情でジルの声はうわずった。そのか弱い雰囲気に彼の気持ちはかき立てられた。

「そうか」。彼はジルに近づいて腰をつかんだ。「きっとここは気に入るよ」

ジルは彼に触られるままになっていたが、やがて抵抗して、マグカップをふたりのあいだに置いた。

「やめて」

彼は両手を上げて降参した。「ごめん」。最後にこんなふうに謝ることになったのはいつだろう？

「違うの――」とジルは笑ったが、どこか悲しげだった。そして彼の腕を脇に下ろさせた。「ただ、あなたのことなんにも知らないから」

彼は感激して胸をときめかせた。「なにが知りたいの」

ジルはなにか言おうとするように口を開けたが、言葉は出なかった。そのくちびるのあいだに親指を滑らせて、舌でやさしく舐められたいと彼は強く思った。ふたりの前に漂う沈黙が彼の耳に流れこんだ。その沈黙を埋めるのがこわかった。ジルといると口がきけなくなったように思える。それでもジルには自分のことを知ってもらいたかった。「ぼくは孤独だ」と彼は言った。

ジルは頭を下げて、彼の指の節にキスをした。

肩の力が抜けるのを彼は感じた。これほどやさしくされた記憶はない。それから彼は笑って、よろこびを嚙みしめた。ジルも笑った。ふたりは手を取り合い、一緒にアハハと笑った。

「ずっと家族がほしかったんだ」と彼は言った。

「わたしも」とジルは甘くささやいた。

「ていっても、本当のぼくの子だよ。成長を見守っていける子」。彼はジルのシャツの下から腰の上に指を這わせた。「人に打ち明けるのは初めてだ」

ジルはぶるっと震えてくちびるを舐めた。彼は思った。ここに未来がある、だったらどうして待たなきゃならない？

彼は片ひざをつき、ティーバッグのひもをジルの指に結んだ。

「ぼくと結婚してくれますか」。自分がそんなことを言うなんて信じられなかった。まぶしい朝日を浴びてジルと歩く光景を思い描いた。

ジルはその場でバタバタ足踏みをして叫んだ。「はい！」

彼はジルを軽い長枕のように抱き上げた。「中西部に戻らなきゃいけないね」と彼は言い、ジルの困惑した顔を見て、弁明した。「ここはぼくにとって安全じゃないから」

ジルは両手のひらで彼の顔を包んだ。「わたしとならどこにいても安全だよ」。ジルは目をうるませ、探るように見てきた。「安全だと思える？」

「すごく安全だよ！　こんなふうに思えるのは生まれて初めてだ」と彼は言いながら、実際にはジルと出会ったとき危険を感じたことは思い出さないようにした。

彼はジルをくるりと回した。「きみはぼくのものだ、絶対に離さないぞ」と声を張り上げると、ジルは怪物映画で捕まった登場人物のように頭をそらし、脚をばたつかせた。今度こそ彼は逃げなくていいのだ。

寝室もやはりがらんとしており、床に置かれたマットレスの上ではシーツが一枚、足の側で丸まっていた。窓は茶色の布で覆われていたが、椅子が一脚置いてあり、そこに座ればファブリックパネルにはさまれたすきまから外をのぞけるようだ。ほかには塗料のはげたチェストがひとつ。その上にあったわずかなものをみんなの男は床に払い落とした。

彼はジルのシャツを頭から脱がせた。楕円形の胸は重たげで、ストラップをちょっと動かしただけでブラジャーからはみ出した。ジルはぽっちゃりしていた。腹は妙にふくらんで見えた。そんなはずはないのに、ジルはすでに妊娠しているのではないかと彼は疑いかけた。だが違う。ジルの渇望は空っぽの腹の女のものだった。

ジルは用意はできているといわんばかりにうめき声をあげ、たしかにそのとおりだった。彼はジルをチェストにかがませようとしたが、「だめ」とジルは言い、みんなの男をマットレスへ導いた。彼はマットレスに倒れこみ、ジルはその上にまたがった。「こうするの」

ジルは彼をなかに入れてアアーと長くうめいた。「電気でできてるみたい」と彼女は言った。そしておごそかな笑みを浮かべ、ゆっくり揺れはじめた。「最高の子どもができるね」

みんなの男は腰をきつく締めるジルの脚に集中し、自分は守られているということだけを考えた。

「きみはすばらしい母親になるよ」と息をついた。

ジルは彼の上で小刻みに動き、髪をふり乱し、激しく体を弾ませていった。それは彼にとってすばらしい体験だった。自分に最も必要なときに、彼女と出会えた幸運が信じられない。ジルの胸が揺れ、腹が波打ち、口が快感ですぼまり、次に驚きで広がるのを彼は見ていた。彼は手を組んで頭の下に敷き、公園で昼寝している気分で、心配事などひとつもなく、彼女のなかに引きこまれたペニスはあと一分かそこらで子をもうけようとしていた。彼は大好きな興奮状態に入っていった。体はまるで温度計のガラス管で、液体が上昇し、膨張して、危険になり――ガラス管が破裂しそうだ！――とそのとき、戸口でなにか動くのが見えた気がした。男か、影か、幽霊か。そのなにかは次の瞬間には消えていた。

「わたしの子が一番になる」とジルは身をよじらせながら繰り返し言った。

みんなの男はジルの繰り返す言葉に没頭した。ジルが絶頂に達する。そして彼も大声で叫んで宙をつかみ、つづいて達した。

それからジルはおとなしくなり、動きを止めた。

クライマックスが過ぎると彼は弱々しい声を漏らし、新たな不安に襲われた。何度か咳ばらいをしたが、ジルは押し黙ったままだった。「よかった？」それはみんなの男がこれまで一度もしたことのない質問だった。

「もちろん」とジルは言ったが、見るからに不快な顔つきだった。ほほえみは消えていた。ジルは両手で彼の鎖骨を押すと、ひどく暗い声で言った。「でもここへ連れてきたのはそのためじゃない」

ジルは両手をみんなの男の首に動かして締めた。

彼の内のあらゆる熱が冷めていった。力の抜けた手足はロウで固めたように動かない。女に脅されたのはこれが初めてだ。彼にはどう反応すればいいかわからなかった。彼女を殴ればいいのか？　そんなことはできない。

「どういうこと」と彼はあえいで言った。拒絶された精液がふたりのあいだでべとついた。

「恨まないで」とジルは言った。「これは赤ちゃんのためなの。わたしは悪人じゃない」

「やめてくれ」と彼は息を切らして言った。必死にもがいたが、あおむけに押さえつけられていてはどうしようもない。ジルは強く決然としていた。すでに母親なのだ。すべての意味がわかりはじめた。ジルは前から妊娠していて、彼が何者かちゃんと把握しており、子どもの父親である別の男がみんなの男を倒すのを助け、その地位を獲得させようとしているのだ。おそらく中西部の出身ですらあるまい。

みんなの男の視界は黒くぼやけ、耳は塊で覆われた。やみくもに手を動かし、足を蹴り上げたが、ジルはますます強く押さえつけた。のどがゴボリと音をたて、胸が焼けつくように熱くなる。自分はどこまで愚かなのか。目を閉じても、これで終わりとは信じられない。

人生とはなんておそろしく、なんて公平なのだろうと彼は驚愕した。これも自業自得だ。彼はみんなの男になったときのことを振り返った。みな覚えているだろう——彼がどんなふうに前任者と出くわしたか。男盛りでたくましい無敵の前任者は大通りのどまんなかで性交し、それをほれぼれと眺める群衆が集まり、交通は止まっていた。みんなの男は前任者をしたたかに殴って血まみれにし、素手で骨を折り、這いつくばって逃げようとするのを放置し、二、三歩ぶん進んだところで彼は死んだ。それからみんなの男は待ち構えてうずうずしていた女を妊娠させ、次に輪になって見物していた十四人の女にも手を出した。そこまですごい光景はだれも見たことがなかった。あとはみな知ってのとおりだ。

おそらくだれも知らない事実がある。あのときの件について、みんなの男はあらかじめ計画を立てていたわけではなく、そうしたいと思ったこともなかったのだ。彼には恋人がいて、彼女と一緒に過ごす時間や体の関係に満足していた。彼女は看護師を目指していた。そして彼は昔から映画が好きで、いつか映画にかかわる仕事に就けたらいいと思っていた。けれどあの場面――男、女、群衆――に出くわしたとき、むきだしの欲望に捕まった。今まで望んできた以上の存在にどうしてもなりたくなった。その新たな未来図に彼は屈した。手を血に染めてみんなの男になった。そしてそれを楽しんだ。自分の役目が誇らしかった。銀行の窓口係の話だって？　預金を引き出しにきていた七人の女性客も相手にしたことを忘れないでほしい。

　しかし今となっては、あの日に戻って別の道を選べるなら、彼はなんでも差し出すつもりだった。それならあの男が性交して、群衆がほれぼれと眺めていた場面を見なかったはずだし、あのような直感が働くこともなかっただろう――そこにいるべきは自分だ、なんて。

　首を絞めていたジルの手が離れ、彼は思った。そうか、もう自分は死んで、こうしたすべてから解放されたのだ、きっとそれでいい、と。ところがそのとき、ひたいにそっと手が当てられ、声が聞こえた。「ねえ、聞こえる?　ねえ?」

　彼が目を開けると、ひとりの女が彼を見下ろして立っていた。また別の女で、金髪に寝間着姿だ。女はにっと笑い、まっ赤な血のついたバットを持ち上げた。すると彼は腰になにか冷たいものが巻きついている感触に気がついた。下を見ると、彼を襲った女が横に倒れて硬直しており、頭は血まみれで鳥の巣のような髪の奥に骨がのぞいていた。

　寝間着の女は死体を押して床に落とし、みんなの男に手を差し伸べた。「ほかの連中に見つかる前にここを出るよ」と言った。そしてみんなの男を引っぱり上げて部屋から連れ出した。戸口にはもうひとつ死体があり、その中身が壁に飛び散っていた。死体は男だった。みんなの男に少し似ていた。

ふたりは夜の街を走って別の地区へ向かった。みんなの男は裸足で寒かった。若い男の集団が歩道を徘徊し、彼を探していた。みんなの男が傷を負って弱っていることを知っているのだ。においでわかるのだろう。男たちは武器を携帯し、それをパシッと手に打ちつけ、音の鳴るたぐいの武器であればジャラジャラ鳴らしていた。女たちは窓辺や玄関先にロウソクをともし、彼が現れないかと見張っていた。

寝間着の女は幽霊のようだった。街灯の下で髪は白く輝き、ほかの人々には見えないのではないかと思えた。みんなの男は彼女といるかぎり自分の姿も見えないのだと信じることにした。男たちの一団が騒々しく向かってくるのが見えると、ふたりは角の郵便ポストの陰にしゃがんだ。駐車車両のうしろを忍び足で歩き、酒場の窓を避けた。酒場では常連客たちがみんなの男が通る音がしないかと耳をそばだてている。女は体で彼を覆い隠し、自分のにおいで彼のにおいを消した。彼女の体のぬくもりにみんなの男は刺激された。「あとでね」と女は言い、彼の胸に触れた。

通りではサイレンが鳴り響き、街は騒然とし、大いなる変化の訪れを予期していた。

女はみんなの男の手を引いて、飛ぶように通りを駆け抜けた。

「あともうちょっとだよ」と励ました。

彼の足は血だらけで、欠けたアスファルトやガラスの破片が刺さっていた。

「止まらないで」と女がせかした。

獣の吠え声が聞こえた。犬の群れが彼の足から流れた血のにおいを嗅ぎつけたらしい。女は路地に入り、ジャンプして避難ばしごを引き下ろした。そして彼をはしごに押し上げた。早く行って、と女は怒鳴り、彼ははしごを上り、女もあとにつづいた。建物の上に出ると、女が先導して一、二キロほど屋上を進んだ。昼間の太陽のなごりで屋上はまだ暑かった。ハトたちが驚いてねぐらから舞い上がり、みんなの男の移動した跡を空に描いて下の追手に教えた。

鳥を蹴散らし、屋根を跳び越え、急に方向転換して街のまた別の地区に入り、やかましい捜索隊が遠ざかってようやく、女は簡素なドアを勢いよく開け、みんなの男はなかに飛びこんだ。

部屋にあふれ返る女たちが息をのんだ。

だれかがささやいた。「彼よ」。雁の群れが飛び立つように女たちはいっせいに騒ぎだした。

何十人という女たちが欲求から両手をもみ絞るのをみんなの男は見た。心に不安が広がった。

寝間着の女が部屋の中央にある椅子に彼を座らせた。

「ここなら安全だ」と女は言った。「信じてくれる?」女は彼の目を見据え、彼は彼女を信じた。

みんなの男が目を覚ますと、金髪の裸の女が彼をしゃぶっていた。

「行列ができてるよ、でもわたしが最初だって言ったんだ」と女は言った。女は彼を立ち上がらせた。ふたりがいたのは窓のない、床がコンクリートの部屋だった。彼が眠っていたベッドは壁から突き出すように置かれており、反対側の壁には小さなテレビがアーム型の金具で掛けられている。部屋にあるのはそれだけだった。

女は彼の手を握って見つめ、そのときみんなの男は相手がだれか気がついた。

彼は女の裸の胸に手を当てて笑った。「寝間着はどうしたの?」彼女に会えて泣きそうになっていた。

女は濡れた目で、息を切らしながら彼の顔をなでた。「じゃまになるからいらない。すごい、なんてきれいな顔」と女は言い、彼の耳と目に手を滑らせ、口に指を入れようとしたが思いとどまった。「ほんとにすごい」と言った。彼は彼女をベッドにかがませた。「うわ」と女は叫んだ。ふたりに押されてベッドは部屋の端まで動いた。

彼が射精すると、女は壁の前の床に両手をつき、脚を蹴り上げて逆立ちした。「医者がこうするといいって」とまっ赤な顔で、髪を逆さに垂らして言った。胃の中身がのどまで落ちてきたかのように息を止めている。

「きみって面白いね」とみんなの男はまたよろこびのあまり涙ぐんで言った。自分も頭をつけて逆立ちしようとしたが、倒れてゲラゲラ笑った。「きみとずっと一緒にいたいな！」

女は小さく笑った。「気が散るからやめて！」

女が部屋を出ようとすると、彼は一緒に行きたいとせがんだ。

「危険すぎるよ。ぼうやはここにいなさい」

みんなの男はいつ戻ってくるかたずねた。

「来れるときに」と女は言って、去った。

すぐに別の女が部屋に入ってきて服を脱ぎはじめた。

「悪いけど」とみんなの男は言いながら、自分が裸であるのを思い出した。「部屋をまちがえてるよ」

女はTシャツを引っぱって頭から脱いだ。ピンと張った胸が揺れた。腰にはおそろしげなワシの顔のタトゥーが入っている。「まちがってないよ」と女は言い、彼に近づいてスカートを下に落とした。スカートの下にはなにも身に着けていなかった。

「え」。口のなかに唾が湧き上がり、彼には止められなかった。

「みんなの話、冗談じゃなかったんだ」と女は言いながら両手を彼の胸に這わせ、爪で地図を描いた。その爪のチクチクする感触で耳鳴りが起こった。

彼は咳ばらいをした。「たった今出てった人がいただろ。彼女と一緒になるんだ」。彼は真剣な関係になるつもりだったし、寝間着の女も気持ちは同じだと信じていた。つまり、ほかの女性はお断りという意味だ。彼は拒否したかった。

女は彼の耳の奥まで舌を入れた。「へえ?」

女の脚のあいだから熱が伝わってきた。女はゆっくりと腰を落として彼のひざに座った。彼女の皮膚の下の筋肉は引き締まり、首筋からは濃厚な香水のまじったにおいが漂ってきた。これだけ近くにいて求められたら、彼にはどうしようもなかった。

女たちは長い列を作って待ち、しびれを切らしていた。少し時間をくれと彼が頼むと、粗暴な態度で腹を立てる女も多かった。年配の女もいれば若すぎる女もいたため、彼は興奮することにやましさを覚えた。病気や奇形の女もいた。彼女たちはいつも妊娠させてきた女とは違うタイプだった。

数週間ほどたってから寝間着の女が戻ってきた。女は悲しそうだった。

「まさか戻るはめになるとはね」としかめつらで言った。「あんたなら確実だと思ったのに」

「ぼくに会いたかった?」

「もちろん」。女は薄く笑みを浮かべ、股をぽんと叩いた。「さあやろう。排卵期だ」

自分でも驚いたことに――どうやら女も驚いたようだ――彼は涙を流していた。彼女を抱き、射精し、去っていくのを見守りながら。だがこれは最初のときとは違う涙だった。とらわれの身となる数週間がどんなふうに過ぎるか知った今では、ただ生きていることが幸運だと思えたときとは涙の意味が違った。生涯で最愛の人に出会ったと思い、もう一度彼女に会えなければ死んでしまうと思ったときとは。彼が恋しいのは彼女だけだった。けれど彼女も同じ気持ちだという自信は持てず、そのせいで彼の心はうつろだった。

「名前を教えてよ」とみんなの男は寝間着の女に言った。女はマットレスの隅に丸まり、できるだけ彼から離れていた。体をしっかり丸めていれば、赤ちゃんが守られていると感じて育ちはじめる、というのが彼女の持論だった。

「メアリ」と彼女は言った。

彼は自分の名前を訊き返されるのを待った。彼女がなにも言わないと、彼は言った。「ぼくの名前、知りたい?」

メアリは肩をすくめた。「そうだね」

「サムっていうんだ」

「サムって感じじゃないね」

「ならどんな感じ?」

メアリは彼をしげしげと見た。彼はなんとしても彼女の心に親しみのような感情を呼び覚ましたかった。たとえば、彼を見ると昔を思い出すとか。かつて大切に思った人の本質や、自分にとって重要だった時代を思い出すとか。彼女をそばに留め置けるくらい大切な存在に彼はなりたかった。メアリは言った。「さあね。でもサムじゃない」

次に彼女が訪ねてきたとき、彼は訊いた。「メアリ、ぼくと会ってないときはいつもなにしてるの」

「仕事して、友だちに会って、そんなとこ」

その夜、彼はメアリが友だちといて、おそらくすてきなことばかりしゃべっている夢を見た。


「メアリ、外へ行っていい？」とみんなの男ことサムはたずねた。このごろはめっきり顔色が悪く、肩幅は狭く、太鼓腹になっていた。「走りたいんだ」と腹の上で腕組みして隠した。

「だめ、あんたはまだおたずね者なんだから」。メアリはサムの腕をほどいた。「気にしないで。大事なのは中身だよ」

「ほかの女の人たちはみんなどこ行ったの？」サムは自由な時間が増えていた。別の女がドアを開けて部屋に入ってくるとき、待合室は前より空いて見えた。

「子どもを産みに出てった」とメアリはぶすっとして言った。

サムは彼女たちの名前を訊いた。知っているのは特徴だけだった――脚の傷痕、背中のタトゥー、体の麻痺。名前を知れば、生まれた赤ん坊が――わが子が――どんな子か想像しやすいのではないかと思った。

メアリは名前を教えた。クレア、ヴェロニカ、ナン、そのほかいろいろ。

「だれかがぼくの居場所をばらしたらどうする？」

「だれもそんなことしないよ。男ってのはいばりちらして目先のことしか考えない。でも女は思慮深い。長い目で見る。あんたは世の中の役に立つ」

サムは自分のほほに触れた。熱かった。紅潮していた。「きみの役にも立ってる?」と訊いた。胸が苦しくなった。

「役に立ってくれなくちゃ」とメアリは服を脱ぎながら言った。「わたしにとって最後の希望なんだから」

だがサムは役に立てなかった。

もしかするとこの部屋の外で彼はすでに取ってかわられていたのかもしれない。あるいはこの街の女はみんな彼によって本懐を遂げたのかもしれない。ただひとりを除いて。結局、女たちは赤子で腹をふくらませて去り、メアリだけが空っぽのまま残った。そして訪ねてくるたび、メアリの失望の度は増していった。今まですべて失敗しているのにどうしてメアリがまだここに通ってくるのかサムには理解できなかったが、やめてほしくはなかった――そしたら自分にはなにも残らない。だからもっとがんばろうと思ったが、どうがんばればいいのかわからなかった。

いい人生とは言えない。だがそれが人生だ。

さびしくてたまらなくなると、彼はこう考えることにした。自分はここで保護されてきた。あてもなくさまよって追いかけられたり、戦いを挑まれたり、殺されたりすることはない。面倒を見てくれる女性がいて、彼女はいまだに彼を何度も求め、とりあえず今のところ、彼には差し出せるものがあるとなんの根拠もなく信じている。そしてふたりが最も親密になる瞬間――みんなの男が彼女の一番ほしいものを与えようとするときには、苦々しさをどうにか捨てて、よろこびとか楽しみとか平和といったものを表そうとしてくれる。それは自覚せずにやっているのかもしれない。彼とはなんの関係もないかもしれない。しかし彼はそれを愛と呼んだ。そしてその愛を彼女のなかに見いだせるかぎり、彼の心は感謝で満たされる。彼女がそばにいないときは恋しくなるし、いらだちでのどをひりひりさせながら、彼女が戻るのを待ちわびる。

ジェインはできるだけ多くの私物をバッグに詰めこんだ。今さっき上司のオフィスに呼ばれたところで、それがなにを意味するかはわかっていた。上司のオフィスに行くなんてろくなことではない。解雇されるなら、自分のものは持っていきたかった。

ところが上司のオフィスでジェインは解雇されなかった。それどころか昇進した。しかも昇給つき――かなりの額だ。さらにデスクも大きくなった。ジェインは私物を取り出し、グレードアップした真新しい椅子に深々と腰かけた。ずっとこんな仕事やめてやると思ってきた。発展性のない内容。長い通勤時間。けれどこれで持ちこたえられそうだ。その日は、家までの運転すら楽しめた。道はいつもより空いている気がしたし、クラクションを鳴らしてくる車もなかった。

そして、その週末、出張から戻ったグレッグがふくらんだポケットから取り出したのは、指輪の入った箱だった。ジェインが見守るなか、グレッグは指輪を彼女の指にするりとはめた。この先のことをジェインは想像した。グレッグがジェインの家に移ってきて、彼のものがジェインのものとまざって、やがてどれがどちらのものか忘れてしまう。そして次には安定という恩恵がもたらされ、たとえば自分がなにを求め、なにを求められているのか把握できるようになる。ジェインは指輪をくるくる回し、その輝きに見入った。まるで世界がジェインの望みを聞きつけ、そろそろかなえてやろうと決意したかのようだった。

そんなふうにジェインの年は始まった。それからほどなくして、最初の人々がやってきた。ある朝、庭のバラの隣で抱き合って眠る男女をジェインは見つけた。ホームレスかと思ったが、みすぼらしい格好ではなかった。きっと酔っぱらって迷いこんだのだろう。ジェインはふたりを見て落ち着かない気持ちになったが、一日もすればいなくなるのだから、と心に言い聞かせた。なにか害があるわけでもあるまいし。

翌日、庭のヤナギの木陰にテントがふたつ張られていた。数人の子どもが走りまわり、長いあごひげを生やした男が庭の小石を動かして円を作っていた。

夜、なにかをトントン打つ音でジェインの眠りは妨げられた。起床すると、大勢の男や女や子どもたちが傘やテント、木と木のあいだに張った防水シートの下で身を寄せ合っていた。少なくとも四十人はいるようだ。ジェインが玄関から外をのぞくと、歓声があがった。

ジェインは母親に電話をかけた。

「きっとそれは豊作年ね」と母は言った。電話の向こうからテレビのクイズ番組の音声が聞こえた。

「そういうのがあるの?」

「ええ、そういうものがあるの。樹木に起こることなんだけどね。たまに人にも起こるのよ」

母の説明によれば、何年かに一度、平年よりもずっと多くの実が木に生《な》ることがあるという。その大量に実の生る年が豊作年と呼ばれる。すると、木が呼び寄せたかのように、あちこちから動物が尋常でない恵みを察知して集まってくる。そして実をむさぼり食うのだ。「そのことが書いてある本を送ってあげるわ。短いものよ。パンフレットって言うほうが近いかしらね」

「でもわたしは木じゃない」

「木みたいなものでしょ。水を飲むし。背も高いし。香りもいい」

「お母さん」

「ジェイン。人が豊作年を迎えるのは、あり余るほどの幸運を手にしたときなのよ。あなたの場合、昇進に婚約ね。今自分がすごく幸運だって思わない?」

「このまま順調にいけばね、でも——」

「みんなあなたの幸運にあやかりたいと思ってるの。だから許してやりなさい。あなたが世界に向かって言ったのよ。『わたしにはみんなのほしいものがある』ってね。枝を揺すって言ったのよ。『ここに集え』って。だからみんな来たの」

「悪いけど、お母さん、わたしは枝を揺すったりしてない。ていうかなんにもしてないのに」

「あら、でも悪いけどね、あなたはなにかしたのよ。じゃなかったらみんなそこに来るはずがないもの」

「お母さん」。ジェインはため息をついた。電話なんてしなければよかった。

「ジェイン、力を抜きなさい。今起きていることを愛するの。集まる人たちはみんな、あなたのことをすばらしいと思ってるのよ。それはほんとにあなたがすばらしいからなの。幸運を感じさせてあげなさい。それにこれが終わったら、自分のことを聖人みたいに思えるわよ。たった一年じゃない。一年がなんだっていうの?」

ジェインはグレッグに自分の口から伝えたかったが、グレッグはすでに同僚から話を聞いていた。

グレッグは派手にジェインの家のベルを鳴らし、玄関で花束を差し出した。合鍵は持っているから好きになかへ入れるというのに。ジェインは赤面し、グレッグを家に入れようとしたが、グレッグはジェインの腰を抱いて背をそらさせ、映画に出てくるようなキスをした。庭の人々は手を叩いた。声援が起こった。「ヒュー！」

グレッグは大声で言った。「この人が愛しているのはぼくだ」と胸を張った。

だが室内へ入ると、グレッグはへたりこんだ。「なんできみはこんなことしてるんだ」と泣きそうな声で言った。

「そういうものなんだって」とジェインは言った。

「いいから、これをやめてくれ」

「できないよ。どうすればいいかわからない」

「話が違うじゃないか」

「え？」

「きみへの気遣いが足りないっていうのか？」

「まさか、十分だよ。なんの問題もない」

「ならあいつらを追っぱらってくれ。あいつらはおれじゃきみに不足だって思いはじめてる」

「不足なわけない」

「ならどうしてあいつらはここにいる？」

「わからない」。ジェインはグレッグの首筋にキスをした。「もしかしたらわたしがあなたにとって不足なのかも」

ジェインは早起きしてグレッグにベッドまで朝食を持っていこうと思っていたのに、一階に降りると彼はもうキッチンにいた。テーブルの上の皿にはグレッグの特製オムレツがふたつに切って盛りつけてあり、マグカップのコーヒーはジェインの好みに淹れてあった。

「コーヒーと食べるケーキも焼いたけど、まだできてないんだ」とグレッグは言い、まゆをひそめてみせた。

「ケーキを焼いたの?」バニラとなにかの苦い香りが漂ってきた。

グレッグは窓の外にさっと目をやった。「ケーキはいつだって焼いてるだろ」と傷ついた声で言った。庭の人々は腹を空かせているように見えた。

「そう、すごいね」とジェインは言いながら椅子に座った。「ケーキって大好き」と本当はきらいじゃない程度なのに言った。「これもあなたの特製ケーキ?」とベージュ色のオムレツを見て訊いた。

「もちろん、そうだよ」。グレッグは安心したようすで笑い、窓の外をまたちらりと見た。「きみはしあわせだな。おれはなんだって特製で作れちゃうんだから」。グレッグのぶんのオムレツはすでになかった。グレッグは立ち上がった。いつもなら帰る前、縄張りを主張するような荒っぽいキスをする。ところが今日のキスはやさしくて、ジェインは顔を赤らめた。窓の外に見えるいくつもの顔には、苦しげな笑みが張りついていた。

「かわいこちゃんには五ドルおまけでいいよ」とグレッグは言い、ジェインの財布から二十ドル札を二枚抜いて、出ていった。

ジェインはオムレツの残りをゴミ箱へ捨てた。グレッグに特製料理があるのは結構なことだが、実のところ「特製」とは単に「唯一」を意味し、グレッグの特製オムレツはあまりいい出来ではなかった。ジェインはケーキの端をかじってみた。しょっぱかった。ケーキを小さく切って大皿に盛りつけた。口に運ぶ手が止まらなかったとグレッグには言おう。

ガレージから車を出そうとすると、人々は集まって車に触ってきた。ジェインは車のロックをかけた。人々は車の窓に服をこすりつけた。上着の金属ボタンが車に当たって雨のような音を響かせた。みんな深く集中した顔で、昔のなつかしいにおいを思い出そうとしているようだった。手には小さな装身具、木や石のお守り、重ねてリボンを結んだブラウニーを持っている。人々はそれらをジェインに差し出した。

「だめ」と窓ガラス越しにジェインは言った。「それは取っておいて。わたしには必要ない。あなたたちにこそ必要でしょ?」ブラウニーはおいしそうだった。口のなかによだれが溜まった。でももらっちゃだめだ。人々が困窮していて彼女が施しを与える、それでみんな帰る、豊作年とはそういうことだろう? ジェインは窓を少しずつ下げて皿に乗ったケーキを外に出した。猟師用のウールのコートを着た人物が皿を受け取った。「ごめんね、味はいまいちだけど」とジェインは窓のすきまから弁解した。「わたしが作ったんじゃないの。次は作るね。約束する」

人々はケーキのにおいを嗅いでかけらを舌に乗せた。迷ってるんだ、わたしがけなすようなことを言ったから、とジェインは思った。車の窓を叩いた。

「どうぞ召し上がれ、大丈夫、おいしいよ」と促した。人々は口にかけらを詰めこみはじめた。だが彼らの顔を見れば、まったくおいしくないと思っているのがわかった。みんなケーキを吐き出してここから去るかもしれない。初めての施しがまずいケーキだなんて、わざわざここにいる価値はないと判断して。けれども人々はケーキを食べつづけた。

ニュース番組のスタッフがやってきた。ジェインはテレビに映る自分の家を見た。録画された自分の姿も見た。キッチンの窓の前に立ち、暮れかけた夕空を背景に明るく照らされ、皿を洗っている。静電気で髪の片側が立ち、反対側はもつれている。画面の彼女はグレッグの大学の陸上部のTシャツを着ており、ふたりして遊ぶために病欠の電話をかけた日のことを思い出した。

テレビを見ながら、ジェインは無意識に髪をなでつけていた。

ニュースの放送後、人々はカビのように庭じゅうに増え広がり、ジェインがプールを設けようと思っていた場所を占拠し、敷地の端の林にまで入りこんだ。人々は木に登り、家を建てた。晩になると家族ごとに枝の陰に姿を消し、朝になると木から下りてきて彼女のゴミを漁る光景をジェインは目にした。

芝生も木もいっぱいになると、人々は地面に穴を掘った。そして住みかをめぐって争った。穴から出るときは用心深くあたりを見まわした。ときどきだれかが待ち伏せしていて、出てきた者の頭を殴りつけ、弱った体を引きずり出して空いた場所にすかさず入りこむということもあった。殴られた者はそのうち意識を取り戻し、ここでも幸運に見放されてしまったことに恥じ入り、這いつくばって逃げていく。

家から電気を盗むための電線が引かれ、樹上や穴という穴のなかに、山を流れる小川のようにつづいていた。

ジェインは毎朝数時間かけてパンやケーキを焼いた。仕事に行く人たちのために弁当を用意し、ルート変更したスクールバス隊を並んで待つ子どもたちに牛乳代を配り、ジェインがレンタルした移動式シャワーを母親たちが使えるように赤ん坊を抱いた。人々は敬虔な信者のように彼女の前に列を作り、ジェインはひとりひとりのほほをなでてこれから始まる一日を乗りきるための活力を与えた。それから自分も車で仕事に行った。上司から在宅勤務を勧められたときはがっかりした――みんなが彼女のまわりに集まりたがるせいで生産性が落ちてしまったのだ。新しい仕事は気に入っていたのに。それに、仕事に出て家から離れていられるのも気に入っていた。

「今日は十二人の誕生日ケーキを用意したんだ。それからいつのまにか四年生全員の勉強を見ることになって。これってこんなに長くつづくもの?」

「でも楽しいって思ってんだろ?」グレッグは歯を見せて笑った。「おれは楽しんでるよ」

「嘘言わないで」。ジェインは「楽しい」という言葉を使う気にはなれなかった。これほど大勢の責任を負うことは疲弊でしかなかった。

いつもならふたりはベッドで体を探りながら服を脱いでいた。ところが今夜のグレッグは窓の前でゆっくりと服を脱いだ。「こっちへ来なよ。ここできみをいかせたい」。最近の彼は、本気でこの状況を楽しんでいるといわんばかりの態度を取るようになっていた。

「いい。やっぱりベッドが落ち着くし」

ふたりは電気をつけるか消すかで争い、ジェインが勝ったが、暗闇のなかでも彼が窓の外を凝視して筋肉を見せつけるように動かしているのがわかった。

「今のほうがずっといい」とグレッグは声高に言い、ジェインを転がして体位を変えた。「そう思うだろ？　自分でも今のほうがいい彼氏だと思うね。いい彼氏になったと思うだろ？」

「前と同じだよ」とジェインは言った。気をそぐような返事をするつもりはなかった。彼は微妙な時期を過ごしているところなのだ。謝るつもりで大きめのよがり声をあげた。

グレッグはジェインの体の手近な部分――彼女のひじ――を舐め、外国のホームステイ先で出されたまずい料理を食べるときの顔をした。すごくおいしいですと言いながら作り笑いを浮かべている。舐められるのもその顔もジェインはきらいだった。

彼の上に乗って毛布を肩にかけようとしたが、グレッグがはぎ取った。ジェインは彼の両手を自分の胸に置き、だれかがのぞいていても弾む胸が見えないようにした。「なんにも変わってない」とささやいた。「それがいいの」

「ああ、だめだ」とグレッグは言った。それからもう一度「だめだ」と言い、納得していないのだとジェインは思った。次に彼は考え直したように「いい」と言った。そしてもう一度「いい」と言って、芝居がかった動きで勢いよくいき、ジェインを振り落としかけた。「すごかったね」とグレッグは息を切らして言った。「すごかっただろ？」彼は今までよりも彼女に恋しているかのようにふるまったが、そのせいでますます気持ちがないように感じられた。

「すごくよかった」

「もう一回しよう。もっとうまくやるから」

だがジェインは彼から下りた。

グレッグはうなだれた。「頼むよ」と泣き声で言って彼女にしがみついた。

外の人々が息をひそめ、耳を澄ましているのがジェインにはわかった。コオロギまでもが黙りこくり、聞き耳を立てているようだった。

母親が送ってきた薄いペーパーバックは『わたしの豊作年』というタイトルで、ページの隅が折ってあった。大きな活字で明らかに自費出版本だ。表紙では著者のペニー・スミスが遠くのぼやけたなにかを見つめている。その瞳はスポットライトを浴びたダイヤモンドのように輝いているが、首には本物のダイヤのネックレスも巻きついている。

本のなかには紗をかけたような写真がたくさん載っていた。パイを焼くペニー。暖炉のそばで子どもたちに本を読んでやるペニー。つやつやしたガチョウの丸焼きを人々にふるまうペニー。数えきれないほど多くの人々が豪華絢爛なダイニンググルームに集まっている。写真のなかの人々は彼女の家具でゆったり横になり、彼女の本をめくり、彼女のベッドで眠っていた。ペニーを見つめる人々のまなざしには強烈な愛情がこもっていた。

ジェインは寛大ではあったが、やさしく歓迎していたわけではなかった。きっとこれはみんなが飲みすぎて泊まっていくことになったディナーパーティーの延長として考えるべきなのだ。人々にはここでくつろいで楽しんでもらうべきだ。そうすれば人々は酔いざましの日光を浴びて元気を取り戻し、満ち足りた気持ちで帰っていくだろう。

ジェインは玄関へ行き、鍵を開けてドアをひらくとベッドへ戻った。

初めのうち、人々はびくびくして物陰に隠れ、ジェインの招待が本当だとは信じていないようだった。けれども夜のあいだ室内にいた痕跡は見つかった。流しに溜まった汚れたマグカップ。新しい番組が録画されたレコーダー。

ジェインが部屋に入ると、あたりには人の動く気配が残っていた。一分前まで部屋を埋めつくしていた人々が、彼女の足音を聞いて隠れたという感じだ。ジェインは電気をつけるたび、サプライズパーティーがひらかれる寸前のような気持ちになった。

夜、ジェインは大きな声をあげてあくびをし、「そろそろ寝ようかな」とだれもいないように見える部屋に向かって言った。あかりが消えると、家はきしみをあげて活気づいた。

ある朝、下の階に降りたジェインは、数人がキッチンのテーブルを囲み、前日に彼女が焼いたパイにかぶりついているのを見つけた。彼女を見て人々は動きを止めたが、逃げ出しはしなかった。そしてフォークを持ち上げてみせて言った。「おいしいパイだね」

ジェインはうなずいた。「それはどうも」

それを境に、人々はすべての部屋を占領した。夜が更ければ壁沿いにしゃがんで熱心に話しこみ、家具や床の上に寝そべり、ダイニングルームのテーブルの上や下で眠っていた。人々の笑い声は、ジェインが好んで聴く音楽やラジオのニュースをかき消した。人々は求めたものを得ているにちがいない、自分がそれを得る手助けをしたのだとジェインは信じていた。だが彼女の家は今やとても混み合っていた。皿はつねに汚れている。座れる椅子はひとつもない。シャワーの排水口には髪の毛が詰まっている。掃除をすればかならずだれかにぶつかる。そして手伝う者はひとりもいなかった。毎朝ジェインはカップルを洗濯室——恋に落ちた者たちがふたりきりになれる場所——から追い払った。一日に何度もトイレットペーパーの補充をした。気が休まるのは寝室だけだった。寝室のドアにはプライバシーを求めるメモを画鋲で留め、幸いにもそれは尊重してもらえた。

デートの夜、グレッグは全員をキッチンから追い出した。「あとにしてくれ」と彼は言った。「今からロマンチックなディナーの時間なんだ、愛し合うおれたちのな」。人々はキッチンの入口にふたたび集まった。何人かはグレッグに一セント硬貨を投げつけたが、それはこの家では侮辱を表す行為になっていた。人々がグレッグをきらっていることをジェインは案じた。みんなの目が気になってしかたなかった。

「もっと親切にしてあげなきゃ」と注意した。

「親切だよ」。グレッグはひざに落ちた一セント硬貨を拾って投げ返した。人々はブーイングの声をあげた。

ジェインはあくびをしながら、焦げ目をつけたステーキをグレッグの前に置いた。

「ちゃんと寝ろよ」とグレッグが言った。

ジェインは目玉をぐるりと動かした。「時間がなくて」

ふたりは食事をした。グレッグがステーキを食べ終わると、ジェインは自分の残りを彼に回した。

「あいつらにやったら?」これで親切にしているつもりらしい。

人々が犬のようにその肉に飛びかかり、電気スタンドやテーブルをひっくり返し、たがいに傷つけ合う光景をジェインは思い描いた。ジェインはひと晩じゅう傷の手当てに追われるだろう。「でも、これじゃ足りないし」

ちょうどそのとき、ひとりの男がふらりとキッチンに現れた。わがもの顔もいいところ、とジェインは思い、怒りで顔が紅潮した。彼には見覚えがあった。郵便受けのそばにテントを張り、郵便物を漁っていた男だ。彼のせいでシュレッダーを買うはめになった。けれども戸口に集まる人々が目くばせしてくるのにジェインは気づいた。何人かは親指を立てる合図まで送ってきて、どうやらこの男はみんなに好かれているらしい。

「それ食べないの?」と男はのんびり言い、ジェインとグレッグのあいだにある厚切りのステーキを指さした。

「あなただれよ?」とジェインはたずねた。とげとげしい声を出したが、実は本当に知りたかった。どこか危険な香りのする男だった。だれの人生にも悪い影響を及ぼすような。だがその垂れた目はやさしげで、犬を思わせた。男は手を差し出した。「ウェストだ」

「それは本名じゃないよね」とジェインは腕組みして言った。

「ああ、でもだったらいいなと思うよ」。ウェストはほほえみ、無造作に伸ばしたあごひげの下に深いえくぼが隠れているのにジェインは気づいた。その発見にほほが熱くなった。

グレッグが立ち上がった。「すまないが。これはプライベートな夕食なんだ」

ウェストは深く息を吸った。「すごくうまそうだね、プライベートな夕食っていうのは」と言い、ジェインにウインクした。「なんで分かち合わない?」

「分かち合ってる」とジェインは言った。

「本当に?」

彼の言う「分かち合う」とはどんな意味だろう? ジェインは分かち合いの犠牲になった気分だった。食費は以前の三倍かかっているし、甘いシリアルがほしいと言われれば応じている。毎晩たき火のまわりで子どもたちにお話しする時間も設けている。話の最中、ジェインの足元に集まった子どもたちは彼女の靴ひもを結んだりほどいたりして、足首に植物のつるを巻きつけた。子どもたちは寝る時刻を過ぎても起きていたが、その原因はジェインに要求したウイスキーを飲みすぎる親たちにあった。酔った親たちはふらふらと庭を歩き、ジェインに向かってにかっと笑った。けれどもそれ以外のとき人々の不興を買っていることに彼女は気づいていた。結婚を見越してグレッグの学生ローンをジェインは引き受けていた。それはほかのみんなにとって重要ではないという不平の声は耳にしていた。ウェストが言っているのはそのことか？　ジェインはみんなのローンを払うことを期待されているのだろうか。

ジェインは皿を引き寄せ、肉を整然と切り分けた。グレッグが「おいおい」と言って抗議したが、ウェストが片手を上げて黙らせた。

ジェインはひと切れずつ咀嚼して飲みこんだ。噛むたびにウーンと満足げな声を出したが、実際には吐きそうだった。ウェストは彼女の口が動くのを眺めていたが、やがて訳知り顔で笑い、ふたたびウインクした。

そのあとベッドで、グレッグはふてくされて言った。「なんでステーキを食べたんだ」

ステーキはまだ彼女の胃に溜まっていた。まるでゴルフボールを食べたみたいだ。「いらないみたいだったから」

「でもおれにくれたんだろ」。グレッグは寝返りを打ち、電気を消した。「おれがもらったんだ」

ジェインがウェストと同じ部屋にいると、人々は片目をつぶってキスする音をたてた。キッチンのテーブルで彼女宛てのメモが回された。**ウェストはあなたが好き。**

「でもわたしはグレッグを愛してる」とジェインは言う。

人々は肩をすくめる。「でもウェストのこと好きでしょ?」

たしかにウェストのことは好きだった。ウェストを見ると彼の舌が自分の肌を這う場面をどうしても想像してしまう。彼は恋人を溺愛するタイプだろうか、それとも自分勝手な男だろうか。自分勝手ならいいのに、とジェインは思った。あの澄ました笑みから判断すればそう思えたし、妥協も特別なやさしさも思いやりもいっさい求めないという関係は好ましかった。ただ奪うだけだ。愛というものは料理や掃除や庭仕事といった、ほかのあらゆる用事と同時にこなすのが難しいとわかった。グレッグが一週間の出張で家を離れると、さまざまな理由でジェインはほっとした。

それからウェストは室内に居つくようになり、郵便物よりはるかに多くのものを取っていった。夜ごと音楽を奏で、自作の曲をピアノでがんがん弾いた。実をいえば、ジェインはそれらの曲を弾く彼を見るのが好きだったし、彼は彼女のために弾いているのではないかと思うこともあった。ある曲はまちがいなく彼女のための曲だった。サビの部分でウェストは彼女の名前を何度も繰り返し歌ったのだ。その曲はジェインのいるキッチンまで聞こえてきた。ジェインの両側ではふたりが編み物をしていて、ひと針ごとに編み針とひじで彼女をつっついてきた。キッチンからはウェストの背中が見え、彼はピアノに向かって感情豊かにかがみこんだり身を起こしたりしていた。居間は人でいっぱいで、みんな両手を口に当てて、まるで赤ん坊を目にした瞬間のように「わあっ」と笑った。ウェストが弾き終えると、人々は静かになった。屋根の高いところから銃声のうつろな響きが聞こえた。だれかが夜の狩りをしている。あるいはもしかすると、ほかのだれかの豊作年に問題が起きたのかもしれない。

みんなが見守るなか、ジェインは階段を上って寝室へ行った。そしてベッドに滑りこみ電気を消した。少しするとウェストがやってきて彼女の隣に滑りこんだ。ジェインは彼のしたいようにさせた。にわかに自分が使いこまれ、惜しみなく与えていると思えた。あとになって、彼が言った「分かち合う」とはこういう意味なのかとたずねた。

ウェストは本格的に家に越してきた。荷物はなにもなかった。手始めに、彼はグレッグの持ちものを家の前の芝生に移した。それらのものを人々は漁り、ついにはグレッグも泣きながら回収していった。ウェストは郵便物を処理し、請求書の支払いをし、書類の返事を送った。思いもしなかったことだが、彼は役に立った。そしてグレッグのローンの支払いを不履行にした。その件にジェインは気づいていたが、素知らぬふりをした。

家のなかでは、人々が彼女の背中をぽんぽん叩いた。

「あいつは好きになれなかった」と人々はグレッグについて言った。「あれだけがつがつしてちゃね。やりすぎなんだよ」

昔はあんなふうではなかったのだとジェインは説明する気になれなかった。グレッグは楽しい男だった。感じがよくて、気楽な性分だった。

ジェインの母親はその知らせを歓迎した。母もグレッグをずっと好きになれなかったらしい。

「そんなにいやなやつなら」とジェインは訊いた。「どうしてみんなここに来たの？」婚約が破棄された今、みんな去っていくのでは？　それが彼女の望みだった。

「なにいってるの、あなたには男や仕事なんかよりもっと大切なものがあるのよ。たぶん秘密のなにかがね。内に秘めたそのなにかが今にもはじけそうになってるの」

ジェインはその考えを気に入った。

ジェインはウェストに多くを望むつもりはなかった。けれどもウェストは堅実で落ち着きがあり、ジェインはどんどん彼に頼るようになった。彼に対する思いが高まるにつれて、集まる人々も増えていった。その数は二倍になり、やがて三倍になった。人々の重みで古い家は揺れた。パーティーはひと晩じゅうひらかれた。ときには朝までつづいていた。ジェインのソファのクッションはぺしゃんこになり、飾り棚に並べてあった骨董品は消え、本棚の本もすべてなくなった。人々は酔っぱらい、ささいなことでたがいを責めた。今ではけんかもひっきりなしに起こっていた。けが人が出た。救急車が来た。サイレンを鳴らして家の前の通りを行ったり来たりした。あたかも最大音量の警報が永久に鳴りつづけているかのようだった。

夜、ジェインとウェストはだれにも聞かれないようにベッドシーツにくるまってささやき合った。

「どうして郵便受けの横で暮らしはじめたの？」とジェインは一度ウェストに訊いてみた。

「ただそうするのがいいって思ったんだ」

「そう思ってくれてよかった」。暗闇のなかでも彼がほほえむのがわかった。

ウェストはかならず先に寝入ったが、ジェインは眠らないまま彼に抱きついたり手を握ったりして、家のなかで起きている夜の大騒ぎに耳を澄ましていた。ジェインが望むのはウェストとおいしい夕食を静かに食べ、もっとよく彼を知ることだけだった。ふたりに群がり、わがことのようにふたりの愛を楽しむ大勢の人々がいないところで。だがそんな未来はこれまでよりさらに遠ざかったようだった。

映画の夜、ジェインとウェストはソファに空きを見つけられなかった。床は隅から隅まで埋まっていた。ふたりは部屋の角に立ち、ビールとポップコーンをこぼれないように持っていた。人々はふたりの器に次々手を突っこみ、ポップコーンはなくなった。みんなバターで汚れた手をジェインのパンツで拭った。

チェックの服を着た大柄な男がリモコンを操作していた。住宅リフォーム番組が始まった。

ウェストは特権を振りかざそうとした。「今夜は映画だ」

大柄な男は言った。「今夜は『解体名人』をぶっつづけで観るんだ」

するとほかの人々もニュース、クイズ、犯罪ドラマと観たい番組を口々に叫んだ。

ウェストは異議を唱えた。「でもおれが契約したんだ。今夜は映画だ」

みんながジェインを見て最終判断を仰いだ。「わたしを巻きこまないで」と彼女はぶっきらぼうに言った。

大柄な男が口笛を吹いてひやかした。「そろそろ助けがいるんじゃないか。家の建て増しなら引き受けるぞ、ちょっとした見返りさえあれば――」と男は卑猥なしぐさをした。

ジェインはウェストの手を離し、人の群れをかき分けた。人々は押し返した。ジェインが足元の頭や手をまたぐと、人々は腕を伸ばして彼女の足首やひざをまさぐった。そしてもっと上に手を伸ばそうとした。ジェインのセーターを引っぱり、ベルトをつかんだ。何本もの腕が腰に巻きついた。髪が思いきり引っぱられた。ジェインはどうにか部屋から出た。

ベッドに入り、シーツが丸まってくしゃくしゃになっていると思ったら、掛けぶとんの下に四人の子どもが隠れていた。子どもたちは彼女にくっついてママと呼んだ。ジェインは振りほどくことができず、か細い声をあげる子どもたちのなかで力なく横たわっていた。ウェストがやってきて子どもたちを彼女から引きはがし、部屋の外へ追い散らした。

その夜ウェストと交わったとき、戸口にぼんやりした人影がいくつかうろついているのをジェインは見た。眠ろうとしたが、シーツ越しに彼らの息が吹きかかるのを感じた。

夜のあいだずっと、家の階段はギシギシ鳴っていた。人々はやかましく足音をたてて廊下を歩き、部屋を出入りし、ドアを乱暴に閉め、笑い、叫び、けんかしていた。音楽が鳴り響き、人々が性交し、うめき、ガラスが割れた。ジェインは身を震わせた。ウェストは彼女を抱きしめて髪をなでた。

「しっかりして」と彼は言った。「まだ七月じゃないか」

ジェインは彼に背を向けて泣いた。


ジェインはひとりで目を覚ました。ベーコンのにおいがして、ウェストが彼女のために料理をしたのだとわかった。彼はいつもささやかな、心のこもったことをする。

ウェストはキッチンのテーブルに着いていたが、ほかにも四十人ほど座っていた。ジェインのための場所は残されていなかった。人々はカウンターに腰かけ、かかとで食器棚をうるさく蹴っていた。ガスこんろはすべて火がつき、電子レンジはブーンと音をたて、オーブンはなにかを焼いていた。暖炉の火でさえ調理に使われていた。

ウェストが新聞から顔を上げてジェインを見た。新聞は汚れてぼろぼろで、すでにその朝百回は読まれたという状態だった。彼の前には朝食がふた皿あった。ウェストは待っていて、やがてジェインを見ると、ベーコンをひと切れ持ち上げ、鼻の下で口ひげみたいにしてみせた。あごひげを豊かに生やしているというのに。欲望が彼女のなかで低くうなり、「すごくかわいい」と言ったが、まわりの朝の騒音にかき消された。ウェストは笑みを浮かべたが、聞こえていないのがわかった。

トースターの脇で怒号があがった。さらに声が加わる。シナモントーストをめぐってどうこう言っている。取っ組み合いが始まった。人々はいっせいに争いから逃げ出し、ジェインはまわりから押し上げられる格好になり両足が床から離れた。悲鳴をあげた。近くにいた人々がその声にひるんで離れ、ジェインはひざから下に落ちた。

ウェストの姿を見失っていた。彼女を呼ぶ声だけは聞こえ、その声は心配に満ちていたが遠かった。

「無事か?」

ジェインはなにも言えなかった。こぶしを振りまわして道を空けさせた。ここにいる人々を傷つけたかった。そして寝室に入ると、家具をすべてドアの前に動かした。枝編みの洗濯かごまで移動させたが、なかには靴下が片方入っているだけだった。汚れた服は全部盗られていた。

昼前に、ウェストはどうにか寝室に入ってきた。ジェインはベッドに体をこわばらせて座っていた。壊れやすいものや危険なものに接するかのように、彼はおそるおそる近づいた。そして彼女を腕に抱こうとした。

「触らないで」とジェインは冷たく言った。

ウェストは目を見ひらいた。「どうして?」となおも彼女を抱きしめようとした。

「人に触られたくないから」

「でもおれだよ」と戸惑いのにじむおだやかな声で言った。「おれは別だろ」

彼は別だった。それが問題なのだ。「出ていって」と彼女は言った。

「でもきみを助けたい。助けさせてくれ」

「助ける？　あなたに助けられるわけがない。わたしはあなたを愛してさえいないのに」

「それは嘘だ」と信じられないようすで彼は言った。

「いいえ、嘘じゃない」と今では涙を流しながらジェインは言った。「出てって」

「きみはおれをすごく愛してる。わかるんだ」。ウェストは確信があるように話そうとしたが、首を横に振り、動かなくなった。

「あなたはまちがってる。この世界すべてがまちがってた。わたしにはなにもあげられない。だから行って」

「なあ、本気でそう思ってるわけじゃないだろ。きみの望みはそんなんじゃない」

「わたしの望みがなにかなんてわからないくせに」

「なら教えてくれ」

だがジェインはどう言えばいいかわからなかった。ひとりになりたいという強い思いはあったが、その思いがいつまでつづくかはわからなかった。それにその強い思いが、自分の本当の望みを知ることに等しいとは考えていなかった。ジェインはなにも言わなかった。

ウェストは彼女のほほをなでたが、冷たく固まった目の奥からはなんの反応も見いだせなかったため、しかたなく荷物をまとめた。来たときには持っていなかったかばんには、彼のものではない品物がぎっしり詰まっていた。そしてウェストは去った。

ニュースが家じゅうに広まり、庭や木の上や地下にまで伝えられた。居間での話し声はぱったりと消えた。人々はジェインが近づくのを見るとすぐさま道を空けた。気持ちとしては何年かぶりに、ジェインはだれとも肩をぶつけず一日を過ごした。

食べものが尽きても、買い足しはしなかった。人々はごみを漁り、庭で残飯を探した。飢餓が始まった。寄せ集めのキャラバンが次々出立し、ガラガラという鐘の音を一日じゅう通りに響かせた。人々はジェインに食料を買って餞別のおやつや弁当を作り、バス代を払い、空港まで車で送っていけと主張した。「薄情者」と人々は言ったが、ジェインはなにも与えなかった。人々は一セント硬貨を投げつけてきて、それから彼女の足元に落ちた硬貨を拾い集めた。彼らには必要なものだったからだ。

「お母さん、みんな出ていってる」

「いったいなにをしたの？」

「ウェストを追い出した」

「なんてこと、どうして？」

「わからない。みんなわたしのものを盗むんだ」

「あなた、ものなんて山ほど持ってるじゃない」

「もうたくさん。わたしには引き受けられない」

「まあそうでしょうね。あなたって子は最後までやり通せたためしがないんだから。今まで一度もね」

「お母さん」

「ジェイン。たった一年よ？　しあわせだったでしょ。みんながしあわせだった」

「わたしはしあわせじゃなかった」

「そう、ならこれがあなたの望んだことってわけね？」と母親は言った。「それで今、だれがしあわせになったの？」

ジェインはシャワー室で裸の女が座りこんでいるのを見つけた。女は口を大きく開けて延々と水しぶきを浴びており、噴水の天使像のようにふっくらした口元から水が垂れてあごや胸に流れている。ジェインは女をバスルームのタイルの床まで引きずり出し、そこで女は何日も手足を広げて横たわり、かろうじて呼吸をしていた。結局、女は足を引きずって階段を下り、赤さび色の尿の跡を残していった。その足を引きずる音をジェインはひと晩じゅう聞いていた。

最後まで残っていた人々はいきなりの窮乏に打ちのめされ、ほうほうの体《てい》で逃げていった。その日は黄色みを帯び、肌はしみだらけだった。ソファのうしろで、ジェインはふたつの死骸を見つけた。灰色の混乱した顔はシーツで覆われていた。そのふたりには見覚えがあった。初めに見つけたカップルだ。すべてはここから始まった。このふたりはおそらく彼女の幸運が変化すると信じて、長く留まりすぎたのだ。

ジェインは鉛色をした遺体を引きずっていき、だれもいない穴に落とした。遺体は床に落ちたリンゴのように底にぶつかった。

庭の穴は崩落を防ぐ家族がいなくなったため埋もれた。樹上の小屋の釘はさび、風が枝から板を振り動かした。夜、揺れる板のきしむ音をジェインは聞いた。変化する地面の上で家はうめき、床板はこれまでと違う不気味な形に落ち着いた。夜間、窓の外は緑色に光り、部屋は汚泥であふれているように感じられた。

ジェインはひとりだった。こんなふうにひとりになるつもりではなかった。

このようにして彼女の年は終わった。ときおり人が現れたが、ほとんどはつきに見放された男で、けたはずれの幸運を分けてくれる女がいると聞きつけてやってくる。ジェインはそうした男を迎え入れ、ものを買い与え、食事を作って出してやり、ベッドでもどこでも男が安らげる好きな場所に入れてやる。男はこれから人生が変わるのだと期待している。しかし最後には、このように荒涼とした家で幸運など見つかりっこないと気づく。一週間かそこら男は滞在し、ジェインの料理を食べ、彼女と寝るが、それは彼女がそう仕向けたからだ。

けれどもやがてジェインはひとりで目覚める。そして男を驚かせてやろうと思い、暗いクローゼットやベッドの下など、かつては見つけようとしなくても人を見つけた場所をすべて捜す。だが捜索の結果はなくなっているものに気づくだけだ。祖母のジュエリーを入れた箱。小切手帳。ステレオ装置。

ジェインはその年に取られたものすべての記録をつけた。記録はキッチンのテーブルの上に分厚く積み重なった。朝にその前に座ると、夜明けの太陽が木のテーブルを池の水面のようにちらちら光らせる。彼女の乱れた呼吸と不安げなひざのせいでテーブルはかすかに震え、長い弧を描く木目はさながら虫が水面に残す波紋のようだ。道をにらみ、テーブルを爪で叩きながらジェインは待つ。濃密な音が家に反響し、すべての空っぽの部屋に入りこみ、ついには彼女のひざの上に木の葉のように留まる。

ぼくは〈不要〉だとスーツを着た男に告げられる。これは十歳の男子だけに起こることで、しかも対象になるのは一部だけだ。ママはスーツの男に向かって泣きわめくけど、男の顔はぴくりとも動かない。男は淡々と、涙で顔をぐしょぬれにしたママに言う。それでは、国におたくの息子さんだけ特例を認めてほしいというんですか?

もちろんぼくは学校でそういうずるい言いまわしを学んでいる。でもママは丸く見ひらいた目に感謝の念をこめて、体を小きざみにゆらす。ええ、してくれるんですか?

そこでぼくはママの腕を取ってささえる。明らかに男の第二撃への心がまえができていないからだ。

国はいっさいの特例を認めません。

次の日、ぼくは持ちものを歩道のすみに出し、〈必要〉な男子がいいおもちゃはないかとやってくる。自転車、ローラースケート、野球のミット——十歳ならだれでもほしがるようなものだ。母親たちは子どもの体に合うあたたかい服やサイズぴったりのくつを探している。通りに積みあがった山はぼくのものだけではない。

鳥の群れが木々をおおっていたけど、ぼくらがひまつぶしに石を投げると、まいあがって地面におり、そのまま動かずに目をぱちくりさせている。ぼくらは地面にいる鳥には手を出さない。ただし枝に飛んでもどったとたん、また石をぶつけにかかる。ぼくは同じ鳥の動きを三度止めて、やんやとほめそやされる。むずかしいゲームだけど、ぼくはこれが得意だ。

夜ごはんのとき、たぶんパパは茶色の飲みもののグラスを手のなかで回して、見たことのない表情でママを見る。たぶんパパは気持ちを定められずにいる。なにかを言うかわりに肩をすくめる。

ママはスプーンをパパに投げつけてわめきちらす。この表情なら見たことがある。

ママ、とぼくはどなる。だれのせいでもないよ。

パパの顔がくしゃくしゃになる。

ぼくは言う。抽選なんだから。

ママが言う。抽選だなんて、でたらめよ。

こんなにぶさいくなママは見たことがない。

朝、ぼくはバスに乗る。車内の空気は重苦しい。みんな窓の外に目をやり、遠ざかる町を見ている。仕事に向かうおとな、学校の外で並んでいるきれいなワンピースを着た女子。フットボールをしている男子のうつろなハッという声が聞こえる。ぼくらが二度ともどれない男子たち。それからバスはスピードを上げて、ごみ捨て場、トウモロコシと牛とサイロ、貯水池、切りかぶだらけの野原、新しくできた沼を通りすぎていく。バスは何時間も走りつづけ、多くの子はねむりこむ。

中央処理施設でぼくらははっと目を覚ます。ぬかるんだ地面のどまんなかでたくさんのバスが黒いけむりを吐いている。バスのなかは同じような男子でいっぱいだ。

うすっぺらい紙でできたスモックを着せられる。くつは取りあげられる。それから数時間待つけれど、ぐるぐる曲がってせまくなっていく列に並んでいると時間はもっと長く感じる。ぼくらは押しあいへしあいして、少しでも息のできる場所を取ろうと争う。そして次々と、冷静でいる子も泣きべそをかいている子も、シュートに入り消えていく。ついにその姿を見せたシュートはただの穴で、吸引の音がやかましい。でもその向こうには、ヘビのように曲がりくねった長いチューブがあり、焼却センターへとつづいている。そこで目的は達成される。

列の先では、白衣を着た処理係が散らかった机を前にすわっている。シュートの風にあおられて髪の毛がさかだっている。処理係は書類でふくらんだクリップボードを手にしていて、ぼくが名前を言うと、書類をぱらぱらめくって「シュート入」の表に時刻を書きこむ。

処理係は言う。シュートに入って。

ぼくは自分に言い聞かせる。これがぼくのさだめだ、世界はこういうふうに回ってるんだ。そして心のなかで、**楽しい人生**だったとつぶやく。**きっとこれでよかったんだ**とも。最後に一度、お遊びで、筋肉がつっぱるくらい深く呼吸をして——採石場の池に飛びこむ前みたいに、元気いっぱい息を吸って——シュートにすべりこむ。

ごうごうという音と焼却炉から立ちのぼる熱気に向かって転がり落ちていくなか、人生のいろんなことは考えないようにするけれど、そうするほどますます思いだしてしまう。それは不公平なゲームだ。チューブの壁はぽつぽつとあいた穴やたわみが目立ちはじめる。下からの熱のせいだろう。ママの焼いたクッキーのことを考えないようにしていた矢先、カーブのところで体が強く引っぱられ、側面にぶつかって止まる。うしろから人がヒュッと吸いこまれる音が聞こえる——次の子がシュートに入ったんだ。ぼくは体を前に引いて、どうにか死へつづく道にもどろうとする。ところが身動きが取れない。冷たい空気が脚をくすぐり、脚はもうシュートのなかにないことに気づく。両手で壁をやみくもにさぐる。すると指がすっと外に出て、次に腕まで出る。腕と足の出た場所から冷たい空気がさらに顔に押しよせる。どうやらシュートのつぎ目が裂けてできた穴にはまりこんだらしい。おなかがむずむずする。カーブのまわりでは集まる風の勢いが増して、体を引っぱるのだ。次の子が猛スピードですべり落ちてくる音を耳にしながら、ぼくはもう片方の脚で穴を広げ、残りの体もそれにつづく。今なにをしているのか——自分の運命、国、立場に逆らおうとしている——そしてその結果がどうなるかなんて、ほとんど考えもしない。頭にはただこの思いだけがある。**負けるな**。

次の瞬間、ぼくはシュートの下にある、くさくてどろどろの穴のなかでこごえている。外はまっ暗だ。一対の目がまばたきをしてぼくを見ている。そしてシーッという声が聞こえる。ずらりと並んだ歯がにっと笑う。男の子の声がささやく。信じられるか？　それからぼくらは暗闇のなかでさぐった手をにぎりあい、大よろこびする。こんなこと、とても信じられない。

ぼくらはシュートから脱出した！　死なずにすんだんだ！

＊

ぬかるみのなかで待つうちに、やがてシュートの低くうなる音がやむ。〈処理〉の終わりだ。夜がふけて、たがいの歯も目もいっそう見えにくくなる。カエルの鳴き声が聞こえるほうに歩いていくと、仲間の数がだんだん増えていく。ぼくらはフェンスの下をくぐり、暗い草むらをぬけて、さらに暗い境界線をめざして走り、森に入る。

やぶをかきわけ、星をたよりに道を決めようとし、川をたどり、小さなベリーやたたき落とした油っこい木の実なんかを手あたりしだい食べる。学校で歌っていた歌を歌う。冗談を言いあう。目が慣れてくると、かさこそ逃げまわる動物に石を投げる。リスが一匹死ぬ。どれだけ腹ぺこだったかぼくらは気づく。リスの皮をはぎ、生のまま食べる。みんな吐く。

太陽がのぼり、ひとりが大声をあげる。こっちだ！　キャンプがある！　キャンプを見つけたぞ！

そいつが先頭を走り、ぼくらもあとを追って、砂と泥だらけの川岸に沿って走り、木立をぬけてひらけた場所に出る。

ぼろぼろに焼けこげた薪の山を、黒い小石が丸く囲んでいる。枝を広げた常緑樹のかげに粗末な小屋がかくれている。

ぼくらはうろうろ歩きまわり、いろんなものにふれる——けものの骨、過ぎた日にちを記録するため木にきざんだ線。黒いスープなべ、お玉、するどいナイフ、張って干したシカの皮。

キャンプを見つけたやつが棒切れを手に取ってさけぶ。これは矢だ！

ぼくらは身を寄せあって、周囲の密林を不安げに見やる。シュートから脱出したのはぜんぶで十四人だ。はだかで、ちらちら光る泥にまみれた、十四人の男子。

ふたりひと組になろう、とひとりが言う。みんなそれは名案だと思い、ペアを組む。ぼくはジョージというやつとペアになる。ふたりのマイケルが組むので、みんなやせっぽちのほうを小マイケルと呼ぶ。いちばん背の高いカールはアルフレッドとペアになる。アルフレッドはキャンプを見つけたやつで、カールと同じくらい背が高い。それにたくましくて、その点で言えば、ほかにたくましいやつはひとりもいない。背が高くて強いこのふたりは、自然とリーダーみたいになる。あとはライアンとブライアン、ジョーとデイヴィー、フレッドとフランク、スティーヴンとギルがペアになる。

小マイケルがきく。ここってなんの場所？　その声は女の子みたいにおびえている。

きっと使われなくなった狩猟キャンプだ、とアルフレッドが言う。すごく古そうだな。

シュートから逃げたのはおれたちが最初かな？　とカールがきく。

ちがうよ、と脚をつかまえて引きとめたあの穴を思いだして、ぼくは言う。

最初だろ、とアルフレッドが言う。じゃなきゃここにおれたちみたいなやつらが集まって暮らしてるはずだ。もっと年上のな。

たしかにそのとおりだ。ほかにもぼくらみたいなのがいるなら、どこへ行ったんだって話になる。

このとき、ぼくらは永遠にここにいるんだと全員が気づく。みんなだまりこむ。〈不要〉者をむかえてくれるところなんてどこにもない。

なにをけずってるんだ？　とカールがアルフレッドにきく。

さっきの矢、とアルフレッドは答え、かかげてみせる。先っぽが丸くなってるから。とがらせてやるんだ。

先っぽはもうすごくとがっている。アルフレッドは矢を木に向かって投げ、矢は深く突き刺さる。

アルフレッドは笑う。その笑い声は小さい。

弓はないけど、投げればなんかの肉に当てられるだろ。むずかしいもんかな？

そう言ってアルフレッドは森へ消え、なべの湯が沸く前にシカをしとめてもどってくる。子ジカみたいに小さいけど斑点はもうない。アルフレッドは内臓を取り、皮をはいで切りわけ、ぼくらはその肉を折れた若木に刺し、パチパチとはぜる火であぶる。

おなかいっぱいで体があたたまると、みんなたき火のまわりで横になってごろごろする。ぼくは言う。ぼくたちは幸運の魔法で守られてるんだ。

みんなねむそうに賛成の声をあげる。ゆらめくオレンジの光を通してアルフレッドがぼくにほほえむ。

＊

男子だけの暮らしは最高だ！

だれもきちんとしろなんて言ってこないけど、ぼくらは一応きちんと過ごす。ぼくらなりに。気分がどん底まで落ちたときは、森へ入って生木から大きな枝をもぎとる。死んだシカのわき腹を何度もなぐって雄たけびをあげることもある。だれもどうしたなんてきかないから、理由を答える必要はない。理由はみんなわかっている。同じ男子なのだ。ぼくらは鳥を気絶させて首をへし折り、次の作業に取りかかる。その鳥がいったいどうしたのかなんてだれもきかない。火をおこして燃えるのをながめ、少しして、気分がよくなったら、火を消す。そしてもちろん、火のあとには食べられるキノコがたくさん生える。

みんな食料調達がうまくなる。木の実を積みあげて、奪いにきたリスをつかまえるわなをしかける。鳥の卵を集めて、母鳥を食べる。何人かは木をけずるのがすごく得意になって、そいつらの作った矢を、若木に動物の腱を通してぴんと張った弓で放つ。キャンプは居心地よく整えて、母親が恋しくなっても、ぼくらには仲間がいる。だれもたがいを責めたりしない。

真夏はベリーの季節だ。小さな木は高くのびて、狩りのときはそのかげに身をかくせる。みんなでゲームもする。昔のゲームをすることもあるけど、やっぱり新しいゲームのほうがもっと楽しい。デイヴィーの考えたつな引きはすごく盛りあがった。ライアンは足を地面につけずに敵を見つけてつかまえる森の追いかけっこを考えた。みんな持ちゲームがあって、それをぜんぶやるけど、どれがいちばん人気とかは特にない。

それぞれのゲームのルールを、ぼくらはもっと複雑にする。母親たちはそこがわかってなかった――男子はルール好きなんだ。ただし、ルールも一種のゲームでなきゃならない。

夏も終わりのころ、アルフレッドが障害物コースを完成させる。コースはこんな感じだ。泥のくぼみをわたって、川を泳ぎ、土手沿いに人の背の高さまでのびた草を切りひらいて作った迷路に入る。迷路を出ると、とげだらけの枝を編んで立てた柵の下をくぐり、あとは走ってシカの皮を張った木にタッチする。ルールはそこまでだ。足が速いやつは、走って勝てばいい。がっしりしたやつは、走者にタックルすればいい。かしこいやつは、がっしりしたやつが速いやつにタックルするのを待って、そいつらが争ってるうちに勝てばいい。

最初の日、ぼくらはコースを走り、夢中になってゴールして木のかげで休む。

いつのまにこんなの作ったんだ？　とゼイゼイいいながらたずねる。

アルフレッドは答える。たまにねむれないんだよ。

葉が色づいて落ち、冬がせまっているのをぼくらは感じる。毛皮を雑に縫いあわせて寒さにそなえる。キノコが爆発的に増える。動物と木の実を取りあう。シカが落ち葉を掃除機みたいに吹きとばす。

目につく動物はみんな食べものをほおばっているけど、大半の動物はいなくなり、巣穴でぎゅうぎゅうになっている。おいしいベリーはすっかり消えた。ブライアンが森の奥でリンゴの木を見つけて、ひとつ残らずもぐ。みんな気持ち悪くなるまでリンゴを食べると、残りは穴にうめて保存する。その木は昔果樹園があったなごりだってアルフレッドが言う。

ある朝目覚めると、雪に囲まれている。たき火はとけた雪で消えている。火のあとからはシューシューとけむりが出ている。ぼくらはねどこにしている皮から雪のかたまりをはたき落とし、だまりこくってすわる。今まで冬は家のなかでしか知らなかった。

＊

死の予定日から数か月がたった今、ぼくらは飢え死にしかけている。

木の実もリンゴも種もキノコも、シカやリスやウサギの干し肉も魚の干物も食べつくした。ぼくらは凍った川の水面を割る。木の皮をしゃぶり、すでに虫にかじられた葉っぱをかじる。体にふれるとこれまで存在を知らなかった骨に指が引っかかる。みんなくたびれて走れないから、それが新しいゲームになる。

雪を掘って見つけたけものの骨を煮る。ここに来たばかりでのんきにしてたころは、いろんなものをむだにして、森の地面で食べ残しをくさらせていたにちがいない。ぼくらはキャンプから数日はなれて、森のさらに奥深くまでさまよい歩く。ひらけた場所でねむり、もっと遠くまで移動する。ある日、目にした足あとをたどって山に入り、一頭のシカが雪にはまってもがいているのを見つけると、おそいかかって、武器を持っているにもかかわらず素手で殺す。もうなにも考えられない。それは飢えたシカでほとんど肉はついてなかったけど、おかげで一週間は持ちこたえられる。あらゆる生きものはまぼろしになる。森の果ては見つからなくてここから出られないけれど、行けるところなんてどこにもないから、どのみち出ることはできない。

デイヴィーが木のそばで体を丸めていて、まるで背中のまんなかを見ようとしたみたいに、首がねじれている。デイヴィーは死んでいる。

もしかすると木に登って落ちたのかもしれない。

もしかすると動物を追いかけていて、木に気づかなかったのかもしれない。

なにがあったかなんてどうでもいい、とアルフレッドが言う。こいつをどうする？

ぼくらは遺体を囲んで立ち、かたくなった雪をけって穴を掘る。

何人かがばつの悪い顔で自分のおなかをなぐる。おなかはばち当たりな音をたてている。

ジョージが言う。やめろ。そんなこと考えるな。

マイケルが言う。でも、もう死んでる。

ジョージが言う。シュートを乗りきっただけでも、ばんばんざいじゃないか。みんなここでよくやってきたけど、それはひどすぎる。

それでおとなしくただ死ぬのを待てってって？　とブライアンがわめく。

ぼくはやじを飛ばしそうになるけど、ぐっとのみこむ。

アルフレッドが言う。生きのびるやつはなんでも受けいれるもんだ。

でもぼくらはもう生きのびたじゃないか、とジョージはほとんどささやくような声で言う。その目はデイヴィーの大きく開いた口と、だらりと垂れた黒い舌に向けられている。そもそも生きられないはずだったんだ。

ぼくたちがやらなくても、とぼくは声をふるわせて言う。けものがやるよ。だったらいっしょじゃないか。

何人かがうなずき、ぼくは得意な気持ちになり、次に気はずかしくなる。

みんなでデイヴィーをキャンプまで引きずって帰るけど、ジョージは森に残る。散歩びよりだ、とジョージは言う。太陽がかがやいている。

気の毒なデイヴィーのことを思えば当然かもしれないけど、食事はおいしくない。おなかはいっぱいになる。気分は晴れない。

残った部分はけむりでいぶして、木につるして肉を取っておく。骨を集めて、煮こんで最悪のスープにする。血を吸った雪は丸めてあとでなめる。そのあいだずっと、みんなおなかを押さえて泣いている。飢え死に寸前からいきなり食べものを入れたせいではげしく痛むのだ。

月があたりを照らすころジョージがもどってくる。みんながねむる横で、ジョージがためらいがちに食べ残しをかじるのをぼくは目にする。

デイヴィーがいなくなって一週間がたつと、ぼくらはまた飢えた一団になる。

これからどうする？　と深刻な顔で言いあう。たがいを見て、だれかたおれて死なないかと願う。

アルフレッドが同じく深刻な顔で答える。できるだけ大勢が生きのびて、この場所を維持しないとな。次に来る〈不要〉のやつらのためにも。

ぼくらはうなずく。願わくはみんなで生きのびたい。

アルフレッドは言う。おかしいんだよ、国がおれたちにしてることが。だれにだって自分の命を勝ちとるチャンスがあるべきだろ？　アルフレッドは大きな岩の上に立っている。なんだかすごく役人みたいに見える。

ぼくらはまたうなずき、何人かは特に熱心にうなずく。ぼくはママと、ママが最後に浮かべたつらそうな表情を思いだす。

やめてくれ、アルフレッド、とジョージが言う。それ以上言うのはやめてくれ。でもどのみち、アルフレッドは言う必要なんてない。みんなとっくにわかっている。

アルフレッドは岩から下りて、みんなのあいだをぶらりと歩く。ひとりひとりの肩にふれる。ぼくらの肩は骨ばっている。できるだけ大勢が、なんとしても生きのびなきゃならないんだ、とアルフレッドはくりかえす。おれたちの命は貴い、そうだろ？　おれたちは命を勝ちとるチャンスを与えられるべきだ。アルフレッドはこぶしを固める。競いあって命を勝ちとるべきなんだ。敗者は生きる権利を失うけど、負けることでそいつは残りのみんなにチャンスを与えてくれる。と、彼は言葉を切る。そしたら次に、おれたちは敗者に国がくれなかったものを与える――平等な死だ。みんなそれで満足だろ？　正しいことはこれしかない。

アルフレッドは高い岩場にもどる。生きるために戦うんだ、それがおれたちのあるべき姿なんだから。公平で正しいってのがどういうことか、国に見せてやろう。

全員がうなずく。ぼくらは飢えている。ひどい気分だ。なんでもいいからほかのことを考えたい。だから目をつぶって棒きれを投げる。アルフレッドが数える。全員がそれでいいと認めた。ジョージでさえも。

森をぬけるレースに決めて、木にいくつか骨をつるしてルートの目じるしにする。背の高いやつに不利な場所もあれば、背の低いやつに不利な場所もあるから、公平なコースだとみんな納得する。丸太の山をよじ登って越えるところもあるから足の速さだけでは勝てないし、わかりにくい分岐やまぎらわしい小道もあるから知恵もいる。

ぼくらはスタート地点に集まり、体をゆらし、腕や脚をのばす。みんなすごくぴりぴりしていて、泣いてる連中もいる。でもぼくはちがう。食料調達に出ていたし、この森のことはよく知っている。カールはすぐにでも飛びだせそうで、まるで火をつけたばかりのマッチみたいだ。アルフレッドは退屈そうに見える。

アルフレッドがみんなを一列に並ばせ、いっせいにスタートする。

ぼくが一着でゴールして、すぐあとにカールがつづく。残りのやつらもふらつきながら到着する。小マイケルが最後になる。ひどく落ちこんでいるけど、ある意味ぼくらもがっかりしている。小マイケルはすごく小柄で、ぼくらの数は多すぎる。

みんなで小マイケルをキャンプまで連れて帰り、太陽が冷たい地平線の向こうにすべり落ちていくなか、彼のためにパーティーをひらく。ぼくらは川沿いに生える乾いた草を編んで、常緑のきれいな冠を作る。そして小マイケルのいろんな話をする。たとえば、初めて矢でシカをしとめたとき、大笑いしすぎておしっこをちびった話とか。星の名前にくわしいことや歌がうまいことなんかを過剰にほめたたえる。真夜中によく歌っていた歌をもう一度だけ歌ってくれないかとたのむ。

でも小マイケルは首を横にふる。炎を見つめながら、アルフレッドに大きな石をわたす。それが合図だとみんなで決めた。いったん石が出たらだれも反対できない。

もしできたら、と小マイケルはしずかに言う。ママに伝えてくれるかな。ぼくはシュートで死んだんじゃないって。みんなのためにクマを殺したから致命傷を負ったんだって。小マイケルは頭をうしろにそらせる。

みんなが目をそむけているうちに、アルフレッドがのどを切り裂く。

ボールジャグリング、骨投げ、つな引きと、ぼくらは熱い戦いをくりひろげる。新しい障害物を作ってそのコースでレースをおこなう。走り、跳び、カニ歩きをし、カエル倒立する。どれだけするどく矢をけずれるか、よく鳴る笛を作れるかということも、木登りやレースと合わせて公平に競いあう。木をけずるのもりっぱな技術だけど、とにかくみんな必死に走る。

ゲームが終わるたびにぼくらは火をおこし、冠を編み、話をし、負けたやつをたたえて、石が出るのを待つ。それから食べる。もうこれ以上競わずにすむといいな、と言う。

一週間が過ぎ、ときにはもっと長い時間が過ぎる。それから次のゲームを決める。採決をとり、全員が賛成しなきゃならない。何度もやりなおしたり、ときには言い争ったりして、ようやくゲームを始める準備が整う。フレッド、フランク、スティーヴン、ジョーがそんなふうにして去る。

ある朝、たき火にあたっているとき、ブライアンがいないことにぼくらは気づく。ジョージとぼくが探しにいくことになる。

アルフレッドがぼくの肩をつかみ、大きなナイフを押しつける。森は危険だからな、と言う。

ぼくは笑いとばす。森は危険じゃないよ。

森ではなにがあるかわからない、とアルフレッドは答える。

ジョージがナイフを受け取る。

キャンプからしばらく行ったところでぼくたちはブライアンを見つける。ブライアンは皮袋をにぎりしめていて、なかには数切れのくん製肉とかくしていた木の実が少し入っている。ブライアンの脚は金属のわなにはさまっている。

どうしてこんなのがここにあるんだよ？　とブライアンは泣きさけぶ。

ぼくたちは肩をすくめる。

ぼくは言う。その木の実はどうしたんだ？

ブライアンの手をこじあける。木の実が雪に転がり落ち、ぼくたちはそれをむさぼり食う。のどが引きつり、胃が悲鳴をあげてよじれる。まだ青い実だ。

こいつをはずしてくれ、とブライアンが泣きつく。めちゃくちゃ痛い。

ぼくたちはわなを見つめ、その血まみれの歯にそうっとふれる。わなをこじあけようとする。バネがのび、ちょうつがいが耳ざわりな音をたて、さびがはがれ落ちる。すごく古い装置で、まともに動かない。それとも話はもっと残酷で、けっしてはずれないようにできているのかもしれない。ぼくたちは首を横にふる。

たのむよ、ここから逃げなきゃいけないんだ。ブライアンは血走った目をうす暗い森、木のてっぺん、ぼくたちへと向ける。それからジョージの手にするナイフを見る。

落ちついて、ブライアン。ぼくは言う。心配いらない。

ブライアンは警戒するようにぼくを見る。だからぼくはブライアンの髪をなでて、シーッ、ってママみたいに言ってやる。ふれられてブライアンの体がこわばる。

ジョージがひざの切断を始める。そうするしかないと思う。ブライアンは悲鳴をあげ、歯をきしらせ、手のいちばん肉がついているところをかみ切り、それから気絶する。ジョージはせっせと刃を動かし、ときどき手を止めて息を整え、おでこの汗をぬぐう。ナイフが腱と皮膚の最後のつなぎ目を断ち切ると、ひざから下の脚がドサッと地面に落ちる。ぼくはももをしばって出血をやわらげ、ふたりでブライアンをキャンプに運ぶ——枯れ葉みたいに軽い。

みんな集まって口々につぶやく。**かわいそうなブライアン**。ブライアンは活発なタイプで、人気者だ。ぼくたちはどんな状況でブライアンを見つけたか言わないし、だれもきかない。

アルフレッドが言う。腹の減ったやつは？

全員だ。最後のスープを飲んだのは数日前だった。

でも、とカールが言う。

でもなんだ？

こいつは石を出してない。だからまだ——

アルフレッドは石をけってブライアンの肩に当てる。ブライアンは意識もうろうとしたまま、うなり声をあげる。

これで満足か？　アルフレッドはカールをせせら笑う。だれも口をはさまない。

アルフレッドはブライアンのかたわらにひざをつき、脚の切断面を調べる。

おまえが切ったのか？　とぼくにきく。

やったのはジョージだ。

ぼくが切った、とジョージが言う。

アルフレッドはジョージをじっと見る。次からは、残りの脚も持ってこいよ。

でも次にゲームで負けるのはジョージだ。

＊

ほどなく残りは三人だけになる。ぼく、アルフレッド、カール。

ぼくらは火を囲んでスープをすすり、最後の肉を食べ終える。人数が減るぶん、食事の取りぶんも増える。ぼくはまた体の肉をつまんで引っぱれるようになる。でも食べるたび、ぼくらの食欲は増すばかりだ。

もうゲームはしなくていいかもな、とぼくは言う。冬は終わるよ。これ以上肉がなくても春までやっていけるんじゃない？

アルフレッドは首を横にふる。春はまだずっと、ずっと、ずっと先だ、と言う。

世界は雪どけの時期に入っているとぼくは言いはる。でもそれは見せかけの陽気だったらしく、春が本当におとずれる前にぼくらはまた飢えに苦しむ。ぼくには本当の春かどうかなんてわからないけど、アルフレッドはずっとわかっていたみたいだ。たぶんゲームをつづけるのがいちばんいいんだろう。ぼくは食べて強くなった。勝負を待って弱くなったら、今ほど自信を持てるだろうか？　カールを見る。カールは指の関節を鳴らしていて、それは考えを検討するときのくせだ。ぼくはいつも一着で、カールはだいたい二着になる。アルフレッドはぜったいに負けないけど、二着になったのが一度だけだ。

ぼくらは森をぬけるレースに決めて、最後に難関を並べて完成させる。ひとりひとつずつ、凍った川のフィールドに障害物を置く。ぼくのは高いハードルで、ぼくは難なく跳びこせるし、カールもおそらく越えられるけど、アルフレッドは引っかかるはずだ。カールは巨大な氷のかたまりの下に小石をふたつ置く。氷はぼくには動かすのがむずかしいけど、カールには簡単で、アルフレッドなら楽勝だ。そしてゴールにした木の直前に、アルフレッドは鳥の羽根を一本置く。

これだけ？　とカールがきく。

ああ、とアルフレッドが言う。

これってなにかのしかけ？　とぼくもきく。

アルフレッドは笑みを浮かべて言う。少しも羽根を動かさない、それだけだ。

ルールが明確になったところで、ぼくらは始める。

ぼくは先頭を走るけど、すぐうしろにカールがいる。アルフレッドはいつもよりだいぶおくれをとり、疲れきっているようだ。丸太の山で、カールがもたつく。のっぽのカールに比べて、ぼくは小柄で身のこなしが軽い。全速力で走る。

森から矢のように飛びだし、凍った川の表面がわずかにへこんでいるのに気づく。ハードルを跳びこえ、氷のかたまりに肩からぶつかって体重をかけると、かたまりは少しずつ、ゆっくりと氷河みたいに動いて、ぼくは小石をつかみ取る。それから羽根を凝視し、風でじゃまされないかひやひやしながら、つまさき立ちで大きな円を描いて羽根を迂回する。ほんとにしかけじゃないのか？　でも風はまったく吹かないし、なにも起こらない。ぼくは勝った。

ゴールの木に抱きつき、少し泣いて、ぞくぞくするような感覚を味わう。まるで消えた十一人になったような気持ちだ。


陽がしずむ。空気が冷たくなる。ぼくはカールとアルフレッドが到着するのを長いあいだ待つ。

キャンプにもどって火をおこす。空腹に苦しめられる。ねむりにつく。目を覚ますと、アルフレッドがぐったりしたカールを運んで、空き地のすみまで来ている。雪に点々と血のあとを残しながら近づいてくる。

どうした？　とぼくはきく。

アルフレッドはカールをたき火のそばに横たえてすわる。カールは体を丸める。おでこに開いた傷から血がにじみ、足はひざと反対方向に曲がっている。

丸太の山のちょっと先で見つけた、とアルフレッドは言う。転んだんだな。

カールは丸まったままふるえる。

どうすればいいんだろうな、と血がしみこんだばかりの雪をしゃぶりながら、アルフレッドは言う。カールがたおれるまでおれは負けてた。でもあのあと、こいつはまちがいなくゴールできなかったはずだ。置きざりにしたら、負けはこいつだっただろう。でもおれはそうしないでここまで運んできたから、ある意味ゴールは同時ってことになる。

こういう場合のルールは作ってない、とアルフレッドはつづける。でもみんな腹は減ってるしな。

アルフレッドはのびをする。参ったね、と言うけれど、その声は平板で、ちっとも参ってるようには聞こえない。水取ってくる。

アルフレッドがはなれると、ぼくはカールに駆けよる。なにがあった？　ときく。

丸太にぶつかった。

気づかなかったの？

気づかれないところにあったんだ。いきなり目の前にあらわれた。

問題なく越えられたけどな、とぼくはうたがうように言う。

知ってる。

はめられたって思ってる？

ああ。

でもきみを運んできた。

わかってる。わかってるよ。カールはくちびるをかみ、キャンプのまわりにちらりと目をやる。身を乗りだしてささやく。こんなゲームは今すぐやめないと。

ぼくは少しのあいだだまって、それから言う。アルフレッドは親切できみを助けたんじゃないか。そんな必要なかったのに。なにかあったときのルールを決めてたら、きみは負けになると思う。どう考えてもこれはきみの負けと見るのが公平だろ。ほかのみんなも残ってたら、同じ意見だと思うよ。

カールはぼう然として、胃の中身と同じようにからっぽの口をひらく。

ちょうどそのとき、アルフレッドが水を手にしてもどってくる。枯れ草の冠と、作るのに数日かかるはずの泥れんがも持っている。

カールとぼくのあいだには例の石がある。ひそひそ声で話しながら、ぼくたちは知らないうちに手をその上に置いていた。ぼくは自分の手を少しずつ引きぬく。

カール、石を出してるの？　とぼくは大声を出す。

カールは手もとを見て、次にぼくを見て、目をきょろきょろさせる。

そうか、とアルフレッドもおどろいた顔で言う。アルフレッドは小石を見せる。カールが置いた氷の障害物の下から引っぱりだしたものだ。まだら模様の、白い鉱石。おまえにやろうと思ってたんだ、おまえの勝ちになるように、とアルフレッドは、まるでやけどしたみたいに石から手を引っこめたカールに言う。でもルールはわかってるよな。一度石を出したら……

カールはしどろもどろになり、金切り声をあげながら凍った地面につめを立て、体を引きずって逃げようとする。

アルフレッドが石を拾う。石はぶあつい手のなかでは小さく見えるけど、まっすぐ落ちれば、男子ひとりをつぶす威力はある。

日が長くなり、どこへ足をふみいれても、ぬかるんだ地面はピチャピチャと音をたてるし水たまりもできている。川の表面はきしみをあげ、割れた氷が流れていく。飛びちる花粉、泥、青々とした植物のむっとするにおいが風に乗ってただよう。春が近づいているのだ。でも毎晩ねむるあいだ世界はまだひどく冷えこむし、目覚めれば雪の粉が体をおおっている。風と木とぼくとアルフレッドのほかに、動くものはなにもない。

ある寒い夜明けにアルフレッドはぼくに目を向ける。

腹が減ったな、と言う。もうおれたちだけだ。

まだ骨やなんかがある、とぼくは言いながら、なべを火にかける準備をする。スープを作るよ。

スープじゃこの飢えは満たされない、とアルフレッドはそっけなく言う。

なら、もうすぐ狩りができる。空気でわかるんだ。雪のとける音が聞こえるし。昨日の朝なんて七種類のムシクイの鳴き声を聞いたよ。川の水もまた流れはじめてる。知ってる？ 氷の割れ目から、黒い絹みたいなさざ波が見えるんだ。アルフレッドの目をよそへ向けるためなら、ぼくはいくらでもくだらない話をつづけただろう。

でも今腹が減ってるんだ。

待てるけどね、とぼくは言う。春まで待てるよ。

アルフレッドは腕——血管が浮き、筋肉が盛りあがっている——をのばしてあくびをし、どこを見ているのかわからない目で退屈そうに言う。なんのゲームにしようか？

ぼくは答えない。

アルフレッドはにやりと笑う。おれは鬼ごっこが大好きだ。最初に鬼をやるよ。

ルールはどうするの？

おれがおまえをつかまえたら、おれの勝ちだ。

だったらぼくはどうやって勝つのさ？

おまえはつかまったらだめだ。アルフレッドは体に問題でもあるかのように、やけに力んで立ちあがる。でもいったん立ちあがれば、より背が高く、頑丈に見える。

もちろん、この瞬間がおとずれることは予想していた。残りふたりになったら、ぼくたちはパートナーか仲間になるか、もしくはこれまでやってきたことをつづけるしかない。

時間も選択肢もなく、ぼくは駆けだす。ぼくは彼よりすばしっこい。追いつかれやしないさ、と自分に言いきかせる。ずっと勝ってきたんだから。

背後から聞こえるやつの足音は、木に斧をたたきつけて切りたおすような音だ。

ぼくらは長いあいだ走り、森の奥まで入り、それからぐるりとまわって最初の位置にもどる。もうずいぶん引きはなしたんじゃないかと期待して、ぼくは何度もふりかえるけど、アルフレッドはつねにすぐうしろにいる。

いい勝負だな、とぼくはどなる。これまで簡単に勝ってきたことにはふれない。いっぺん休戦するのがいいんじゃない？

だめだ、とアルフレッドはどなりかえす。

ぼくらはそこらじゅうで泥をはねとばす。泥からはぬくもりが伝わってくる。ひと息吸うごとに緑のにおいがする。

なんで今走ってるんだ？　とぼくはまたどなる。どこからどう見ても春じゃないか。お日さまを求め、雪をつらぬいて芽を出した植物の横をぼくは駆けぬける。植物はよくわかってる。

おまえが走るからおれも走ってんだ、とアルフレッドは言う。

追いかけるのをやめてくれたら、球根を掘りだして栄養満点のスープを作ってやるよ。

アルフレッドはいらだって言う。球根のスープなんてごめんだね。

ぼくらは昼も夜もずっと走りつづける。ぼくは走りながら小枝を折ってしゃぶり、みずみずしくほろ苦い甘みを吸う。どこまで持ちこたえられるかわからない。でもとにかく走りつづける。

夜が明けるころ、脚の感覚がなくなる。もう一歩も進められないと思い、声を張りあげる。取引しよう。きみのために食べものを見つけるよ。なんでもする。だから追いかけるのをやめてくれ。

うまくいかないよ。

うまくいくって、だってどっちにしても、ぼくの体がなくなることはないんだから。なんにもあげられなかったら、ぼくを食べればいい。

ぼくらは川沿いをバタバタと走る。うすい氷の板は岩場でくだけていて、今ではもう川の流れはすごく速い。のぼる太陽が黒い世界を青く染める。背後であんなにうるさかったアルフレッドの荒い呼吸はもう聞こえないけど、それまで感じたことのない悪寒が走る。まるでやつの手が今にも首にかかろうとしているような。

するとそのとき、遠くから歓喜のさけび、笑い声、わいわいとさわぐ声が聞こえる。ぼくは唖然とし、なにもかも忘れて足を止める。アルフレッドがぼくのわきを風のように通りすぎてやぶに入り、木立に消える。

まちがえようのない、聞きなれたやつの、よく通る声をぼくは耳にする。シュートから吐きだされたばかりの男の子たちの明るく高い、知らない声のなかで、その声はまるで兄弟の声のように聞こえる――こっちだ！　キャンプがある！　キャンプを見つけたぞ！

むちで打って駆りたてられたみたいに、にぎやかな集団は活気づいて動きだす。ぼくは森をまわりこみ、男の子たちがひらけた場所に転がりこんで目を慣らすのとほぼ同時に、こっそりなかにまぎれる。彼らは初めてたがいの顔をまともに見ている。

ぼくはせきばらいをして、いぶかるふりをする。シュートから逃げたのはおれたちが最初かな？

ちがうよ、と小柄な子が言いはる。

最初だろ、とアルフレッドが言う。じゃなきゃここにおれたちみたいなやつらが集まって暮らしてるはずだ。もっと年上のな。

このとき、自分たちは永遠にここにいるんだと男の子たちが気づく。みんなだまりこみ、興奮し、おびえる。

彼らの頭上では太陽が暗い木立の頂《いただき》に達し、ゆらめくオレンジの光を通してアルフレッドがぼくにほほえむ。

謝辞

以下の方々に謝意を表する。

キャロリーナ・ヴァッツラヴィアク、ジョナサン・ゴールドスタイン、アリッサ・シップ、リーサ・ポラック、スターリー・カイン、アイラ・グラス、ジュリー・スナイダー、ジェイン・マリー、セアラ・ジェットソン、アンジャリ・ゴスワミ、ジェイミー・ヨーク、レベッカ・ライト、アリク・クヌース、ローラ・ウェザリントン、ハナ・エンソール、レイチェル・コーエン、ジャスト家のみなさん、ドン・クック、ラモン・イサオ、メガン・リンチ、エミリー・ミラー、シェリル・タン、ダニエル・ピプスキ、ハイディ・ジュラヴィッツはいつも作品を読み、編集し、行動に駆り立て、助言し、刺激し、さまざまな面で支援してくれた。つねに励ましと興奮と鋭さをもって、いくつかの作品の初期の草稿を読んでくれたサム・リップサイト、レベッカ・カーティス、ベン・マーカス、コロンビア大学ワークショップのすばらしいメンバーに特別に感謝する。上述の支援に加えあらゆる面で助けてくれたライティンググループの仲間であるジェサミン・チャン、ヤエル・コーマン、ヒラリー・ライヒター、ヘザー・モンリー、メアリ・サウス、リー・エリス（名誉会員）に深く感謝する。ありがとう！

ヤドー、オールビー基金、ヴァーモント・スタジオ・センターは時間、場所、支援、コミュニティーを提供してくれた。この本を形づくる大きなアイデアとインスピレーションを探究する場を与えてくれたシトカ・センター・フォー・アート・アンド・エコロジーに特別の感謝を捧げる。

ミーキン・アームストロング、キャシー・チャン、ケイス・カーンズ、アニー・リオンタス、クリストファー・コックス、マイケル・レイ、ロブ・スピルマン、メグ・ストーリー、シグリッド・ラウジングは日々の励まし、包括、作品をよりよくするための編集をしてくれた。カルヴィーノ賞という栄誉を授けてくれたルイヴィル大学クリエイティブ・ライティング・プログラムとリック・シモンズに感謝する。

ニューイングランド文芸プログラムのスタッフおよび学生は、わたしが空想の城の下に土台を築くのを助けてくれた。

エージェントのセス・フィッシュマンはわたしを導き、熱意と見識を示してくれた。編集者のテリー・カーテンは非常に深く作品を読み、辛抱強く待ってくれた。そしてハーパーのチームはすべてにおいて骨身を惜しまず働いてくれた。

適切なタイミングで激励し、疑問を述べ、畏敬の念を示してくれた父に感謝する。

そしてわたしの最初の読者であり親友であり愛する人である、ホルヘ・ジャストに感謝する。この世界が終わるまで。

訳者あとがき

本書はアメリカの作家ダイアン・クックのデビュー短篇集 *Man V. Nature*（二〇一四）の全訳である。

配偶者を亡くした人間が収容されるシェルター、大洪水に見舞われて水没した街、幸運に恵まれた人の家に住みつく群衆、抽選で〈不要〉認定される子どもたち——収録作品の多くは、ディストピア、ポストアポカリプス、奇妙な風習の存在する社会といった、非現実的でエキセントリックな世界を描いている。

多彩な舞台設定に加え、中心となる人物も十歳の男児から会社役員の集団まで年齢も立場もさまざまだが、どの作品でもシンプルな言葉で鮮やかに情景が切り取られ、たちまち読者を物語に引きこんでいく。世界の詳細な説明はあえて作中では行わず、そこで起こっていることをただ示し、話を進めていこうと考えて執筆したのだとクックは言う。想像力が駆使されたストーリーは臨場感にあふれ、気づけばわたしたちはページを繰りながら広大な水面を呆然と眺め、オフィスビルを逃げ惑い、荒涼とした森をさまようことになる。

主人公も周囲の人間も含め、各作品に登場する人々は、不条理なルールを課され危機に直面しながらも、窮状から抜け出すための道を探り、抗い、必死にもがいている。そのいわばサバイバルの意志と呼べるものが、ひとつひとつの物語に共通する要素となり、短篇集全体に生々しい迫力をもたらす。極限状況に置かれた人々は容赦なく内面を暴かれ、欲望、嫉妬、不安、後悔といった心の動きをあらわにする。感情がむき出しになった彼らの行動はより率直で野性味を帯び、たとえば「ガール・オン・ガール」では少女の混乱や残虐な衝動が暴力の形をとって現れる。特異な生殖能力を持つ〝みんなの男〟はあらゆる女に求められるが、目的を達したあとは見向きもされない。また豪邸の主人や重役たちのように、困窮する他者を見捨てて自らの特権にしがみつく姿は、ときに滑稽で、ときに哀しい。

物語には一方で、追いつめられて孤立した人物が人とのつながりを求める心の動きも描写される。戻れない過去への思慕、一方通行の友情や愛情、だれとも気持ちの通じ合わない寂しさが、それぞれの抱える孤独感を浮き彫りにする。向かいの窓の小さな人影に、加われなかったモールス信号のメッセージに、人々は手に入らないものへの痛切な思いを寄せる。

過酷な設定が目立つゆえか、本書の書評や感想にはダーク、シュール、憂鬱といった言葉が多く見受けられる。だがクックにとって、作品で描かれる苦難を乗り越えて生き延びようとする努力とは、勇敢で熱意にあふれた行動であり、本質的に希望に満ちたものだという。また、利己的な面を持つ登場人物たちは自己犠牲的な英雄タイプではないが、自らにとって大切なものを救おうとしているのであり、そうした人々にこそ親近感を覚えるのだとも語っている。

巻頭の作品「前に進む」では、夫に先立たれたある女性が施設に送られ、再婚相手が見つかるまでの日々が語られる。施設では新生活に向けて〝前に進む〟ことが推奨され、亡き夫を忘れるためのいろいろな訓練が強要される。その厳しさたるや、写真一枚取っておくことも許されないほどだ。語り手の女性は施設での生活を淡々と受け入れる一方、夫を亡くした悲しみが簡単に癒えるはずもなく、忘却の指示を受けるたびに苦しみに苛まれる。

この作品を書く際、ふたつの出来事が頭にあったのだとクックは述べている。ひとつは母親を亡くしたときのことで、父親はいささか性急すぎるほどに妻の死から前進しようとしていると感じたという。また大切な人を失った悲しみさえポジティブに乗り越えることを求めるような外部からのプレッシャーにも違和感を抱いた。もうひとつは友人からのメールで、近所でひとり暮らしをしていた老人が亡くなり、ペットのトイプードルを保護シェルターに送らずにすむよう引き取り手を探しているという内容だった。愛する人を亡くした上に家まで失うトイプードルをクックは哀れに思い、これが人間の場合だったらどうなるかと考えた。こうしてふたつの要素が組み合わさった短い草稿ができあがり、そこからストーリーを発展させていったのだという。

自然界で起こることがもしも人の身にも起こったら、という着想についてクックは各種インタビューで繰り返し語っている。「だれかの赤ちゃん」では男が赤ん坊をつけ狙い、隙を見せた母親からさらっていくが、作品のきっかけになったのは野生生物のドキュメンタリーだった。動物の赤ちゃんは別の動物の捕食対象となり、母親にはそれを完全に防ぐことはできない。その不安定な状況を人間社会に置き換えたのが同作だが、作中では主人公のリンダの心情が細かに描写され、親になることの喜びと不安、突然わが子を失うかもしれない恐怖と緊張がありありと伝わってくる。「豊作年」でジェインが経験することは作品内で語られるとおり、本来は樹木に起こることだ。

自身は郊外の町で育ったというクックだが、自然について考えたり本を読んだりするのが好きで、本書に収録された作品の多くは自然界の観察から生まれたという。ミシガン大学のニューイングランド文芸プログラム（ＮＥＬＰ）は四十人の学部学生と教師が湖畔のキャンプ地で共同生活を送りながら文学活動を行うもので、同プログラムにクックは生徒としても教師としても参加していた。参加者は到着してすぐに携帯電話やパソコン等あらゆる電子機器を没収されるそうなので、六週間に及ぶ滞在で読書や執筆に集中し、周囲の豊かな自然環境からたくさんのインスピレーションを得たというのもうなずける。クックはほかにも特定の土地に滞在して作品制作を行うアーティスト・イン・レジデンスに参加するなど、森や海岸といった野生の風景に身を置く機会を大切にしている。

そうした自然が人間に及ぼす力についてとりわけ強く感じさせるのが表題作「人類対自然」だ。空と水平線が溶け合うようにどこまでも広がる静かな湖は、快適な船で楽しむには申し分ないが、救命ボートで漂流する事態となればその果てのなさは脅威に変わり、星の美しかった夜空でさえも不気味に見える。時が経つにつれ、疲弊する男たちの心はそれまでいた文明社会から遠ざかっていき、長年妥協と同情で装ってきた彼らの友情の真実が浮かび上がる。おそれていた本音を突きつけられたフィルが刃で自らを切り裂くような自己嫌悪と絶望に陥り、この世界を去って野生に生きたいと願う描写はすさまじい。

ダイアン・クックは大学で学んだのち、ノンフィクションやドキュメンタリー制作を専門とするメイン州の学校 The Salt Institute for Documentary Studies を経て、ラジオ番組の制作に携わるようになった。ラジオ番組 This American Life のプロデューサーを六年務めるなど、ノンフィクションライターとしての仕事は充実していたそうだが、あるとき「事実しか語れないこと」に限界を感じ、フィクションの世界に戻ることを決意。コロンビア大学大学院で修士号を取得した。同大学や前述のNELPで教えながら『ハーパーズ』『グランタ』『ティン・ハウス』『ゾエトロープ』などに作品を発表し、二〇一二年には「だれかの赤ちゃん」でルイヴィル大学主催のカルヴィーノ賞を受賞した。

雑誌掲載作品に書き下ろしを加えた本書は高く評価され、『ボストン・グローブ』『サンフランシスコ・クロニクル』などでは二〇一四年の「ベスト・ブック」リストに選出された。ガーディアン新人賞、ビリーバー文学賞、ロサンゼルスタイムズ文学新人賞の最終候補作となり、PEN/ヘミングウェイ賞にもノミネートされた。また「前に進む」は二〇一五年の『アメリカ短篇小説傑作選』に、「最後の日々の過ごしかた」（雑誌掲載タイトルBounty）は二〇一六年のO・ヘンリー賞に選ばれた。

本書発表後は長篇小説の執筆にじっくり取り組むと述べていたが、二〇二〇年に出版された第二作にして初の長篇 *The New Wilderness* がブッカー賞のショートリスト（最終候補）に選ばれ、ますます大きな注目を浴びることとなった。同長篇は大気汚染の深刻化した都市を出て荒野での実験生活を選んだ人々を描いた物語で、インタビューではその映像化に向けて脚本を執筆していると語っている。そのほかの作品では短篇小説 The Ringing Bell（二〇一七年）を発表している。

これまで海外を含め二十回以上引っ越しの経験があるといい、本書出版時にはカリフォルニア州オークランドに住んでいたクックだが、その後はニューヨーク市ブルックリンに拠点を移し、夫とふたりの子どもとともに暮らしている。

翻訳にあたっては、白水社編集部の藤波健さん、鹿児島有里さんに大変お世話になりました。藤波さんには本書の企画から刊行に至るまで、全体の進行を導いていただきました。鹿児島さんには編集を担当していただき、訳文に詳細かつ的確ですばらしい助言をいただきました。ありがとうございました。

二〇二二年一月

壁谷さくら

訳者略歴
壁谷さくら（かべや・さくら）
翻訳家。横浜市立大学国際文化学部卒業。
主要訳書
オトー・ドフ・クルカ『死の都の風景――記憶と心象の省察』（白水社）

〈エクス・リブリス〉
人類対自然

二〇二二年三月一五日 印刷
二〇二二年四月一〇日 発行

著　者　ダイアン・クック
訳　者 © 壁谷さくら
発行者　及川直志
印刷所　株式会社三陽社
発行所　株式会社白水社

東京都千代田区神田小川町三の二四
電話　営業部〇三（三二九一）七八一一
　　　編集部〇三（三二九一）七八二一
振替　〇〇一九〇‐五‐三三二二八
郵便番号　一〇一‐〇〇五二
www.hakusuisha.co.jp
乱丁・落丁本は、送料小社負担にてお取り替えいたします。

誠製本株式会社

ISBN978-4-560-09072-5
Printed in Japan

エクス・リブリス
EXLIBRIS

断絶
リン・マー　藤井光 訳
中国発の熱病が世界を襲い、NYは無人となり、感染者はゾンビ化する……生存をかけた旅路の果ては？　中国系作家によるパンデミック小説。

行く、行った、行ってしまった
ジェニー・エルペンベック　浅井晶子 訳
引退した大学教授リヒャルトはドイツに辿り着いたアフリカ難民たちに関心を抱く。東ドイツ時代の記憶と現代の交錯を描き出す傑作長編。

眠りの航路
呉明益　倉本知明 訳
睡眠に異常を来した「ぼく」の意識は、太平洋戦争末期に少年工として神奈川県の海軍工廠に従事した父・三郎の記憶へ漕ぎ出す——。

スモモの木の啓示
ショクーフェ・アーザル　堤幸 訳
イラン・イスラム革命に翻弄される一家の姿を、十三歳の少女バハールの語りで描く。亡命イラン人作家による魔術的リアリズムの傑作。

ケンジントン公園
ロドリゴ・フレサン　内田兆史 訳
『ピーター・パン』の作者J・M・バリー×「スウィンギング・ロンドン」＝？　十三か国で刊行されたアルゼンチンの奇才による傑作長篇。